마녀체력

마흔,
여자가
체력을
키워야
할 때

이영미 지음

남해의봄날

영웅은 자기가 할 수 있는 일을 한 사람이다.
다른 사람들은 그걸 하지 않는다.

로맹 롤랑

내 인생에 작은 균열을 선사한 당신에게

이 책을 추천하며

이영미, 그녀는 내게 등대 같은 존재다. 난생 처음 책을 출판하기까지 묵묵히 곁을 지키며 가야 할 방향을 밝혀 준 사람. 그 책이 베스트셀러가 되고 내가 열 권의 저서를 펴낸 작가로 성장하기까지 한결같이 독려하며 용기를 준 사람. 인생의 큰 파도에 부딪쳤을 때 '끝까지 너의 편에 있겠다'며 어깨를 꽉 잡아 준 사람.

편견 없이 의리로 똘똘 뭉친 그녀는 아마도 나뿐 아니라 많은 이들에게 등대가 되어 주었을 것이다. 그런 그녀가 평범한 에디터에서 아마도 대한민국 유일무이한 여성 철인 에디터이자 저자로 변신하는 모습을 지켜보는 감회는 남다르다.

등대처럼 바다를 지키던 그녀가 항해사가 되어 직접 배를 몰고 나간 바다. 때로는 뭉클하고 때로는 무릎을 치게 만들고 때로는 배꼽 잡을 만큼 웃긴, 무엇보다 진정성 담긴 글들로 가득한 이 책을 읽고 많은 독자들이 나처럼 용기를 얻고 행복하기를 진심으로 소망한다.

손미나 작가, 아나운서, '인생학교' 교장

◇◇◇◇◇◇

이 책의 차례를 보자마자 머리를 한 대 얻어맞은 것 같았다.

"책상에만 앉아서 인생을 헛살 뻔했네"

직업이 에디터인만큼 몸을 쓰는 일보다 머리를 굴리고 손가락 쓰는 일을 더 좋아했다. 나름 책 만드는 에디터라는 자부심도 있었다. 그런데 어느 날 턱 하니 한계가 느껴졌다. 답답한 마음에 지쳐갈 즈음에 그녀를 만났다.

이 책은 말해 준다. 인생의 희로애락을 머리로 다 알 수 있다고 생각하는 게 얼마나 어리석은지를. 몸과 마음이 함께 모험하지 않는데, 어떻게 삶을 다 안다고 말할 수 있겠나.

그 진리를 이렇게 명랑하고 친절하게 알려주는데, 왜 툭 하고 눈물이 날까. 아무튼 사람 마음 어르고 달래는 데 타고난 재주를 가지신 분이다. 이 분이.

김보경 에디터, 인플루엔셜 출판사업 본부장

◇◇◇◇◇

이영미는 의리 있고 옳고 선하다. 거기에 체력까지 갖췄다. 그녀가 한없이 부러운 나도 한때는 '철녀'였다. 운동을 따로 하지는 않았지만 욕심껏 일하는 데 부족함이 없었다.

한데 그녀 말대로 마흔이 넘어가자 몸이 유리 같아졌다. 살살 다루지 않으면 깨지고 잔고장이 나기 시작했다. 그때 운동을 시작했어야 한다고 후회하면서도 내게 운동은 여전히 가장 후순위다.

이런 나를 이영미가 일깨운다. 우리는 정신만으로 살 수 없다고. 몸이 달라지면 인생이 달라진다고. 더 나은 인간으로 살 수 있는 도전을, 모험을 계속할 수 있다고.

그동안 '건강이 최고'라는 말은 귓등으로 흘려들었으면서도 근육질의 몸이 인생을 구원할 수 있다는 그 말엔 귀가 솔깃해진다. 이번 주말부터 시작해야겠다. 마녀체력 만세!

최인아 최인아책방 대표

게으름뱅이 저질 체력 에디터는

자기소개를 할 때면 늘 이렇게 시작한다. 책 만드는 에디터로 26년, 한 남자의 아내로 25년, 그리고 한 아이의 엄마로 24년을 살았다고. 그러면 사람들은 대충 내 연식을 짐작한다. 여기까지는, 대학을 졸업한 뒤 전문직을 갖고 직장 생활을 해 온 평범하기 그지없는 한 여성의 삶이다.

그 뒤에 트라이애슬릿으로 13년을 살았다고 덧붙이면 대부분 고개를 갸웃한다. 트라이애슬릿이라는 말이 낯설어서, 또는 무슨 뜻인지 알지만 '설마 저 사람이?' 하는 의미로 말이다. 트라이애슬릿은 '철인3종 경기를 하는 사람'을 뜻한다. 하지만 아무리 뜯어봐도 내 첫인상은 전혀 그런 운동과 어울리지 않는다. 그러니 뜻밖이라는 반응은 당연하다. 글을 깨우치면서부터 "밖에 나가서 놀래, 집에서 책 읽을래?" 하고 물으면, 나는 1초도 주저하지 않고 책을 택하는 아이였으니까. 더군다나 책 만드는 일을 직업으로 삼으면서 대부분의 시간을 책상에 앉은 채로 보냈다.

키가 작고 마른 편에다 타고나길 저질 체력이었다. 의욕은 강했지만 몸이 미처 따라주질 못해서, 웬만하면 움직이는 일은 피하고 보는 쪽이었다. 게다가 유전으로 물려받은 고혈압 탓에 서른 살 중반부터 약을 먹기 시작했다. 그러니 체력에 대해 더 말해 무엇 하랴.

어떻게 아침형 근육 노동자로 변신했는가

　어느 때 우리는 인생이 바뀌었다고 하는가. 평소 상상도 해 보지 못했을 정도로 가치관이나 행동이 달라지면 그렇게 말한다. 지금까지와는 전혀 다른 방식으로 세상을 바라보거나 살아간다는 의미이다.

　이 책에서 들려줄 갖가지 일들을 겪는 동안, 처음엔 마음에 작은 파문 하나가 일었을 뿐이다. 그것은 자꾸만 동심원을 그리며 퍼져 나갔고, 그로 인해 몸부터 서서히 달라지기 시작했다. 그 달라진 몸이 생각과 행동에 영향을 미치면서, 가히 인생이 바뀌었다고 말할 만큼 완전히 딴사람으로 살고 있다.

　예전에 알던 이들이 요즘의 나를 만나면 눈을 비비며 다시 보곤 한다. 10여 년간 다져 온 체력은 단단해진 겉모습뿐만 아니라 생활, 성격, 인간관계, 게다가 다가올 미래와 꿈마저도 놀라울 정도로 바뀌 버렸다. 이런 환골탈태도 없다.

　살면서 어려운 문제에 봉착할 때마다 내가 자주 쓰는 묘약이 하나 있다. 일종의 비교법이다. 대학교 2학년, 운전면허 실기 시험을 보는 자리였다. 차를 운전한다는 것이 몹시 겁났지만 이런 생각을 하면서 극복했다. '위층 사는 예순 넘은 할머니도 운전을 하시는데, 대학생인 내가 못 하겠나.' 결과는? 단번에 합격!

스물아홉 살, 초산인데도 불구하고 진통이 빠른 간격으로 반복되었다. 배를 쥐어짜는 무서운 고통에 시달릴 때 이런 일념으로 견뎌 냈다. '앞집 아줌마도, 옆집 아줌마도 다 겪은 것을 나라고 못 할쏘냐.'

탁월한 사람들이 성취한 경험을 들으면 부럽긴 해도 따라 할 생각은 잘 못하는 법이다. 그 사람은 뛰어나고 나는 평범하니까.

"우리의 허영심과 자기애가 천재 숭배를 조장한다. 천재를 우리와 동떨어진 특별한 존재로 여길수록, 우리의 부족함을 느끼지 않아도 되기 때문이다. 누군가를 '신적인 존재'로 부르면 우리는 그와 경쟁할 필요가 없어진다."

니체의 말처럼, 라파엘로 수준의 그림이나 셰익스피어처럼 희곡을 쓸 수 있는 재능은 천재니까 가능한 거라고 믿는다. 아니면 신의 특별한 은총을 받았다든가.

하지만 위층 할머니나 옆집 아줌마가 해냈다는 얘기를 들으면, 어쩐지 나도 한번 해볼까 하는 생각이 든다. 그 사람이 한 일을 나라고 왜 못할까 싶기 때문이다. 게으르고 잘 움직이지도 않다가 마흔 넘어서야 뒤늦게 운동이란 걸 시작했다. 많은 약점에도 불구하고 강한 체력의 소유자가 된 내 경험이, 나만큼이나 평범한 다른 사람들 마음에 불을 지필 수 있지 않을까.

타고난 저질 체력도 이렇게 달라져서 꽤 멋지고 긍정적인 삶을 살고 있다. 그러니 나보다 훨씬 젊고 웬만한 체력을 가진 사람이 조금 일찍 운동을 시작한다면, 얼마나 신나고 근사한 가능성들이 펼쳐지겠는가.

마른 몸매에 연연하는 사람들에게 말해 주고 싶다. 연약한 것보다 강한 것이 더 아름답다는 것을. 일과 인간관계에서 오는 스트레스를 견디지 못해 오늘도 퇴사를 고민하는 직장 후배들에게도 알려 주고 싶다. 체력이 강해지면 정신적인 스트레스를 극복하기가 훨씬 수월해진다는 것을. 그리고 누구보다 엄마들에게 얘기해 주고 싶다. 제일 중요한 것은 엄마 자신의 삶이며, 행복하게 열심히 사는 모습을 보여 주는 것이야말로 최선의 교육이라고.

그런데 왜 하필 '마흔'일까? 모든 여성에게 마흔이란 나이는 특별한 변곡점이다. 그전까지는 젊어서 잘 몰랐던 체력의 한계가 여실히 느껴진다. 때아닌 오십견이 찾아오면서 여기저기 몸이 아프기 시작한다. 여성으로서의 성적 매력이 점차 사라지고, 아랫배나 등, 허벅지에 원하지 않는 지방과 군살이 붙는다. 근력이 감소하고 기초대사량도 낮아진다. 흰머리가 나고, 노안의 조짐이 보일 수도 있다.

미혼 여성은 앞으로 살아갈 날이 불안해지는 나이다. 전업 주부는 육아 스트레스가 최고조에 이르는 시점이다. 직장에서 잘나가는 워킹우먼이라 해도, 지금의 일을 얼마나 더 계속할 수 있을지 점점 불확실해진다.

불행 중 다행으로 나는 마흔 살 이후 체력을 단련하면서 그런 불안과 걱정을 하나씩 해소해 나갔다. 갱년기 증상은 슬쩍 지나갔고, 건강했기에 새치나 노안은 우울한 문제로 다가오지 않았다. 운동을 하면서 어려운 목표에 도전하고 한계를 넘어 본 경험을 밑천 삼아 과감하게 전업을 결심했다. 그리고 마흔 시절보다 훨씬 더 강하고 단단한 몸매를 가진 50대로 살고 있다.

사람은 원래 잘 안 바뀐다고 한다. 그러니 내가 쓴 책으로 이 세상 단 한 사람의 마음이라도 움직일 수 있다면 그것으로 족하다. 몸이 바뀌면 행동이 달라지고, 달라진 행동이 생각에 영향을 끼친다. 그래서 인생의 나침반까지 돌려놓고 만다.

이렇게 가까이 있는 진리를 나 혼자만 터득하고 즐기기엔 너무 아쉽다. 그러니 여러분, 지금 이 책을 읽는 순간에도 전혀 늦지 않았다. 남들보다 천천히, 꾸준히 하면 된다. 나도 그랬으니까.

그렇게 내 삶에 일어난 작은 균열은, 아들이 다니던 초등학교 운동회 날에 시작되었다.

내 몸이 서서히 강해지는 동안

하나둘 행동이 바뀌고

이런저런 생각이 변하면서

그리하여, 인생이 완전히 달라지다

내 몸이 서서히
강해지는 동안

하나둘 행동이 바꿔고
이런저런 생각이 변하면서
그리하여, 인생이 완전히 달라지다

초등학교 운동회 날 생긴 일

"아버님들, 절대로 무리하지 마세요! 다치십니다!"

확성기를 통해 선생님 목소리가 운동장에 울려 퍼졌다. 만국기가 펄럭이는 5월의 초등학교 운동회 날. 그늘에 편 돗자리에 앉아 닭다리를 뜯던 한 아빠가 허리춤을 추켜올리며 일어섰다. 소싯적에 공 좀 찼노라고 큰소리치던 사람이다.

아내와 3학년짜리 아들도 덩달아 젓가락을 내려놓고 기대에 찬 눈빛을 보냈다. 운동회의 하이라이트인 일명 '아버지 달리기 대회'. 관중의 눈길이 출발 직전 선수들에게 쏠리고 장내에는 일순 긴장감이 흘렀다.

'땅' 하는 총소리와 함께 아니나 다를까, 그 아빠가 제일 먼저 앞으로 튀어나갔다. 언뜻 보폭이 작다 싶었지만, 어쨌든 선두에 섰으니 흐뭇한 순간이다. 그런데 기쁨은 잠시, 얼마 달리지도 못하고 큰 모션으로 고꾸라지고 말았다.

"하!"

아내와 아들 입에서 먼저 탄식이 흘러나왔다. 그러나 넘어진 채로 경기를 멈출 줄 알았던 아빠가 벌떡 일어서더니 다시 뛰기 시작하는 게 아닌가. 큰 격려의 박수를 받으면서 10미터쯤 달렸을까, 다시 한 번 온몸으로 슬라이딩을 하는 남자. 결국 경기를 포기하고 물러서는 그 뒤통수를 향해 확성기의 목소리가 바늘처럼 꽂혔다.

"아이고, 아버님. 안 다치셨어요? 거보세요, 마음은 청춘이신데 몸이 못 따라간다니까요."

한바탕 사람들의 웃음보가 터졌다. 아내와 아들은 어색함과 안쓰러움 사이에서 차마 웃지 못했다. 죄 없는 입술만 잘근잘근 씹었다. 벌레 씹은 표정으로 괜히 바지만 털고 있는 아빠의 시선은 초점 없이 어수선했다.

지금으로부터 10여 년 전, 초등학교 3학년이던 아들의 운동회 날에 벌어진 일이다. 이것이 이웃집에 사는 아들 친구네 아버지 이야기라면 개그 프로의 한 장면처럼 웃고 지나갔을 것이다. 하지만 안타깝게도 그 해프닝의 주인공은 바로 내 남편이었다.

마흔 살이 채 되지 않았을 때니 자기 딴에는 체력에 어느 정도 자신이 있었을 것이다. 배는 나오고 몸무게는 불었어도, 그까짓 운동장 한 바퀴는 자다가도 벌떡 일어나서 달릴 수 있다고 여겼을 것이다. 하지만 본인의 의지와 상관없이 몸은 이미 청년이 아니었다.

아들이 졸라서 나간 것도 아니요, 스스로 의욕에 차서 출전한 달리기 대회 이후 아빠 체면은 곤두박질치고 말았다. 더군다나 지켜본 눈동자가 몇인가. 남편에겐 그날 두 번이나 넘어진 충격이 몹시 컸던 모양이다.

기억을 더듬어 보면 그날을 기점으로 남편은 뚜렷이, 그리고 서서히 달라졌다. 가장 큰 결단 중 하나가 대학 때부터 줄기차게 피워 온 담배를 끊은 일이다. 아내가 임신을 했어도, 아이가 자라는 동안에도 결코 포기하지 않던 담배였다.

대기업을 다니는 동안 잦은 건 야근이요, 는 건 술과 담배, 튀어나온 건 아랫배였다. 화장실 문을 열 때마다 자욱한 담배 연기에 잔소리를 해댔지만 귓등으로도 듣지 않던 사람이다. 온몸에 쌓이는 피곤과 스트레스를 술이나 담배로밖에 해소할 길이 없었을 것이다. 다르게 풀 수 있는 방법을 굳이 알려고도 하지 않았다.

경제적인 여유도 한참 부족했다. '저녁이 있는 삶' 같은 건 일종의 사치라고 생각했다. 달리기 대회에 나가 그렇게 망신을 당하지 않았더라면 어땠을까. 본인 몸이 망가진 것도 모른 채, 그게 정상인 것처럼 살았을지도 모른다.

그때 집에는 신문 구독을 하며 사은품으로 받은 무거운 막자전거가 있었다. 한두 번이나 탔을까, 베란다에 방치되어 뿌옇게 먼지가 쌓인 그 자전거에 손길이 가기 시작했다. 뭘 좀 사다 달라고 부탁하면 얼굴부터 찌푸리던 남편이 움직였다.

자전거를 타고 슈퍼에 다녀오고, 서류를 떼러 동사무소에

다녀왔다. 걸어가기도, 그렇다고 차를 타고 가기에도 애매한 거리는 자전거가 딱이었다. 주말에는 중랑천 뚝방길을 따라 제법 먼 거리까지 다녀오는 눈치였다.

그렇게 서너 달쯤 흘렀을까, 자전거를 타다가 같은 아파트에 사는 동갑내기 친구를 하나 사귀었다는 거다. 어느 날은 그 친구 조언대로 막자전거를 처분하고, 그때 돈으로 거금 20만 원을 더 보탰다며 중고 사이클을 끌고 들어왔다.

"미쳤나 봐! 아무거나 바퀴만 굴러가면 되지, 뭐 하러 자전거에다 돈을 써?"

무릇 자전거란 어린 애들이나 타고 노는 거, 또는 쌀집 아저씨처럼 물건 운반용으로 타는 게 아닌가. 성인이 자전거를 탄다는 건 전혀 내 관심 밖의 일이었다. 대학교 시절에 체육시험을 보느라 잠깐 타 봤을 뿐, 그 후 안장에 앉아 본 적이 없었다.

타이어 폭이 손가락 한 마디나 될까 싶은 사이클은 이런 게 있었나 싶게 낯설었다. 도대체 저런 자전거는 누가 타는 거지? 바퀴가 저렇게 가느다란데 어떻게 중심을 잡나? 몇 년 후에, 내가 그런 사이클을 타겠다고 숱하게 넘어지고 낑낑댈 줄 상상이나 했겠는가. 인생, 길게 살아 볼 일이다.

남편은 본전을 뽑겠다며 시간이 날 때마다 자전거를 들고 나갔다가 지쳐서 들어왔다. 주말이면 소파에 널브러져 하루 종일 잠만 자는 예전보다 훨씬 나았다. 자전거를 타기 시작하면서 얼굴과 팔뚝이 새까맣게 변해 갔다. 담배를 끊어 군것질이 늘었는데도 출렁거리던 뱃살이 서서히 자취를 감췄다. 허벅지가 눈에 띄게 굵어지면서 청년 때의 몸무게를 회복해 나갔다.

인간은 망각의 동물이며 자기 합리화에 능하다. 반성이나 깨우침이 강렬하게 찾아와도, 즉각 행동으로 옮기지 않으면 말짱 도루묵이 되고 만다. 내가 존경하는 업계 선배 김준희 대표는 자신의 저서 〈서른과 마흔 사이, 어떻게 일할 것인가〉에서 이렇게 말한 바 있다.

"삶의 차이는 어떤 일이 일어났는가가 아니라 일어난 상황에 어떻게 대처하는가에 달려 있습니다. 똑같은 상황이라도 어떻게 대처하느냐에 따라 결과는 상반되게 나타납니다. 그리고 그 선택은 늘 자신에게 달려 있습니다."

남편은 운동회 때 당한 망신살을 새로운 삶의 기회로 반전시켰다. 까짓 몇 번 넘어졌어도, 바지에 묻은 먼지 털듯이 툭툭 잊어버리면 그만 아닌가. 담배를 줄기차게 피워대면서 뱃살 출렁대는 중년 남자로 나이 들어간다 해도 나무랄 사람은 없었다. 하지만 그 일을 기점으로 남편은 자기 몸에 관심을 갖기 시작했다. 급기야 동네 마라톤 클럽에도 가입했다. 그렇게 체력을 단련하는 시간을 조금씩 늘려 나갔다.

그런 모습을 바로 옆에서 지켜보면서도 정작 나한테는 아무런 감흥도 일어나지 않았다. 몸을 쓰는 일은 나와는 상관없는, 딴 세상에서 벌어지는 일이라고만 여겼다. 주위를 돌아보면 운동을 좋아하는 남자를 배우자로 둔 아내는 크게 두 부류로 갈라진다. 남편의 영향을 받아 같이 운동을 시작하는 사람, 아니면 '너와 내가 사는 방식은 완전히 다르다'고 여겨 아예 엄두도 내지 않는 사람. 마흔 살이 되도록 책상 앞에 얌전히 앉아 글 읽는 걸 업으로 살아온 에디터였으니, 나는 말할 것도 없이 후자였다.

1년 후, 친구들끼리 부부 동반으로 지리산에 놀러 갔다. 뜻하지 않게 그때 내 마음에도 다른 방식으로 작은 균열이 일어났다.

13년 차 에디터, 남은 건 고혈압과 스트레스뿐

아이를 낳자마자, 오순도순 소꿉놀이하듯 살던 신혼 생활은 1년 반 만에 막을 내렸다. 시댁 근처에 전세를 얻고, 시어머니의 도움을 받아 직장 생활과 육아를 병행하는 나날이 정신없이 이어졌다. 아침에 엄마랑 떨어질 때마다 아이는 목이 쉬어라 울어댔고, 늦게 퇴근해서 가 보면 세상모른 채 잠들어 있었다. 할머니 품에 그대로 재우면 편하련만, 잠이라도 곁에서 재우겠다는 어설픈 모성은 기어이 밤마다 아이를 업고 왔다. 엄마와 아들의 전쟁 같은 이별은 매일 반복되었다.

이 고통스러웠던 육아 시기는 내 인생에 하얀 공백처럼 남아 있다. 그 시절 무슨 생각을 하고, 뭘 좋아하고, 어떤 꿈을 갖고 살았는지 도통 기억이 나질 않는다. 비단 나만 그랬겠는가. 어린아이들을 키우며 맞벌이하는 주부라면 대부분 겪는 슬픈 현실이다.

나는 오랜 세월 동안 출판사에서 책을 만들었다. 흔히 편집자, 혹은 에디터라고 부른다. 아직도 많은 사람들이 '책을 만드는 일'이 뭔지 잘 모른다. 어렴풋하게 짐작만 할 뿐이다.

에디터의 일을 크게 둘로 나누면 이렇다. 하나는 외국어로 쓰인 좋은 주제의 책을 발견하는 일이다. 전문가에게 번역을 맡긴 뒤 그것을 책으로 묶는다. 다른 하나는 한 분야에 정

통한 국내 저자를 발굴하는 일이다. 일정 양이 되도록 글을 쓰게 독려한 후, 그 원고로 책을 만든다. 신입 에디터는 다 만들어진 원고를 교정보면서 책의 체제를 잡거나 교정 스킬을 연습한다. 경력이 쌓일수록 번역할 만한 책을 고르고, 원고를 쓸 만한 저자를 만나는 비중이 점점 늘어간다.

초짜든 베테랑이든 간에, 에디터는 정신 부담이 큰 직업이다. 어떻게 해야 많은 독자들이 선택하는 책을 만들지 늘 머리를 굴려야 한다. 특히 이미 글쓰기의 대가이거나, 책을 쓰고 싶어 하는 여러 분야의 전문가와 대면하는 일이 잦다. 그러니 '알쓸신잡'을 섭렵하는 것은 물론 사람과 관계를 잘 맺는 내공을 다져야 한다. 사무실 책상에 지긋이 앉아 있는 시간이 길다. 반면 사람을 만나 밥을 먹거나 술을 마시는 일도 흔하다.

스케줄을 잘 짜서 마감 안에 물리적인 책 형태로 만들어내는 것이 에디터의 본분이다. 내 손에 그 책이 들리기까지 교정자, 디자이너, 인쇄소 직원 등을 만나 조율하는 일도 만만치 않다. 최근에는 출판 이후의 영역까지 책을 만드는 범주에 집어넣곤 한다. 마케팅, 홍보는 물론 MD 상품을 만드는 기획까지 다 에디터가 처리한다.

그러니 책을 만드는 일이란, 과장을 좀 한다면 제대로 된 사람 하나 만드는 신의 일과 비슷하다고나 할까. 유명 작가

스티븐 킹마저 〈유혹하는 글쓰기〉를 통해 편집자에게 아부를 할 정도다.

"편집자는 언제나 옳다. 그러나 편집자의 충고를 모두 받아들이는 작가는 아무도 없다. 타락한 작가들은 한결같이 편집자의 완벽한 솜씨를 이해하지 못하기 때문이다. 다시 말해서, 글쓰기는 인간의 일이고 편집은 신의 일이다."

후배들에게 늘 말한다. 책 읽는 걸 좋아하는데 돈까지 받아 가면서 읽을 수 있으니 얼마나 좋은 직업이냐고. 그래서 20년 넘도록 후회 없이 에디터로 살아왔는지도 모른다.

반면 장점에 버금갈 만큼 정신 압박에 노출되는 업이기도 하다. 하는 일이나 가치에 비해 급여는 만족스럽지 않고, 시간은 엄청 투자해야 한다. 그래서 이직 또는 전직이 잦다. 나인 투 파이브는 어림없고, 퇴근을 해도 머릿속이 개운하지 않다.

시키는 사람이 없어도, 마감을 맞추기 위해 밤을 새워야 할 때가 있다. 주말에 일거리를 들고 퇴근하는 일이 종종 벌어진다. 밤이 깊어도 집에 갈 생각이 없는 술꾼 저자를 상대하며 잘 마시지도 못하는 술잔을 들었다 놨다 해야 한다. 갑질 하는 저자들 비위를 맞춰야 할 때도 있다. 프로 에디터는 편집 일을 잘 해냄과 동시에 술자리를 마다하지 말 것, 그것이 내가 일하던 시절의 불문율이었다.

좀체 풀리지 않는 육아 피로, 일하는 엄마를 괴롭히는 죄책감, 회사에서 쏟아지는 숨 가쁜 업무, 그리고 착한 며느리와 아내로서의 책임감에 시달리며 하루하루를 견뎠다. 몇 가지 역할을 완벽하게 병행하면서도 힘들지 않다고 가면을 써야 했던 결과는 금세 겉으로 나타났다. 직장에서 하는 건강검진에서 고혈압 판정을 받은 것이다.

다시 큰 병원에 가서 재검진을 해 봤다. 고혈압은 나이 들거나 뚱뚱한 사람들한테 나타나는 전형적인 성인병이 아닌가. 그런데 나 같은 경우는 한마디로 '원인 모를 불치병'이라고 했다. 유전 문제 아니면 스트레스 탓으로 막연히 짐작만 할 뿐이다. 죽을 때까지 약을 먹어야 한다는 진단이 나왔다.

석 달에 한 번씩 정기적으로 고혈압 클리닉에서 내 차례를 기다렸다. 그때마다 옆에 앉은 환자들이 이상하게 쳐다보거나 말을 건네곤 했다. 대부분 관심 많고 정 많은 할머니들이다.

"아니, 이렇게 젊은 양반도 고혈압이 있수?"

고혈압은 바깥으로 드러나는 특별한 증상이 없다고 한다. 그래서 평생 약을 먹어야 하는 환자지만, 내 병에 관심을 갖거나 동정심을 갖는 사람은 드물었다. 가족들조차 그랬으니, 본인이 알아서 조심조심 사는 수밖에 별 도리가 없었다.

언제, 어디서 갑자기 뇌혈관이 터져서 죽을지도 모른다는 불안감에 자주 위축되었다. 때론 약을 먹었는데도 혈압이 160을 훌쩍 넘기곤 해서 혈압계가 잘못된 건 아닐까 몇 번이나 재 보기도 했다. 심각한 병을 지니고도 아무렇지 않게 일상을, 그것도 발병 전과 다름없이 똑같이 이어 나가자니 우울하고 예민할 때가 많았다.

아이가 한 뼘씩 커 가는 걸 바라보는 기쁨과 별도로, 뒤돌아보면 내 인생에서 가장 되돌아가고 싶지 않은 시절이다. 맞벌이로 10년 넘게 열심히 돈을 벌었어도 워낙 바닥에서 시작한 살림살이는 나아지지 않았다. 툭하면 전셋집을 찾아 전전해야 했다.

책상에 앉아 있는 시간이 긴 직업인데다, 혈압이 오를까봐 무서워 몸은 더 게을러졌다. 배 나오고 엉덩이가 펑퍼짐한 전형적인 아줌마 몸매로 변해 갔다. 한창 젊은 30대에, 임신과 출산 이후 여자로서의 성 정체성은 잊어버린 지 오래였다. 내몸을 아름답게 가꾸고 싶다는 마음의 여유조차 없었다.

남편과는 죽이 잘 맞는 편이었지만, 운동을 시작한 이후 주말마다 혼자 밖으로 나도는 일이 잦았다. 화가 나고 섭섭해도, '감히' 같이 해 보겠다고 나설 수 없는지라 속으로 꽁할 때가 많았다. 결혼 전에는 자주 만나 수다를 떨던 대학 친구들도 나처럼 육아에, 직장 생활에 바빠서 서로 소식이 뜸해졌다.

회사에서는 어느덧 편집장이 되어 결정을 내려야 할 일이 많았다. 책임을 지고 가르쳐야 할 후배가 늘어났다. 일거리를 집에까지 싸들고 와서 하다가, 아이가 놀자고 치근대면 빨리 자라고 눈을 부라리는 일도 벌어졌다.

할 수 없이 식구가 다들 잠든 후 식탁에 교정지를 펴놓고 일에 몰두했다. 그대로 앉아서 하얗게 새벽을 맞으면, 등이며 어깨가 천근만근이었다. 감지 못한 머리를 대충 동여매고 화장도 하지 못한 채 어제 입었던 옷을 또 걸쳐 입었다. 우는 아이를 억지로 떼어내고 지각할까 봐 동동거리며 출근을 했다.

이렇게 안팎으로 침투하는 스트레스를 풀 데가 없었다. 몸이 힘드니 회사에 나와 원고를 읽는 것도, 사람을 만나는 일에도 흥미를 잃어갔다. 저자가 원고를 읽어 달라고 찾아 오거나 전화를 걸어오면 짜증부터 났다. 얼굴 표정이 찌그러진 채로 의견이 다른 동료들과 괜한 감정싸움을 벌일 때도 있었다.

원고를 많이 읽고 사람을 자주 만나야 하는 에디터가 그 일에 재미를 못 느끼면 어쩌지? 그만둬야 하는 것이 아닌가? 이참에 일을 좀 쉬어야 하나? 아, 그럼 집은 언제 사지? 해결되지 않는 끝없는 갈등의 쳇바퀴였다. 이런 걸 가리켜 아마도 '총체적 난국'이라 할 것이다.

갈 길을 아는 것과, 그 길을 걷는 것은 다르다

남편이 다닌 고등학교는 문과 반이 하나라고 했다. 3년 내내 같은 교실에서 공부한 친구들이 많았고, 졸업 후에도 열 명 정도가 몰려다니며 친하게 지냈다. 애인이 생기면 서로 소개하는 것은 기본이고, 쌍쌍이 데이트를 자주 해서 여자들끼리도 잘 알았다. 약속이라도 한 듯 다들 비슷한 시기에 결혼을 하고 아이를 낳았다. 첫아이 중 동갑내기가 여섯 명이나 생겼다.

아이들이 두세 살 때는 너 나 할 것 없이 서투른 부모 노릇 하느라 잘 못 보고 살았다. 육아에 좀 익숙해지면서, 친구 관계는 예전처럼 회복되었다. 아이들이 어리다 보니 집에 모여 노는 일이 잦았다.

사람을 좋아하는 남편 덕에 비좁은 우리 집에는 늘 친구들이 드나들었다. 성격 좋은 아내 역할에 충실한 척, 나 역시 대범하게 굴었다. 하지만 다들 돌아가고 나면 난장판이 된 집안을 어디서부터 수습해야 할지 망연자실했다.

그 당시 돈 없고 젊었던 우리들은 딱히 다른 식으로 노는 방법을 몰랐다. 그저 꼼짝 않고 앉아서 술 마시고 음식을 해 먹는 것이 유일한 즐거움이었다. 맞벌이를 하는 주부에겐 노동의 피로가 풀리기는커녕 월요병 증후군에 시달리는 주말이기도 했다.

아이들이 열한 살쯤 되었을까, 친구들끼리 여름휴가를 맞쳐 가족 여행을 가기로 계획을 짰다. 다섯 가족이 미니버스 한 대를 대절하여 2박 3일 동안 지리산 근처를 돌고 오자는 거였다. 스무 명 가까운 사람들이 멀리 떠나 긴 시간을 함께 보내는 것은 처음이었다. 집을 청소하거나 음식을 준비해야 할 부담이 없으니 나로선 기대되는 여행이었다. 말로만 듣던 지리산을 둘러볼 생각에 가기 전부터 마음이 들떴다.

저녁 즈음, 예약해 놓은 민박집에 버스가 무사히 도착했다. 다들 둘러앉아 삼겹살을 구워 먹을 때만 해도 평소처럼 즐거웠다. 하지만 다음 날 가야 할 행선지를 논의하면서부터 김이 새기 시작했다.

체력 좋은 남자 몇 명이, 이왕 여기까지 왔으니 지리산을 꼭 올라가야겠다고 고집을 부렸다. 아내들 중에도 두 명은 적극적으로 지리산 등반에 자신감을 보였다. 몸 상태가 별로이거나 등산 같은 데 관심이 없는 나머지 사람들은 그 시간에 아이들을 데리고 보성 차밭이나 둘러보겠다고 했다.

한창 운동에 빠져 있던 남편은 두말할 것도 없이 등산을 택했다. 생전 처음 지리산까지 왔는데, 나도 힘은 들겠지만 왠지 산에 올라가 보고 싶었다. 하지만 평소 운동과 담 쌓고 지낸 내가 만만하게 올라갈 수 있는 높이가 아니었다. 괜히 마음만 앞서 따라나섰다가 중턱에서 올라가지도 내려가지도 못한 채 지쳐 버리면 낭패였다. 같이 간 사람들한테 피해를 줄 것이 뻔했다. 특히 나의 저질 체력을 알고 있는 남편은 절레절레 고개를 저었다. 인정할 수밖에 없었지만, 그때부터 나도 모르게 심사가 꼬였다.

'그까짓 지리산, 내가 더럽고 치사해서 안 간다, 안 가!'

대놓고 면전에 말했다면 속이 좀 후련했을까. 그러나 여럿의 분위기를 망칠 수는 없었다. 겉으로는 웃으면서 순순히 '안' 가겠다고 포기했다. 부모가 둘 다 산에 올라가면 하루 종일 아들만 혼자 남는 것이 영 찜찜하다고 핑계를 대면서 말이다. 높이 달려 있는 포도를 쳐다보며 맛이 시어서 안 먹는 거라고 합리화하는 여우가 꼭 내 꼴이었다.

다음 날 새벽, 부스럭거리며 짐을 챙긴 지리산 팀은 요란하게 민박집을 나섰다. 큰 모험을 치르러 가는 사람들 특유의 긴장미와 활력이 감돌았다.

"무사히 살아서 돌아올게!"

반대로 늦잠을 자고 일어난 차밭 팀은 짐 정리하랴, 아이들 챙기랴, 꾸물꾸물 게으름을 피우면서 느지막이 길을 나섰다. 마침 부슬부슬 비까지 내리기 시작했다. 넓게 펼쳐진 차밭에 도착했지만 버스에서 나가지 못하는 시간이 길었다.

멍하니 버스 창밖을 내다보고 있자니 부아가 치밀었다.

먼 거리를 달려 지리산까지 함께 여행을 왔는데 부부가 따로 떨어져서 뭐하는 짓인가. 대충 차밭을 둘러보고 나자 마땅히 할 일이 없었다. 날이 저물기도 전에 민박집에 도착해서 저녁 준비나 할 밖에. 누군가에게 화를 낼 수도, 겉으로 티를 낼 수도 없었다. 지나가다 물벼락을 맞은 기분이었다.

밤이 늦어서야 지리산 등반 팀은 뭐가 그리 좋은지 하하호호 웃으며 귀가했다. 하나같이 비에 홀딱 젖은 추레한 모습이었다. 그러나 허겁지겁 남은 밥을 먹으면서도 즐거운 기운을 감추지 못했다. 마치 남극이라도 정복하고 온 탐험대처럼 끝없는 무용담이 흘러나왔다.

"말도 마. 점심 때 비 맞으면서 끓여 먹은 빵죽은 평생 못 잊을 거다."

아내의 속도 모른 채 떠들고 있는 남편의 얼굴이 꼴도 보기 싫었다. 슬그머니 자리를 빠져나와 낯설고 컴컴한 지리산 밑자락 동네를 집 잃은 개처럼 돌아다녔다. 왜 이토록 화가 치미는 건가. 나빴던 날씨 탓도 아니요, 놀러 와서까지 저녁을 준비하고 아이들 보살피느라 힘들었다는 건 핑계에 불과했다.

내 마음을 진짜 불편하게 만든 이유는 따로 있었다. 20대 청춘일 때는 아무리 험한 산도 겁날 게 없었다. 남편과 연애 시절 속초에 놀러 갔다가, 가벼운 운동화 차림 그대로 설악산 소청봉까지 따라 올라간 적이 있다. 비좁은 산장에서 너 나 할 것 없이 갈치처럼 촘촘히 누워 불편한 잠을 청했다. 하지만 꼭 대기에 올라 땀을 식혀 가면서 끓여 먹은 라면은 얼마나 맛있고 뿌듯했던가.

어느덧 30대 후반의 애 엄마가 되어 책상에만 앉아 일한 지 10여 년. 지리산은커녕 동네 아차산도 올라가 본 게 언제인지 모를 만큼 저질 체력이 된 것이다. 겉으로는 맘만 먹으면 언제든 어떤 산이라도 올라갈 수 있을 것처럼 턱을 치켜들었다. 그러나 엄밀히 따지면 지금의 나는, 가고 싶어도 '못' 가는 부류에 속했다. 안 그래도 운동에 빠져 나날이 달라지는 남편을 보면서 조바심을 느끼던 차였다. 이대로 우리 부부는 영 다른 관심사를 추구하며 평행선을 걷는 건 아닐까.

남들 눈에는 유능한 워킹맘처럼 보였지만, 실상 내 삶은 그렇게 흘러가지 않았다. 하루 종일 물 밑에서 죽어라 발을 젓는 오리나 다름없었다. 몸과 마음을 소진하면서 남들은 모르는 '총체적 난국'을 겪는 중이었다.

나는 지금 잘 살고 있는 건가.

영화 〈매트릭스〉를 보면, 거의 마지막 장면에 모피어스가 네오에게 이런 명대사를 날린다.

"갈 길을 아는 것과, 그 길을 걷는 것은 다르다."

현실과 가상 세계를 넘나들며 인류를 구원하려는 한 영웅에게 던지는 심오한 말이다. 가야 할 길이 어딘지 알면서도, 그 길을 걸어가지 않으면 무슨 소용이 있겠는가. 머릿속 시뮬레이션만으로는 사상누각에 불과하다. 안다고 해서 꼭 걸을 수 있는 건 아니라는 말이다. 몸으로 해 보는 경험이 중요하다.

젊을 때는 길을 몰라도 괜찮았다. 시간이 많이 남아 있으니까. 알아도 일부러 안 걷는 거라며 객기를 부릴 수도 있었다. 의지만 있으면 걷는 건 언제든 가능할 테니까. 하지만 걷지 않으면 결국엔 걷지 못하게 되는 법이다. 의지와는 상관없이 점점 능력 부족, 경험 부족으로 접어든다. 그걸 깨달은 순간, 이미 청춘은 저만치 달아나 버렸다.

책을 읽고 만드는 에디터로 사는 것만으로도 괜찮은 인생이라고 생각했다. 그런데 뜻하지 않게 거대한 자연의 벽 앞에서 한없이 초라해진 나를 발견한 것이다. 지리산을 코앞에 두고도 올라가지 못하고 쳐다만 보는 몸뚱이라니.

집 나간 아내를 찾으러, 다리를 절룩이며 나온 남편에게 복잡한 감정을 털어놓기는 어려웠다. 분명한 것은 늘 정신적 활동에 우선순위를 두던 내가, 처음으로 내 육체의 한계를 절감했다는 사실이다.

왜 저는 수영을 못 할까요?

"운동을 시작하고 싶은데, 어떤 걸 하면 좋을까요?"

내 경험담을 듣고 나면, 슬그머니 다가와 이렇게 묻는 여성들이 있다. 그럴 때마다 주저하지 않고 우선 '수영'을 권하곤 한다. 나 역시 어디서부터 어떻게 체력을 키워야 할지 막막했지만, 여러 가지 이유로 수영부터 시작했기 때문이다.

첫째, 다행히 집 근처에 수영장이 있었다. 둘째, 아이가 잠을 자는 새벽밖에 운동할 시간을 내지 못했는데, 수영은 대개 새벽 여섯 시부터 강습을 시작한다. 셋째, 어차피 출근하려면 머리를 감고 씻어야 하니 아침 시간을 절약할 수 있다. 그리고 넷째, 수영이 뭔지 몰랐던 20대 때부터 막연한 호감을 갖고 있었다.

대학교를 졸업한 뒤 자리 잡은 한 출판사는 유명한 월간 문학잡지와 소설 등을 주로 출간하는 곳이었다. 편집장을 맡고 있던 30대 후반의 시인은 독특한 매력을 풍기는 미인이었는데, 예민한 성격 탓인지 편두통을 심하게 앓았다. 일하면서 얼마나 머리를 쥐어짜는지 바닥에 머리카락이 수북하다고, 편집자들끼리 농담을 주고받을 정도였다.

그런데 언젠가부터 딴사람이 된 듯 반짝반짝 활기가 돌았다. 늘 흐릿하던 눈동자에 힘이 생겼다. 비결을 물었더니 아침 수영을 시작했다는 거다. 언젠가 지끈지끈 편두통이 올 만

큼 일이 많아지면 나도 수영이나 해야지, 그렇게 철없이 다짐
했던 기억이 난다.

처음 물속에 들어갈 때 느끼는 차가움만 극복한다면, 수
영은 재밌는 운동이다. 초보자는 물에 뜨는 킥판을 들고 25미
터를 왔다 갔다 하면서 발차기부터 배운다. 점차 발차기에 익
숙해지면, 어깨를 돌려 양팔을 앞으로 번갈아 뻗으면서 물잡
기를 한다. 그리고 동시에 머리를 오른쪽으로 돌리면서 '음파
음파' 호흡법을 배운다.

물에 몸을 맡기는 게 겁이 나서 처음에는 힘이 많이 들어
간다. 앞으로 나아간다기보다, 하체가 가라앉은 채 물에 빠진
사람처럼 푸드덕댄다. 일주일에 세 번, 한 달 정도만 강습을
받으면 제법 흉내는 낼 수 있다. 그러나 조금만 물이 깊어져도
공포감이 확 몰려온다.

적어도 6개월 이상 계속 강습을 받아야 자유형과 배영, 평
영, 접영까지 대충 섭렵한다. 그쯤 되면 몸에 힘이 빠지면서 물
에 대한 두려움을 떨칠 수 있다. 그 시간을 견디지 못하고 중
간에 그만두면, 내 경험으론 말짱 도루묵이다. 미처 재미를 느
낄 만한 단계에 오르지 못한 것이다. 그래서 수영을 못 한다거
나, 본인과 잘 안 맞는다고 고개를 젓곤 한다.

당연히 나도 그런 사람들 중 하나였다. 솔직히 고백하자면, 아이가 유치원 다니던 30대 초반 시절에 처음 수영에 도전해 보긴 했다. 하지만 두 달도 안 되어 몇 가지 이유로 그만두었다. 아직 젊었고, 꼭 운동을 해야 할 필요성을 느끼지 못했다. 핑계가 생기니까 '마침 귀찮고 힘든데 잘 됐네' 싶었다.

당시 우리가 살던 집은 여덟 가구가 모여 사는 4층짜리 연립 주택이었다. 마당에는 차를 네 대 정도 주차할 공간밖에 없었다. 바쁜 아침에 수영장까지 걸어가기엔 거리가 애매했다. 차로 가면 횡하니 다녀올 수 있건만, 다른 차가 막고 있으면 새벽부터 차를 빼달라고 얘기하기가 어려웠다. 저녁마다 눈치를 보면서 차를 잘 주차해 놓는 것이 번거로웠다. 수영장을 다니는 일에 점점 꾀가 나기 시작했다.

또 하나, 나는 안경을 벗으면 남의 얼굴이 잘 보이지 않는 고도 근시였다. 물안경을 끼면 시야가 좁아져서 더 답답했다. 나중에야 물안경에도 근시 도수를 넣을 수 있다는 것을 알았다. 시력이 나쁘다는 게 수영을 하는 데 치명적인 것은 아니지만, 불편한 건 사실이었다.

물론 본인 의지만 강하면, 지금 말한 두 가지는 얼마든지 극복할 수 있다. 그런데 의지와는 별개로, 수영을 그만두지 않으면 안 될 이유가 생기고 말았다. 감기를 앓고 나서 일주일을 푹 쉰 다음 다시 수영장에 나간 날이었다. 호흡을 하겠다고 머리를 물에 담그는 순간 골이 빠개지는 듯한 통증이 찾아왔다. 감기가 덜 나았나 싶어 또 며칠을 나가지 않았다. '이 정도 쉬었으면 괜찮겠지' 두려워하면서 물에 들어가 봤는데 역시나 머릿속이 지끈거렸다.

수영을 포기하고 출근한 뒤 회사 근처 내과를 찾아가 진료를 받았다. 의사 말이, 무조건 수영을 하지 말라는 거였다. 감기로 염증이 생기면 수영할 때 심한 두통이 찾아온다, 더러는 낫지 않아 아예 수영과 담 쌓는 사람도 있다는 것이다. '뭐야, 이제 수영은 못 하는 인간이 된 거야?' 하는 절망감은 잠깐이었다. '에이, 마침 날씨도 추운데 잘 됐다, 수영이고 뭐고 그만둬야지' 싶은 안도감이 그 자리를 메웠다. 겨우 두 달 만에, 나의 첫 수영 시도는 허망하게 끝나고 말았다.

그러고 나서 몇 년이 흘러갈 동안 의사 말을 잘 듣는 모범생으로 살았다. '수영이 안 맞는 인간'이라고 믿으며 수영장 근처에는 얼씬도 하지 않았다. 그런데 수영을 다시 해 보면 어떨까 싶은 몇 가지 변화가 생겼다. 새로 입주한 아파트는 주차장이 지하 1, 2층에 자리 잡았다. 누군가에게 차를 빼달라고 어렵사리 부탁할 필요가 전혀 없었다. 더군다나 아파트 현관을 나서서 도보 10분이면 수영장 문턱이었다. 일어나서 눈곱도 떼지 않고 달려가기만 하면 되었다. 시설은 오래됐지만 수리를 거듭해 온 구민회관 수영장은 입장료와 강습비가 저렴했다.

또 하나, 대학 다닐 때만 해도 상상조차 하지 못했던 첨단 의료 기술의 혜택을 받았다. 바로 라식 수술이다. 초등학교 4학년 때부터 껴 온 두꺼운 안경 탓에 운동과는 저절로 멀어졌다. 땀이 많이 나거나 심하게 움직이는 일은 생각만 해도 불편했다. 러시아에서 집도하는 최초의 라식 수술 장면을 다큐멘터리로 지켜볼 때만 해도 달나라 통신 같았다. 그런데 내 생전에 그런 기회가 찾아올 줄이야!

기다렸다는 듯이 나는 서둘러 라식 수술을 받은 선두 주자가 되었다. 안경을 벗자마자 제일 먼저 달려간 곳은 바로 대중목욕탕과 수영장이었다.

체력을 키워 보고 싶다고 마음먹었을 때, 그래서 선택한 운동은 수영이었다. 혹시 예전처럼 두통이 심하면 어쩌나 가슴 졸이면서 물속에 머리를 담가 봤다. 이런! 전혀 아프지 않았다. 의사 말만 믿고 몇 년이나 물에 들어갈 시도조차 안 해본 것이 억울할 정도였다. 킥판을 들고 발차기부터 다시 배워나갔다. 일주일에 꼬박꼬박 세 번씩 나가는 것은 불가능했다.

하지만 이번만큼은 무조건 6개월 이상 버텨 보자고 목표를 세웠다.

강습에 빠지는 날이 많아서 그런지 진도가 느렸다. 남들보다 초보 반에서 오래 머물렀다. 일단 네 가지 영법은 모두 배웠는데, 이상하게 50미터도 못 가 숨이 가빴다. 이런 식이라면 수영을 배운들 바다에 빠져도 살아나올 재간이 없었다. 하지만 단체 강습이라 진도 따라가기에도 벅찼다. 원래 몸치니까 그런가 싶어, 꽤 오랜 시간을 맨 뒤에 홀로 쳐져서 헐떡댔다.

나중에야 친절한 강사 하나를 붙잡고 "나는 왜 안 되나요?" 상담한 끝에 그 이유를 알았다. 흔히 강사들이 '음파음파'라고 말하는 호흡법을 혼자서 착각했던 것이다. 물속에서 '음' 하며 길게 내쉬고, 물 밖에서 짧게 '파' 하며 들이마셔야 한다. 그것을 계속 반대로 해 왔으니 헉헉댈 수밖에. 수영은 숨을 충분히 내쉬지 못하면 다시 들이마시기 어렵다. 그 원리를 깨달은 순간의 환희라니!

'드디어 수영의 신세계에 오신 것을 환영합니다!'

새벽 여섯 시부터 일곱 시까지 한 시간 동안 물속을 허우적대다가 회사에 출근하면 힘이 쫙 빠져나갔다. 시도 때도 없이 잠이 쏟아져 죽을 지경이었다. 그런데 두 달, 세 달쯤 시간이 흐르자 몸이 먼저 적응하는 거였다. 그 시간이면 눈이 번쩍 뜨였다. 이른 아침부터 움직이기 시작한 날이 오히려 기분이 며, 몸 상태가 좋았다.

실력이 늘면 운동이라는 목적을 뛰어넘어 재미가 생긴다. 나 같은 몸치도 다른 사람들보다 빨라지고 싶다는 경쟁심이 스멀거린다. 그러니 당연히 강습에 빠지는 일이 점점 줄어든 다. 그렇게 운동의 선순환이 시작되는 것이다.

누군가 수영에 도전해 보지 못할 이유는 열 가지도 넘는 다. 아침에 못 일어나서, 물이 너무 차가워서, 머리가 젖으면 감기 들까 봐, 시력이 안 좋아서, 귀에 물이 들어가 병이 생길 까 봐, 몸이 뚱뚱해서, 물에 대한 트라우마 때문에. 그런 핑계 를 앞세워, 어쩌면 나도 물에서 노는 기쁨을 모르는 사람으로 살았을지도 모른다. 만약 그랬다면, 의사 말만 듣고 수영을 포기했더라면, 내 남은 인생이 얼마나 불행했을지 생각만 해 도 아찔하다.

오늘은 딱 운동장 한 바퀴만 돌자

어느 해 3월 일요일, 새벽부터 부스럭대며 옷을 챙겨 입은 남편이 내 귀에다 대고 소곤거렸다.

"나, 마라톤 좀 뛰고 올게."

비몽사몽 단잠에 빠져 있던 나는, 처음엔 동네 한 바퀴를 뛰고 온다는 말로 알아들었다. 아버지 달리기 대회에 나가 두 번이나 넘어지는 바람에 체면이 깎인 남편은 와신상담했다. 자전거를 타면서 간간이 달리기 연습을 병행하는 것 같았다.

하긴 작년 이맘때도 마라톤 대회를 나간다 만다, 말만 무성하다가 결국 포기한 기억이 났다. 또 헛물을 켤까 봐, 이번엔 대회 전날까지도 비밀로 했나 보다. 식탁 위를 보니 고깃국도 부족할 판에 빵 한 쪽만 먹고 나간 모양이었다. 알아서 적당히 뛰다 말고 돌아오겠지 싶어 다시 부족한 잠을 청했다.

회사에 일을 보러 나갔다가 오후에 돌아와 보니, 남편은 초주검이 된 얼굴로 소파에 널브러져 있었다. 체육 시간에 이론으로나 배운 42.195킬로미터를 진짜로 다 뛰고 왔다는 것이다. 교통 통제가 풀리는 제한 시간 안에 결승점까지 들어오긴 했지만, 막판 몇 킬로미터는 거의 기다시피 했단다. 그런데도 '달리기는 이제 그만'은커녕, 더 연습해서 내년에는 기록을 단축해 보겠다고 열의를 보였다.

덜컥 가슴이 내려앉았다.

'저 사람이 자전거에 미친 것도 모자라, 이제 마라톤까지 하겠다고?'

그 당시 내가 알고 있던 마라톤의 이미지는 단순했다. 아테네의 군사 한 명이 승전보를 알리기 위해 달렸다는 거리(결국은 죽었다지?). 일장기를 가슴에 달고 출전해 한국인 최초로 올림픽 금메달을 딴 손기정 옹. 황영조, 이봉주 같은 프로페셔널한 선수들이 메달을 따야 잠깐 주목 받는 비인기 종목이었다. 그런데 매년 1만 명 가까운 평범한 사람들이 마라톤 대회에 출전하고 있다는 거다.

"아침에 운동 삼아 30분 정도 뛰는 조깅이면 모를까, 마라톤처럼 지겹고 재미없는 운동을 왜 해? 그러다 무릎 관절이고 뭐고 다 작살나는 거 아냐? 돈을 받아도 시원찮을 중노동인데, 돈까지 내 가면서 뛴단 말이야?"

내 반응은 신랄하기 그지없었다. 고등학교 체력장 이후 20년 가까이 운동을 목적으로 달려본 적이 없으니까. 앞으로도 그럴 일은 내 눈이 시퍼럴 동안 생기지 않을 터였다. 특히 마라톤은 건강해지기보다 오히려 자기 몸을 괴롭히는 일종의 고문이 아닌가. 아무리 몸에 좋다고 감언이설을 해도, 결코 택하지 않을 최악의 운동이라는 선입견이 강했다.

2005년, 배우 조승우를 빛나는 스타로 만든 영화 한 편이 있다. 몸은 스무 살 청년이지만 지능은 다섯 살 수준에 말도 어눌한 자폐증 환자 초원이가 주인공인 〈말아톤〉. 불량하고 무례한 코치 정욱에게 맡겨진 초원이는, 과연 세 시간 안에 42.195킬로미터를 완주하는 '서브쓰리'를 해낼 수 있을까. 아니, 자폐증을 이해하지 못하는 세상과의 달리기 시합에서 과연 완주할 수 있을까.

걱정스러워 차마 놓지 못하는 엄마의 손에서 슬그머니 벗어나 사람들 틈으로 덩실덩실 달려 나가는 초원이. 그 얼굴에 점점 피어나는 천진한 웃음꽃을 보노라면 영화를 보는 사람마저 행복해진다. 더 이상 서브쓰리나 완주 같은 결과에는 아무도 관심을 두지 않는다.

코치가 엄마에게 묻는다.

"왜 하필 초원이에게 그 힘든 마라톤을 시키려고 하시죠?"

"엄마는 아이의 표정을 보면 기분을 알 수 있거든요. 달릴 때만큼은 표정이 달라요."

초원이는 달릴 때 행복하다고 했다. 가슴이 콩닥콩닥 뛴다고 했다. 영화의 피날레는 춘천 마라톤이었다. 햇빛이 눈부시게 쏟아지고 아름다운 나무가 늘어선 거리, 차 한 대 다니지 않는 넓은 도로. 수많은 사람들이 함께 달리며 팔과 다리를 힘차게 휘젓는다. 함성을 지르고, 웃고, 떠들고, 손을 내밀어 응원해 주는, 그것은 다름 아닌 시끌벅적한 축제의 장이었다. 비록 초원이를 통한 간접 체험이었지만, 왜 사람들이 달리는지 조금은 알 것 같았다.

〈말아톤〉을 보고 나서야 새까맣게 잊고 있었던 책 한 권이 떠올랐다. 그러고 보니 내 저자 중에도 마라토너가 있었다. 마치 밤송이가 툭 벌어지듯, 번쩍 기억이 떠올랐다. 유명한 코미디언과 이름이 같은 이홍렬 씨.

20년 선수 경력을 지닌 마라톤 스타가 회사에 원고 뭉치를 들고 찾아온 적이 있다. 1984년 동아마라톤에서 한국인 최초로 마의 두 시간 십오 분을 깨뜨린 선수라고 했다. 지금이라면 그게 얼마나 대단한 기록인지 알고 눈을 반짝이며 혀를 내둘렀을 것이다. 하지만 당시 나는 동아마라톤이 무슨 대회인지, 그 기록이 어떤 의미가 있는지 전혀 알지 못했다. 원고를 잘 살펴보겠다고 적당히 둘러대고 돌려보낼 심산이었다.

그런데 마라토너 이홍렬 씨는 유쾌한 달변가였다. 마라토너답게 쉽게 포기하는 사람이 아니었다. 두 시간 가량이나 회의실에 앉아 달리기가 얼마나 몸에 유익한지 설파했다. 운동의 '운'자도 모르던 에디터 두 명이 거기에 홀딱 넘어가 덥석

물고 말았다. 달리기 초짜부터 마라톤을 준비하는 사람들까지 독자로 다 아울러 보겠다고 무리수를 두었다.

그리하여 〈동네 조깅에서 진짜 마라톤까지〉라는 두루뭉술한 제목의 책이 탄생했다. 표지에 적어 놓은 문구만 봐도, 얼마나 마라톤에 무지했는지 티가 난다.

"운동 삼아 뛰는 동네 달리기의 기본부터
목숨 걸고 뛰는 마라톤의 철저한 준비까지
단계별로 상세히 가르쳐 주는 달리기 A to Z!
군살을 빼는 건 기본이고, 스트레스까지 싹 날려 주는
세상 어떤 보약보다도 좋은 탁월한 운동!
가장 오래되고 가장 돈 안 드는 최고의 건강 비결입니다."

세상에, 누가 마라톤에 목숨을 걸고 뛰겠는가. 지금이라면 이런 허황된 카피가 아니라 훨씬 실용적인 방식으로 접근했을 것이다. 이 책이 뇌리에서 까맣게 사라진 걸로 보아 판매 결과는 좋지 않았을 게 뻔하다. 책을 만든 에디터조차 달리게 만들지 못한 실용서가 어떻게 독자들의 마음을 움직였겠는가.

어딘가 책장 구석에 꽂혀 있던 그 책을 찾아 뽑아 들었다. 달리기는 운동복과 운동화만 착용하면 언제 어디서든 할 수 있다는 게 가장 큰 장점이다. 비만을 해소하는 데 효과적이며 내장 기관이 튼튼해지고 이런저런 잔병 치료에 좋다. 관절에 안 좋을 거라는 선입견과는 달리, 오히려 달리기를 하면 허리와 발목, 무릎 근육이 강해진다고 한다. 뼈에 가하는 지속적인 자극은 여성에게 치명적인 골다공증을 예방한다.

그중에서도 고혈압과 당뇨병을 완화시켜 준다는 부분이 가장 솔깃했다. 이렇게 몸에 좋다는데, 속는 셈치고 한번 해 봐? 당시 저자가 즉석에서 실감나게 가르쳐 준 호흡법이 뇌리에 떠올랐다. 기차처럼 '칙칙폭폭' 네 박자에 맞춰 호흡하면 오래 달려도 숨이 가쁘지 않다고 시범을 보여 줬다. 당장 나가서 시험해 보고 싶었다.

수영을 배우면서 깨달은 바가 하나 있다. 내가 해낸 운동량을 내 몸이 정확히 기억한다는 사실이다. 예를 들어 나는 25미터를 수영한 뒤 꼭 벽에 매달려 멈추곤 했다. 호흡이 가쁘니 잠깐 쉬었다가 다시 출발하는 것이다. 그렇게 하면 수영이 잘 늘지 않는다. 내 몸이 딱 25미터 간 거리만큼만 기억하기 때문이다.

쉬지 않고 50미터를 수영해 내면? 처음엔 힘들겠지만 내 몸은 곧 50미터에 맞는 폐활량을 기억한다. 그리고 거기에 맞는 체력이 생긴다. 즉 내 몸이 잘 기억하고 익숙해지도록 조금씩 운동량을 늘려 나가면서 꾸준히 강도를 유지하는 것. 그것이야말로 내가 깨달은 모든 운동의 기본이었다.

달이 휘영청 뜬 밤, 혼자 동네에 있는 넓은 공터에 나가 천천히 한 바퀴를 걸었다. 아파트 창문마다 환하게 불이 켜졌고, 공터에는 딱 두 사람밖에 없었다. 달걀을 쥔 것처럼 두 주먹을 쥐었다. 그리고 슬로우 모션처럼 서서히 팔을 앞뒤로 휘저으며, 칙칙폭폭 호흡을 하면서 흙을 박차 보았다. 그렇게 마흔 살 먹은 아줌마가 처음 달리기를 시작했다. 한 바퀴 정도는 충분히 뛸 만했다.

하지만 그날은 덜도 말고 더도 말고 딱 한 바퀴만 돌고는 그만두었다. 다음 날 두 바퀴, 그리고 그 다음 날 세 바퀴에 도전해 볼 작정이었다. 욕심을 부리면 무리를 해서 당장 몇 바퀴 더 뛸 수 있겠지만, 금방 몸에 무리가 온다. 저질 체력들은 그래서 운동이 '나랑 안 맞는구나' 쉽게 포기하고 재미를 느끼지 못한다.

공터는 어림잡아 둘레가 300미터 정도 되는 넓이였다. 내가 잡은 목표는 쉬지 않고 공터 열 바퀴를 도는 거였다. 열 바퀴를 뛰는 데 익숙해지면, 나는 3킬로미터는 너끈히 달릴 수 있는 사람이 되는 것이다.

매일 지각하던 올빼미는 어디로 갔을까

25년간 편집자로 일하면서 직장을 대여섯 번 옮겨 다녔다. 출산 직후, 비정규직으로 일한 신문사 한 군데만 빼고는 다 출판사였다. 단행본보다 다양한 잡지로 더 유명한 한 회사에서는 보기 드물게 6년간 일했다.

그 전까지는 초짜 에디터라 주로 편집에 치중했다면, 여기선 저자들과 활발히 소통하며 제대로 출판 기획을 배웠다. 무엇보다 에디터로서의 자존감과 심미안, 문화를 바라보는 안목을 키웠다. 베스트셀러 감각을 키울 만한 재미난 책도 많이 만들었다.

아마도 지금의 체력이었다면 겸손한 마음으로 '이런 회사는 또 없다' 여기며 더 오래 다녔을 것이다. 하지만 서른 살 중반, 고혈압 환자가 되어 허약한 몸으로 일하랴, 아이 키우랴, '총체적 난국'을 힘겹게 견딜 때였다. 홀로 취재까지 겸했던 6개월짜리 프로젝트를 마무리하자 몸과 마음은 완전히 방전되었다. 더 이상 아무런 의욕이 생기지 않았다. 피로감이 턱까지 차올랐다. 아파트 대출금 따위는 문제가 아니었다.

다들 만류했지만, 결국 6년이나 다닌 회사에 사표를 내고 말았다. 지친 심신을 쉬면서, 한편으로는 그동안 할머니 손에 맡긴 아이의 뒷바라지를 해 보겠다는 심산이었다. 하지만 간간이 의뢰가 들어오는 교정 아르바이트를 거절하지 못했다. 출퇴근만 하지 않았을 뿐, 삶의 질은 그다지 나아지지 않았다. 엄마가 곁에 있다고 해서 내성적인 아이의 성격이 달라지는 것도 아니었다. 해도 해도 끝나지 않는 집안일의 반복은 일과는 비교도 안 되는 시시포스의 형벌이었다. 의의가 있다면, '나는 전업주부로는 잘 살지 못하겠구나'라는 걸 깨달은 1년이랄까.

어차피 힘들 바에야 다시 나가서 일을 하자 싶었다. 슬슬 구인공고에 눈길이 가기 시작했다. 생애 처음으로 한강 다리를 건너다니는 강남의 직장인이 되었다. 집에서 회사까지는 거리로 치면 그다지 멀지 않았다. 하지만 대중교통을 이용하는 게 만만치 않았다. 버스에서 내려 지하철을 두 번 환승한 뒤, 지하철역에서 20여 분 정도를 더 걸어가는 고달픈 출근길이었다.

특히 지하철역까지 버스를 타고 나오는 구간이 골칫거리였다. 거리는 세 정거장이었지만 뚝방 옆이라 막혀도 빠져나갈 길이 없었다. 한번 밀리기 시작하면 애가 타서 입안이 바짝바짝 말랐다. 게다가 "아직도 이런 회사가 있나?" 싶게 종이로 된 출근 카드를 매일 아침 철커덕 찍어야 했다. 오래 근무한 총무팀 실장이 눈을 시퍼렇게 뜨고 지각하는 직원들을 체크했다.

지하철역에 내리자마자 늘 회사까지 헐떡거리며 뛰어갔다. 말끔했던 화장이 땀으로 다 씻겨 나갔다. 바람 맞은 후줄

근한 차림새로 아홉 시 정각을 넘기기 일쑤였다. 당시 출근하는 일이 얼마나 고되었으면 가끔 악몽을 꾸기도 했다. 고도 훈련을 받는 스파이가 되어, 좁고 어두운 터널을 쥐어짜듯 기어서 빠져나가는 꿈이었다.

대다수의 에디터가 그렇듯 나는 전형적인 올빼미족이었다. 밤이 깊을수록 눈이 반짝거리고 뇌가 활발하게 움직였다. 이미 고등학교 시절부터 독서실에서 커피를 마셔 가며 밤늦도록 깨어 있던 생체 리듬이 편안했다.

편집자로 살면서 밤 새워 책이나 원고를 읽는 일은 더 잦아졌다. 마감을 할 때는 아예 밤 열두 시 즈음부터 조용한 식탁 위에 교정지를 펴놓고 일을 시작해야 집중이 잘되었다. 그런 행동 습관이 몸에 밴 탓에, 아침에 일찍 일어나는 일은 괴로움 그 자체였다. 더군다나 지난 1년간 출퇴근에서 벗어나 자유로운 생활자로 살아온 터였다.

하필 2003년 당시 출판계를 주도하던 대형 베스트셀러는 〈인생을 두 배로 사는 아침형 인간〉이었다. 많은 아류작들이 우후죽순으로 서점 매대를 장식했다. 사람들이 뭔가 결심하기에 좋은 연말연시라는 출간 타이밍마저 잘 맞아떨어졌다.

위축된 경제 상황에서 일하는 분위기를 쇄신하는 데 좋은 이슈였다. 특히 나이 든 경영자들이 앞장서 솔선수범하기에 이만큼 쉬운 실천이 어디 있겠는가. 새벽 출근 제도를 부활하겠다는 회사가 많아졌다. 세상의 흐름에 역행하며 정신을 못 차리는 지각생들에겐 매몰찬 시선이 쏟아지기도 했다.

그런데 어쩌겠는가. 아침 일찍 일어나야 성공한다고 떠들어도, 나는 도저히 아침형 인간이 될 수 없었다. 아니, 되기 싫었다. 나처럼 창의력과 감성의 촉을 세워 일해야 하는 에디터에겐 강 건너 불이었다. 일의 깊이가 중요하지, '그깟 출근 시간 좀 못 맞추면 어때서'라는 삐딱한 심정이었다.

이참에, '아침형 인간 신드롬'에 반기를 들어 보겠다는 야심찬 역모까지 꾀했다. 다양한 분야에서 활동하는 낭만파 올빼미족 리스트를 작성했다. 나 같은 삐딱이들의 분노에 찬 목소리를 담겠다는 출간 의도를 일필휘지로 써냈다. 평소의 진득함과는 달리 손가락이 자판 위에서 춤을 췄다.

"다양성의 공존을 인정하고, 밤새워 일하는 열정을 중시하고, 밤의 아름다움을 소리 높여 노래하고, 밤에만 이루어지는 낭만과 치기어림을 소중히 여기는 사람들의 목소리는, '아침형 인간'이라는 이성적이고 획일화된 성공 코드를 거부하는 또 다른 수많은 사람들에게 숨통을 틔워 줄 것이다."

그리하여 "우리의 밤은 당신의 낮보다 아름답다"고 부르짖는 20명의 글을 모아 〈아침형 인간, 강요하지 마라〉라는 발칙한 책을 만들어 냈다. 결과는 기가 막히게도 참패였다. 초판을 끝으로 서점 매대에서 사라지는 희귀본이 되고 말았다.

하지만 내 인생에 그것보다 더 기가 막히는 일이 생길 줄이야! 40년 가까이 올빼미로 살아온 내가, 쑥과 마늘을 먹지 않고도 아침형 인간으로 탈바꿈한 것이다. '강요하지 말라'고 책까지 기획하면서 진저리를 치던 그 아침형 인간 말이다. 아니, 아침이 아니라 열렬한 '새벽형 인간' 지지자로 살리라곤, 한 치 앞도 내다보지 못했다.

강남 직장인 생활은 7개월 만에 종을 쳤다. '이렇게 옮겨 다니는 건 그만'이라는 심정으로 다시 한 출판사에 입사했다. 하늘이 나를 어여삐 여겼는지 출근 시간이 반으로 줄었다. 그에 걸맞도록 새로운 긴장감과 마음가짐이 필요했다. 출근하기 일주일 전부터 호기롭게 아침 여섯 시 수영 강습을 시작했다. 처음엔 눈을 뜨는 것이 지옥 같았는데, 몇 개월 지속하다 보니 할 만해졌다. 지하철역을 뛰어다닌 덕을 보는 건가? 점차 실력이 늘면서 체력도 살살 붙었다.

수영을 해 본 사람은 알 것이다. 격렬하게 몸을 움직여 진을 뺀 뒤에 따뜻한 물로 샤워하는 순간이 얼마나 행복한지.

수영장 문을 열고 나와 시원한 바깥 공기를 들이마실 때의 개운함은 비교할 만한 게 없다. 같은 레인에서 수영하는 사람들 사이에선 별 거 아닌 일로도 웃음꽃이 피어난다. 운동하는 사람들 특유의 긍정성과 에너지는 금세 전염되는 법이다.

　무엇보다 다섯 시 반이면 알람 소리를 단번에 알아듣는 내 몸의 반응이 신기했다. 수영을 마친 후 간단히 아침까지 챙겨먹고 출근하는 발걸음은 예전과 달리 여유롭고 가벼웠다.

　일하는 주부가 운동하는 시간을 내기란 어렵다. 아이가 학교에 가기 전인 새벽이나 저녁 늦게가 아니면 꾸준히 할 수가 없다. 처음엔 조금이라도 잠을 더 자는 게 낫지 않나 싶다. 하지만 규칙적인 아침 운동에 익숙해지면, 운동하지 않고 출근하는 게 더 무지근하고 힘든 날이 온다. 진작 그 맛에 길이 든 사람들은 아침 운동을 포기하는 것이 오히려 괴로울 정도다.

　수영으로 하루를 시작하고, 저녁 늦게 집 앞 공터를 뛰면서 하루를 마무리하는 날이 잦아졌다. 모든 게 조금씩 달라졌다. 새로운 직장에서 나는 아침마다 수영을 한 뒤 출근하는 활기찬 에디터로 이미지 세탁을 했다. 누가 강요하지도 않았건만 즐겁게 새벽에 눈 뜨는 아침형 인간을 선택한 것이다. 밤의 낭만이 좋다고 부르짖던 지각생 올빼미족은 옛 추억 속으로 스르르 사라졌다.

책상에만 앉아서 인생을 헛살 뻔했네

자전거에 대한 안 좋은 기억이 있다. 초등학교 2학년 어느 날, 동네 세탁소 아저씨가 자전거를 한 바퀴씩 태워 준다는 거다. 내 순서를 기다려 잽싸게 안장 뒤에 올라탔다. 그런데 채 자리를 잡기도 전에 페달을 밟고 출발하는 바람에 사달이 났다. 내 발뒤꿈치가 바큇살에 끼어버린 것이다.

꽥 하고 비명을 질러대는 순간 자전거는 멈췄지만, 이미 뒤꿈치 살점은 덜렁거렸다. 그 길로 병원에 실려 가서 스무 바늘 넘게 꿰매고, 나흘 넘게 학교를 못 갔다. 자전거만 보면 그때 공포가 떠올라 나도 모르게 오금이 저리곤 했다.

자라면서 자전거를 타야 할 일은 생기지 않았다. 못 타도 사는 데 전혀 불편하지 않았다. 지장은 대학교에 입학해서 생겼다. 1학년 교양 체육이, 하고 많은 운동 중에 왜 하필 자전거란 말인가. 페달을 쏙쏙 왼발로 돌리면서 척하니 올라타는 기술이 실기 과제였다.

어쩔 수 없이 넓은 운동장에서 친구들과 연습을 했다. 핸들을 요리조리 돌리면서 적당한 거리를 달리는 것은 간신히 해 볼 만했다. 넘어질까 봐 무서워서 페달을 돌리며 올라타는 시험만은 결국 패스하지 못했다.

지금 생각해 보면 웃기기 짝이 없는 미션이다. 살면서 그런 식으로 자전거에 올라탈 일이 몇 번이나 있을 거라고.

아마도 자전거를 만만하게 다룰 만큼 익숙해지라는 의도였
겠지만, 내겐 역효과였다. 무게 중심을 잡고 페달만 열심히
돌리면 앞으로 간다는 기초 상식을 안 것이 그나마 소득이
랄까.

　아들 또한 자전거라면 나만큼 좋지 않은 기억이 있을지
도 모른다. 일요일에 아빠랑 운동장에 나가 자전거를 배우
는데, 영 적응을 하지 못했다. 겁이 많은 탓인지, 페달을 돌려
야 하는데도 자꾸만 발을 내려놓는 거였다. 뒤에서 자전거
를 잡아 주던 남편은 급기야 인내심을 잃고 윽박질렀다. 아
들은 자전거를 땅바닥에 내팽개쳐 버리고 눈물을 뚝뚝 흘리
면서 달아났다. 자전거를 가르쳐 보려고 나섰던 휴일은 부
부싸움으로 끝났다. 고집이 센 아들은 그러고 나서 1년간
자전거를 쳐다보지도 않았다.

　모든 것에는 다 때가 있는 법이다. 뭐든 본인이 하고 싶
을 때 해야 능률이 오른다. 그렇게 못 탄다고 구박받던 아들
은 알아서 자전거를 배웠다. 그리고 중학교, 고등학교 6년
동안 자전거를 타고 통학했다.

　나한테도 자전거를 타야 할 일이 생길 줄은 몰랐다. 아
침 수영에 꾀가 난 터라, 초보자들이 흔히 그러듯 다른 운동
으로 갈아타 볼까 눈길을 돌리던 참이었다. 나눠 주는 전단

지를 보고 지하철역 근처에 요가 학원이 생겼다는 것을 알았다. 마침 그즈음 연예인을 내세운 요가 실용서가 화제에 올라 있었다. 아직 대중한테 널리 퍼지지 않은 요가가 뭘 하는 건지 궁금했다.

운동보다는 막연한 다이어트 효과를 기대하며 한 달 등록을 했다. 요가 선생님은 도복을 입은 중년의 남자였다. 다행히 몸동작은 그리 어렵지 않았다. 하루 종일 컴퓨터 앞에 쪼그리고 앉았던 어깨와 목 근육이 시원하게 풀렸다. 눈 감고 인도풍의 음악을 들으며 누워 있는 시간이 꽤 좋았다.

개인 사물함이 없어서, 퇴근 후 집에 들러 편한 옷으로 갈아입고 가야 했다. 버스로 세 정거장 거리라 걸어가기엔 멀었다. 요금 환승제가 시행되기 전이라서 버스를 몇 번씩 타기엔 교통비가 아까웠다. 내 푸념을 듣던 남편이 해결법을 하나 내놨다. 바구니 달린 중고 자전거를 한 대 사서 타보면 어떠냐고 제안한 것이다. 앗! 자전거라니! 뭔가 찝찝했지만 그때로선 거부할 수 없는 가장 현실적인 방안이었다.

자전거를 처음 타고 나간 날은 위태롭게 가다 서다를 반복했다. 사람이나 차에 부딪혀서 넘어질까 봐 잔뜩 겁먹었다. 아예 내려서 자전거 핸들을 밀고 가는 게 빠를 것 같았다. 언제 도착할지 남은 거리가 까마득했다.

며칠 타다 보니 한산한 골목을 택하는 요령이 생겼다. 싸구려 자전거는 꽤 무거웠다. 그래도 넘어질 것 같으면 언제든 발로 땅을 디딜 수 있을 만한 적당한 크기였다. 앞에 조그만 바구니가 달려 있어서 옷가방을 담기도 편리했다. 한 달쯤 타고 다니는 동안 제법 이력이 붙었다. 요가 학원에 가는 것이 재밌는지, 자전거를 타는 게 신나는 건지 헷갈렸다.

요가 학원은 석 달 만에 그만뒀지만, 자전거를 타야 할 일은 늘어갔다. 동네 슈퍼에서 장을 보기에 그만이었다. 낡은 자전거여서 슈퍼 앞에 아무렇게나 세워 놔도 손을 탈 일이 없었다. 점점 바구니에 뭔가 묵직하게 채워 돌아오는 일에도 익숙해졌다. 관심은커녕 쳐다보지도 않던 자전거를 제법 잘 타고 다니는 게 기특했나 보다. 남편이 생일 선물로 은빛 반짝이는 새 자전거를 사 주었다.

얼마간 자신감이 붙은 나도 이참에 더 욕심을 내 보았다. 아침 출근 시간에 집에서 지하철역까지 자전거를 타 보기로 한 것이다. 세 정거장이지만 하도 버스가 가다 서다를 반복해서 고혈압 환자의 애를 태우는 심한 정체 구간이었다.

가히 기적과도 같은 일이 벌어졌다. 현관 앞에 묶어 둔 자전거에 올라 한산한 골목길로 쌩쌩 달려 보니 10분밖에 걸리지 않는 거리였다. 시간은 물론이요 교통비까지 절약할 수 있었다. 아울러 땀이 살짝 날 정도로 운동이 되고 기분마저 좋아지니, 네 마리 토끼를 다 잡는 방법이었다.

역 입구 거치대에 자전거를 묶어 놓고 지하철로 갈아탔다. 그리고 퇴근할 때 다시 자전거를 타고 집까지 돌아왔다. 이것이 바로 말로만 듣던 출퇴근 자전거 환승이었다!

'놀라운 자전거의 신세계에 오신 것을 환영합니다!'

그렇게 자전거를 타고 다닌 지 열흘 정도 됐을까. 아침에는 날씨가 맑아서 자전거를 타고 나갔는데, 하필 퇴근길에 비가 쏟아졌다. 할 수 없이 지하철역에서 버스를 타고 돌아왔다. 다음 날 아침, 비는 멈췄지만 자전거가 없으니 간만에 버스를 타야 했다. 막히는 버스 안에서 스트레스를 잔뜩받고 서둘러 지하철역 계단을 뛰어 내려갔다.

사달은 그날 오후 퇴근 시간에 벌어졌다. 단 하루, 그것도 비 때문에 어쩔 수 없이 자전거를 찾아가지 못한 게 아닌가. 그런데 아무리 눈을 비비며 찾아봐도 거치대에 묶어 놓은 내 은빛 자전거가 보이지 않았다. 그 사실을 도무지 인정할 수가 없어서, 다른 입구의 거치대까지 샅샅이 살펴보았다. 혹시 내가 딴 데 묶어 놓고 착각하고 있는 것은 아닌가? 물론 거기에 있을 턱이 있나.

주저앉아 엉엉 울고 싶은 지경이었다. 거치대의 수많은 자전거 중에 왜 하필 내 자전거란 말인가. 아니, 애초에 눈에 띄는 새 자전거를 지하철역에 묶어 놓은 것이 잘못이었다. 비토리오 데 시카 감독의 영화 〈자전거 도둑〉이 왜 만들어졌 겠는가.

2차 대전 후 오랜만에 일자리를 얻은 안토니오는 침대 보를 팔아 간신히 자전거를 마련하는데, 그만 일하던 잠깐 사이에 도둑을 맞는다. 하루 종일 눈을 부릅뜨고 돌아다니 지만 범인이 잡힐 리가 있나. 어깨를 축 늘어뜨린 채 걸어가 다 보니 축구장 옆에 즐비하게 늘어선 자전거들이 심란하게 만든다. 하필 벽에 세워 놓은 한 대를 잽싸게 훔쳐 달아나지 만 곧 주인에게 붙잡히고, 어린 아들 앞에서 봉변을 당하는 가련한 안토니오.

실은 내 마음이 그랬다. 안 되는 줄 알면서, 다른 자전거 라도 훔쳐서 돌아가고 싶었다. 한 번이라도 자전거를 도둑 맞아 본 사람은 그 심정을 알 것이다. 이놈의 자전거 도둑, 눈 에 불을 켜고 매일 동네를 샅샅이 뒤져서라도 꼭 찾아내리 라. 실현 불가능한 다짐을 해 봤자 허망함만 쌓일 뿐이었다.

자전거를 찾겠다고 사방팔방 지하철역 근처를 헤매다 가 꽤 어두워져서야 집으로 돌아갔다. 어깨가 축 처진 나를 보더니 남편은 다시 사자면서 자전거 사이트를 뒤지기 시작했다. 하지만 다른 어느 것도 내 은빛 자전거를 대신할 수 없었다. 이 일을 계기로, 나도 모르는 사이에 자전거라는 기계와 애착 관계에 접어들고 말았다.

내 주위에는 아예 자전거를 못 타는 여성이 많다. 자전거는 한 번 타는 법을 익혀 두면, 잊지 않고 몸이 기억하는 운동이다. 그래서 어릴 때 배워 두는 것이 가장 유리하다. 나처럼 나이 들어 타려고 하면 무섭기도 하고, 이제 와서 무슨 소용이 있을까 싶다. 그래도 부디, 미리 포기하지 않으면 좋겠다. 할머니한테도 자전거 타기는 재밌고 유익한 놀거리니까. 벤 어빈은 〈아인슈타인과 자전거 타기의 행복〉이라는 책에서 이렇게 말한다.

"자전거를 타며 느끼는 자유가 아이를 독립적으로 만든다면, 어른이 되어 자전거를 타면 다시 아이가 된 듯한 기분을 느껴볼 수 있다. 자전거를 자주 타는 사람이라면 동감할 텐데, 언제든 자전거를 타면 그리운 행복을 불러일으킨다. 무지개, 별똥별, 크리스마스로나 느낄 법한 기분 말이다."

다행히 요즘에는 자전거 생활체육협회가 동네마다 있어서 가르쳐 주는 곳이 의외로 많다. 여의도 공원처럼 차 없는 넓은 공간에서 배우면 두려움도 덜하고 금세 무게 중심을 잡을 수 있다. 어쩌면 채 한 시간도 걸리지 않아 쌩쌩 달릴 수 있을지도 모른다. 그러니 용기와 시간을 내서 꼭 시도해 보기를 권한다.

중요한 것은 배우는 것보다 자전거에 익숙해지는 일이다. 어렵게 배워 놓고도 자주 타지 않으면, 안장에 앉을 때마다 부담스럽고 두렵다. 사람이나 차를 자꾸 피해 봐야 겁이 사라지고 요령이 생긴다. 무거운 자전거를 집 안에 들여놓으면 필요할 때 얼른 타는 것이 번거롭다. 처음 배울 때는 도난당할 위험이 적은 저가의 생활 자전거를 밖에 세워 두고 자주 이용하면 좋다.

아름다운 한강을 끼고 곳곳으로 경치 좋은 자전거 길이 잘 뚫려 있는 서울에 살면서 자전거를 타지 못한다는 건 안타까운 일이다. 내 힘만으로 페달을 돌려 빠르고 멀리 갈 수 있는 능력은, 가히 나약한 인간이 이카루스처럼 날개를 단 것과 다르지 않다.

만약 자전거를 타지 않았다면 지금 나는 어떻게 살고 있을까. 책상 앞에만 쪼그리고 앉아서, 인생을 헛살아온 것도 모르고 있겠지. 자전거는 내 인생을 통틀어 가장 잘한 선택 중 하나다.

5킬로미터만 완주하면 소원이 없겠어요

'공터 한 바퀴'로 시작한 달리기는 열 바퀴까지 차근차근 늘어났다. 아니, 이렇게 늘려 나가다 보면 그 이상도 뛸 수 있을 것 같았다. 마라토너 이홍렬 씨가 말한 것처럼, 내 보폭에 맞춰 네 박자로 숨을 내쉬고 들이마시는 행위는 예상했던 것보다 재미있었다. 결코 지루한 반복이 아니었다.

만약 달리는 공간이 헬스클럽의 트레드밀 위였다면 어땠을까. 실제로 근력을 키우기 위해서 1년 회원권을 끊어 실내 운동을 한 적이 있다. 기계가 자동으로 움직여 주는 트레드밀 위에서는 더 짧은 거리를 뛰어도 훨씬 힘들었다. 이유가 뭘까.

미국의 마라톤 잡지 〈러너스 월드〉에서는 달리는 사람의 유형을 크게 네 가지로 분류한 적이 있다. 겉으로는 비슷해 보이지만, 달리는 이유가 다 제각각이라는 것이다. 첫 번째는 멋진 몸매를 유지하거나 성인병을 예방하기 위해 달리는 운동파. 두 번째는 다른 사람을 앞서고 싶거나 목표로 세운 기록을 단축하고 싶어서 달리는 경쟁파. 세 번째는 나무가 많은 공원이나 호젓한 길을 따라, 달리는 느낌 자체를 즐기는 취미파. 네 번째는 비슷한 취향을 가진 사람들과 어울려 함께 달리는 것이 재미있는 사교파.

처음엔 뱃살이 빠지고 고혈압에 도움이 되면 좋겠다는 소박한 바람으로 달리기를 시작했다. 차차 체력이 붙고 뛰는 거리가 늘어가면서, 온몸을 움직이며 땅을 박차는 행위 자체가 즐거워졌다. 억지로 살을 빼야 한다거나, 기록을 단축하려는 목적이 뚜렷했다면 지레 포기하고 말았을 것이다. 내 몸을 힘차게 움직여 본 기억이 언제인지 까마득했다. 달리기는 어른, 여성, 엄마의 틀 안에 가둬 놓았던 내 몸을 자유롭게 풀어 놓는 독립 선언이었다.

　평소라면 소파에 누워 피곤한 몸을 축 늘어뜨린 채 이런 저런 걱정에 잠길 시간이었다. 그러는 대신 땀으로 푹 젖을 만큼 달리고 돌아와 시원하게 샤워를 하면 유쾌한 에너지가 온갖 시름을 덮었다. 저녁 회식이라도 생기면 달리기를 빼먹어야 하는 것이 아쉬울 정도였다. 〈철학자가 달린다〉를 쓴 중년의 철학자 마크 롤랜즈의 말이 맞았다. "달리는 이유는 십인십색 일 수 있지만, 가장 순수하고 최고인 달리기의 목적目的因은 그저 달리는 것"이 되어버렸다.

　당시 남편의 달리기는 이미 운동과 취미의 단계를 뛰어넘은 사교 상태였다. 동네 마라톤 클럽에 가입해서 일요일 아침마다 정기적으로 달리기를 하러 나가곤 했다. 두 번째로 동아 마라톤에 출전하는 준비 자세는 1년 전과 사뭇 달라 보였다.

　점심 즈음에 아들 녀석을 끌고, 골인 지점인 잠실 종합운동장으로 슬슬 나가 보았다. 시원한 꿀물이나 하다못해 박카스조차 준비할 생각을 못할 만큼 숙맥이었다. 이제나 저제나 남편이 보이기만을 기다리며 서성이는 시간은 지루하고 고생스러웠다. 땅에 주저앉다 일어서다를 반복하는 아이를 달래가며, 목이 빠져라 선수들 얼굴을 하나하나 지켜보았다.

기다리는 데 지쳐서, 이미 골인해 버렸거나 중간에 포기한 건지도 모른다고 여길 무렵이었다. 멀리 익숙한 옷차림 하나가 시선에 잡혔다. 얼른 아들 손을 붙잡고 응원하는 사람들 틈을 헤집고 들어가 꽥꽥 소리를 질렀다. 그렇게 큰 소리로 남편 이름을 불러보는 건 난생 처음이었다.

응원은 기대도 안 했는지, 아내와 아들 얼굴을 발견하자 함박 웃으며 손을 흔들고 뛰어가는 남편의 얼굴은 빛나 보였다. 패잔병처럼 질질 발을 끌며 걸어오는 건 아닐까 겁을 먹은 건 기우였다. 2년 전 운동회 때 두 번이나 넘어졌던 그 사람이 맞나 싶었다. 결승점을 향해 뛰어가는 뒷모습은 단단했고 당당했다. 달리기가 사람을 저토록 변하게 만들 수 있구나, 순간 울컥하기도 했다.

하지만 아내로서의 흥미와 감동은 딱 거기까지였다. 누가 뭐래도 42킬로미터 넘게 달리는 건 미친 짓에 가까웠다. 마라톤이야말로 세상에서 가장 재미없는 단조로운 운동이지 싶었다. 그랬던 내가, 공터를 열 바퀴나 쉬지 않고 달리는 날이 올 줄 알았겠는가.

어느 일요일 아침, 달리기를 하러 나가는 남편을 별 생각 없이 따라나섰다. 한강 자전거 길이 아니라 망우리 공원을 뛴 다고 해서, 산책이나 할 속셈이었다. 마라톤 클럽 사람들이 공 원을 두어 바퀴 뛸 동안 이방인처럼 혼자 걷기만 했다. 이 나이 에 사람들 앞에서 뛴다는 행위 자체가 왠지 부끄러웠다.

그러다 마지막 한 바퀴는 용기를 내서 뒤꽁무니를 쫓아 달려 보았다. 수영을 해서 그런가, 초보자치고 잘 따라온다며 달리기의 고수들이 입을 모아 칭찬을 해 줬다. 반은 과장된 농 담이었겠지만, 듣는 초짜로선 흥분할 만한 자극제였다. 자꾸 만 웃음이 흘러 나왔다. 내가 달리기를 좀 하나?

밤에 혼자 공터를 달리는 것에 슬슬 재미를 잃어 가던 참 이었다. 나무가 많은 공원에서 들이마시는 아침 공기는 더없 이 신선했다. 게다가 여러 사람이 같은 유니폼을 입고 발걸음 을 맞춰 줄지어 달리니 대단한 운동선수라도 된 것처럼 어깨 에 힘이 들어갔다. 천천히 산책하는 이들이 부러운 시선으로 쳐다본다는 착각도 한몫했다.

검색을 하다가, 한 달 후에 네이버 달리기 대회가 열린다는 광고를 보았다. 내친김에 겁도 없이 한번 나가보자고 마음을 먹었다. 과연 이 나이에, 대회라는 데 나가서 5킬로미터를 무사히 뛸 수 있을까? 걱정이 앞섰지만 엎질러진 물이었다. 참가비 2만 원을 송금해 버렸고, 대회 때 입으라는 마라톤 티가 우편으로 날아왔기 때문이다.

내가 무슨 짓을 저지른 것인가, 잠이 오지 않았다. 괜히 망신만 당하는 건 아닌지, 그나마 동네 공터도 뛰지 못하게 근육을 다치지는 않을지 겁이 났다. 학력고사 볼 때나 했음직한 기도를 남발했다.

'아, 하느님, 부처님, 조상님. 5킬로미터만 무사히 완주하면 진짜 소원이 없겠어요. 꼴찌로 들어와도 좋으니까, 제발 비나이다.'

결과는? 꼴찌로 들어오지 않았다. 자랑할 만한 기록은 아니었지만, 걱정했던 게 무색할 만큼 5킬로미터는 뛸 만했다. 원래 해 보지도 않고 머릿속으로만 걱정할 때가 훨씬 더 두려운 법이다. 아내가 용기를 내는 걸 지켜봐 준 남편의 응원 덕도 컸다. 아이를 낳고 병실로 돌아왔을 때 바라보던 대견해 하는 눈빛과 비슷했다.

사람은 여간해선 잘 변하지 않는다. 그러니 누군가에게 영향을 끼쳐 변하게 만든다는 것은, 신의 역량과 맞먹을 정도로 근사한 일이다. 집과 회사만 오가면서 좀체 움직이려고 들지 않던 아내가 달라지고 있었다. 더군다나 몸소 달리기 대회에 나가 볼 정도로 관심이 생겼다는 사실이 남편에게는 고무적인 일이었나 보다.

"조금만 더 연습해서 10킬로미터에 도전해 봐. 단번에 42.195킬로미터를 뛴다는 건 누구나 힘든 일이야. 그런데 일단 5킬로미터를 뛰고 나면, 10킬로미터를 완주하는 건 그다지 어렵지 않아. 하프를 뛴 사람은 풀코스도 가능해진다니까."

달리기를 하는 사람들은 다 아는 이상한 '두 배의 법칙'이라고 했다. 나는 한 바퀴, 두 바퀴 살살 늘려갔지만, 일정한 궤도에 오르고 나면 거리를 두 배로 확 늘릴 수 있다는 거였다. 아무리 그렇다고 해도 내 생전에 풀코스를 뛴다는 것은 믿기 어려운 일이었다. 개구리가 뱀을 잡아먹었다면 모를까.

다만 중간에 포기하더라도, 10킬로미터라면 해 볼 만하겠다고 욕심을 부렸다. 한날한시에 수많은 사람들과 같은 장소에 모여 출발 신호를 기다리는, 그 짜릿한 기분을 다시 맛보고 싶었기 때문이다. 대회를 앞둔 사람 특유의 가슴 졸이는 긴장감, 골인 지점을 향해 한 발 한 발 다가서는 성취감은 책을 만들면서는 전혀 맛보지 못한 희열과 두근거림이었다.

'기어이 달리기의 신세계에 오신 것을 환영합니다.'

그로부터 9개월 뒤, 2006년 3월 11일 저녁, 나는 운동화 끈에 기록을 재는 칩을 매달았다. 우편으로 배달된 '동아마라톤' 노란색 반팔 유니폼에다 옷핀으로 번호표를 달아 머리맡에 잘 개어 놓았다. 수분을 보충한다고 억지로 이온음료를 세 컵이나 꾸역꾸역 마셔댔다. 벌써부터 가슴이 두근거렸다. 내일은 새벽에 일어나야 하니 일찌감치 잠자리에 들었다. 눈을 감고 어둠 속에서 간절히 기도했다.

'아, 하느님, 부처님, 조상님. 이번에 42.195킬로미터만 완주하면 진짜 소원이 없겠어요. 교통 통제가 풀리기 전에만 들어가게 해 주세요, 제발!'

그녀가 하는 거라면 나도 할 수 있다

새 자전거를 산 지 열흘 만에 허망하게 도둑을 맞았다. 방치해 놓았던 먼지 쌓인 바구니 자전거를 다시 탈 수밖에 없었다. 그 모습이 안돼 보였던지 남편이 중국제 중저가 브랜드 자전거를 한 대 사왔다. 바퀴가 커서 부담스럽긴 해도 부드럽게 잘 굴러갔다. 입가에 절로 미소가 번지는 걸 숨길 수가 없었다.

일요일 아침에 첫 시승을 할 겸 미사리에 간다는 남편 뒤를 따라나섰다. 얼마 전에 가입한 철인3종 동호회 사람들과 만나 합동 훈련을 한다나, 뭐라나.

"철인3종이 뭐야? 승마, 사격, 그런 건가?"

체육 시간에 배운 근대5종과 헷갈릴 만큼, 처음엔 철인3종이 뭘 하는 운동인지도 몰랐다. 자전거를 타고, 마라톤을 완주하더니, 무슨 맘을 먹었는지 남편은 나를 따라 수영 강습을 받기 시작했다. 내가 중급반으로 올라가 네 가지 영법으로 활개를 칠 동안, 초보자 레인에서 킥판을 들고 발차기를 했다.

자전거나 달리기에 비해 수영은 익숙해지는 데 시간이 오래 걸린다. 아침마다 남편더러 '수영 지진아'라고 놀리면서 내 알량한 솜씨를 자랑하곤 했다. 하지만 춥다, 힘들다, 일이 많다, 꾀를 부리며 자주 빼먹는 바람에 내 수영 실력은 계속 그 자리에 머물렀다. 기본 체력이 있는데다가 매일 성실하게 강습을 받는 남편에게 따라잡히는 건 시간 문제였다.

세 가지 종목을 고루 섭렵한 남편은 기다렸다는 듯이 온라인에서 활동하는 철인3종 동호회를 찾아 가입했다. 일요일마다 미사리에서 오프라인 모임을 가지곤 하는데, 그날이 두 번째 참석하는 거란다. 조정 연습을 하는 호수 주위에 산책로 겸 도로가 나 있어서 자전거를 타기에 안전하다고 했다.

자동차 트렁크에 자전거 두 대를 겹쳐 싣고 집을 나섰다. 과연 미사리 조정 경기장은 자전거 타는 사람들의 천국이었다. 당시만 해도 마음 놓고 자전거를 탈 수 있는 차 없는 도로가 별로 없었다. 초록 잔디가 펼쳐진 호숫가며, 선수들이 노를 저으며 조정 연습을 하는 장면이 이채로웠다.

머리에 헬멧을 쓰고, 민망할 정도로 몸에 착 달라붙는 자전거 유니폼을 입은 사람들이 하나둘 모여들었다. 서로 인사를 나누는가 싶더니, 날렵한 사이클에 올라 쌕쌕 페달을 돌리며 호수를 돌기 시작했다. 가로 폭이 2.2킬로미터인 호수 주위를 한 바퀴 돌면 약 5킬로미터 정도 타는 셈이었다.

면 티셔츠와 펄럭이는 반바지 차림으로 엉거주춤 자전거에 올라탄 나는 눈부신 도시에 떨어진 시골 쥐처럼 보였다. 겨우 동네나 왔다 갔다, 멀어 봤자 지하철역까지 타 본 솜씨라, 한 바퀴를 도는 것조차 힘겨웠다.

뜨거운 땡볕 밑에서 얼굴은 땀과 콧물로 범벅이 되었다. 안장 위에 얹은 엉덩이가 얼마나 아프던지, 그 좋은 경치가 하나도 눈에 들어오지 않았다. 차를 주차해 놓은 출발 장소까지 돌아갈 수 있느냐, 마느냐가 관건이었다.

내가 간신히 한 바퀴를 도는 동안 동호회 사람들은 몇 번이고 나를 따라잡았다. 그러거나 말거나, 간신히 제자리로 돌아와서 다시는 쳐다보지도 않을 것처럼 자전거를 땅바닥에 던져 놓았다. 기진맥진해서 체면이고 뭐고 그늘에 누워 버리고 싶었다. 저 괴물 같은 남자들은 쉬지도 않고 대체 몇 바퀴나 돌고 있는 건지 짐작조차 할 수 없었다.

기다리는 것도 지칠 즈음, 사이클 한 대가 주차장 쪽으로 들어왔다. 헬멧을 벗으니 여성이었다. 나는 눈을 똥그랗게 뜨고 쳐다보았다. 여자는 익숙한 솜씨로 차에다 사이클을 척 싣는가 싶더니 사이클 신발을 벗고 운동화로 갈아 신는 거였다. 얼굴에 선크림을 바르고 모자를 눌러쓴 그녀는 그제야 내 쪽을 쳐다보며 싱긋 웃었다.

"날도 더운데 힘들었죠? 자전거 타고 난 다음에는 근전환 운동을 해 줘야 하거든요. 한 바퀴만 뛸 건데, 기다리기 지루하면 같이 갈래요?"

뛰어서 한 바퀴? 고개를 절레절레 흔드는 나를 뒤로한 채 그녀는 힘차게 달려 나갔다. 단단하고 군살 없는 뒷모습이었다. 나는 고작 자전거로 5킬로미터 타고도 나자빠지지 않았나. 어떻게 똑같은 여자가 저럴 수 있는 건지 어이가 없었다.

달리기까지 운동을 모두 끝낸 후, 근처 식당에서 다 같이 점심을 먹었다. 얘기를 나누다 보니 놀랍게도 그녀는 나와 동갑내기였다. 두 딸을 키우는 워킹맘으로, 몇 년 전에 철인3종에 입문하여 그 힘들다는 킹 코스(바다 수영 3.8km, 사이클 180km, 마라톤 42.195km를 연달아 하는 철인3종의 코스 중 하나)까지 완주한 경험자였다.

집으로 돌아오는 차 안에서 여러 가지 생각들로 머릿속이 복잡했다. 나는 감히 범접하지도 못할 이상한 세계를 구경한 것 같았다. 마치 달리는 치타의 무리를 멀리 숨어서 훔쳐보는 토끼랄까. 그런데 나랑 체구도 비슷한 토끼 한 마리가 치타 무리 속에 끼어서 달리고 있는 것을 발견한 것이다! 운동선수 출신도 아닌 평범한 동갑 여성이 철인3종을 하고 있다는 사실에 적잖이 충격을 받았다.

아마도 그때 받은 자극이 내겐 티핑 포인트가 된 것 같다. 어쩌면 나도 해 볼 수 있을지 모른다는 막연한 희망을 품기 시작했으니까. 동갑인 다른 여성이 저렇게 할 수 있는 거라면, 나도 가능하지 않을까?

하버드 의과대학 교수가 연구한 〈두려움, 행복을 방해하는 뇌의 나쁜 습관〉이라는 책에선, 왜 인간의 뇌가 그런 희망을 품는 것이 중요한지 강조한다.

"로저 배니스터는 1마일을 4분 안에 주파한 최초의 인물이었다. 닐 암스트롱은 달에 처음으로 간 사람이었다. 에드먼드 힐러리 경은 텐징 노르가이와 함께 에베레스트 산 정상에 도달한 최초의 인물이었다. 이 위업들이 이루어지기 전에, 수많은 사람이 그것을 시도했지만 그 사람들은 다 실패했다. 그런데 한 번 성공이 일어나자, 많은 사람이 그것을 똑같이 해냈다. 왜일까? 뇌는 어떤 것이 가능하다고 생각하면, 그곳으로 가는 대략의 지도를 그린다. 배니스터, 암스트롱, 힐러리는 상식을 거슬러 희망을 품어야 했다. 그들의 뇌에, 목표에 이르는 지도를 그리라고 요구해야 했다. 그들의 뒤를 따른 사람들은 앞서 달성된 위업을 지도로 이용했다."

시간이 꽤 흘렀다. 그동안 길을 잘 들여 놓은 중국산 자전거는 아들에게 넘겼다. 눈을 딱 감고 새로 산 자전거는 노란 사이클이었다. 처음 올라탔을 땐 내가 왜 일을 저질렀을까, 후회막심이었다. 지금까지 타 온 자전거들과는 차원이 달랐다.

발이 땅에 닿지 않아서 내리고 타는 게 겁이 났다. 허리를 굽힌 자세가 영 불편했다. 핸들을 조작하는 게 맘처럼 쉽지 않았다.

아니나 다를까, 숱하게 자빠졌다. 넘어지는 장면만 모아놓은 '해피 비디오'가 따로 없었다. 그러니 겁이 나서 잘 안 타고, 잘 안 타니까 더 겁이 나는 악순환이 이어졌다. 까진 무릎에 연고를 바르면서, 역시 의욕만 갖고 되는 게 아니라는 걸 알았다. 뒤늦게 왜 자전거 바람이 들어서 내가 이 고생을 하고 있나. 다시 바구니 자전거로 되돌아가고 싶은 마음이 굴뚝같았다.

그러던 어느 날, 남편을 따라 한양대 근처 골목에 자리한 낡은 연립주택을 방문했다. 한 남성이 자기가 사는 집에다 자전거 숍을 차리고, 각종 부속과 소모품을 저렴하게 판다는 거였다. 그 좁아터진 곳에 고만고만한 청년들이 모여 앉아 자전거를 들여다보느라 발 디딜 틈이 없었다. 살다 살다 별 이상한 데를 다 와 보는구나 싶었다. 우드스턱 평원의 히피들 사이로 불시착한 노인네가 된 기분이랄까.

어차피 자전거가 고장날 때를 대비해서 단골 숍을 두어야 한다. 그 남성이 운영하는 온라인 카페에 들어가 보니 주말마다 함께 라이딩을 하는 정모가 있었다. 겁내고 자꾸만 의지하려 드는 내가 슬슬 귀찮아졌는지, 그 정모를 따라다니면 금세 실력이 늘 거라고 남편이 부추겼다.

　몇 번이나 망설이다가 혼자 정모에 참석하겠다고 길을 나선 날. 도로에 진입해서 차들 사이를 빠져 나갈 때마다 겁이 나서 오금이 저렸다. 자전거를 길에다 버리고 싶은 심정이었다. 얼마나 섰다 가다를 반복했는지 모른다. 무사히 모임 장소인 잠실대교 밑에까지 간 것이 기적 같았다. 그런 내 사정도 모른 채, 출석을 확인하고 가볍게 인사를 하자마자 바로 출발한다는 거였다. 내가 저 사람들을 무사히 따라갈 수 있을까. 그냥 집에 간다고 할까.

　두어 명의 젊은 여성을 포함해 정모에 모인 청춘들은 쇠라도 씹어 먹을 것처럼 에너지가 넘쳤다. 40대의 겁 많은 초보 아줌마가 그들과 어울려서 탄다는 것은 처음부터 역부족이었다. 절대 혼자 버려두고 가지는 않을 거라고 믿는 수밖에 없었다.

　자전거는 바람의 저항을 많이 받기에, 누가 앞에서 끌어 주면 뒷사람은 한결 힘이 덜 드는 법이다. 내가 무리에서 떨어져 뒤로 처질 때마다 꼭 한두 명이 앞뒤로 끌어 주는 의리를 보였다. 미안해서라도 도저히 못 가겠다는 소리가 나오지 않았다. 한산한 도로에서는 아예 두 줄로 차도를 점령하고 달렸다. 한 번은 위험하게 자꾸만 줄에서 빠져 나온다고, 스물 몇 살짜리한테 된통 야단을 맞기도 했다.

'내가 일부러 그러냐? 너도 내 나이 돼 봐라.'

물론 자전거를 배우는 처지라, 속으로만 꾹 삼킬 수밖에 없었다. 사회의 일하는 공간이라면 내가 인생 선배겠지만, 자전거 안장 위에서는 청년들이 스승이었다. 나이 마흔에 내 몸보다 큰 사이클 한번 타보겠다고 이게 뭐 하는 짓인가.

젊은 총각들 틈에 끼어 죽어라 페달을 돌리며 쫓아가면서도 이게 꿈인가, 생시인가 싶었다. 땀 줄줄, 콧물 질질, 꼴찌로 도착하자마자 땅바닥에 털퍼덕 주저앉아 초코파이와 콜라를 게걸스럽게 먹어대는 꼴은 또 어떤가. 평소에는 상상도 못해본 후줄근한 행동이었다. 저 청년들 눈에는 내가 어떻게 비칠까 생각하니 비질비질 웃음이 삐져나왔다.

남편 말마따나, 젊은 자전거 도사들 뒤꽁무니를 따라다니는 동안 내 자전거 실력은 눈에 띄게 향상되었다. 역시 자주 장거리를 타는 것만이 지름길이었다. 같이 타는 사람들과도 즐겁게 낯을 익혔다. 그 정도 경험만 해도 나로선 쉽게 맛보지 못할 자전거의 신세계였다.

하지만 그렇게 한 번 불이 붙은 내 욕망은 거기에서 멈추지 않았다. 또 다른 희망이 스멀스멀 솟아올랐다. 철인3종! 대단한 체력을 지닌 이들이나 하는 줄 알았던 거친 운동. 동갑내기 여성이 해낸 거라면 나라고 왜 못할쏘냐.

　몇 달 후 대회에 나간 남편을 응원하러 갔다가, 실제로 몇몇 여성이 경기하는 모습을 목격했다. 도저히 못 할 것 같다고 위축되기는커녕, '나도 해 보고 싶다'는 마음이 더 간절해졌다. 체력이 강해짐과 동시에, 나는 점점 더 겁 없고 담대한 사람으로 진화해 가고 있었다.

어떻게 하나요?

'처음' 운동을 시작하는 사람을 위한 Q&A

Q '내일부터 꼭 운동해야지' 결심은 잘 하는데, 의지박약입니다. 어떻게 해야 작심삼일을 넘길 수 있을까요?

A 비싼 운동화를 사서 책상 위에 올려놓으세요. 볼 때마다 본전 생각이 절로 나게요. 이왕이면 강렬한 형광 컬러로 사세요. 그래야 신고 싶은 욕구가 더 생깁니다. 운동 캘린더를 만드는 것도 좋습니다. 좀 유치해도 캘린더에 '참 잘했어요' 스티커를 붙이면 효과 두 배! 운동을 할 때마다 5천 원씩 저금통에 넣는 것은 어떨까요. 운동하면 할수록 돈이 모이니 도랑 치고 가재도 잡는 셈이죠. 뭔가 반드시 보상을 해 주는 게 좋습니다. 조금 극단적인 방법으로는, 무조건 달리기 대회를 신청하고 주위에 소문을 내세요. 자, 일단은 오늘 저녁에 운동장 한 바퀴부터!

Q 운동을 하는 데 드는 돈이 너무 부담스러워요. 경제적인 여유가 없거든요.

A 모든 스포츠는 장비 싸움이라고 하더군요. 제 아들은 8만 원짜리 스케이트를 사 줬는데, 아들 친구는 80만 원짜리 스케이트를 샀다는 거예요. 코치한테 무슨 차이가 있냐고 순진하게 물었더니 "티코와 그랜저 차이?" 그럼 돈 없는 사람은 운동을 못 하나요? 천만의 말씀! 차만 좋으면 뭐합니까,

운전할 힘이 없는데. 아무런 장비 없이도 충분히 체력을 키울 수 있답니다. 운동 고수일수록 장비 탓을 하지 않기 마련! 달리기부터 계단 오르기, 스쿼트, 버피, 윗몸 일으키기, 팔 굽혀 펴기, 플랭크 등 매일 꾸준히 하면 몰라보게 몸이 달라지는 맨손 운동이 수두룩합니다.

Q 수영을 하고 싶은데, 살이 쪄서 수영복 입기가 부끄러워요. 살을 먼저 뺀 뒤에 수영을 배워야 하지 않을까요?

A 어깨를 웅크리고 자신 없어 하면 더 눈에 띕니다. 정 노출하는 게 부끄러우면, 사각으로 된 까만 수영복을 구입하세요. 왠지 고수처럼 보이는 효과까지 있으니까요. 오전 여덟 시나 아홉 시 강습은 대부분 여성, 주로 할머니들이니, 가능하다면 그 시간을 선택해 보세요. 강습 시작부터 끝까지 물안경을 벗지 않고 버티는 것도 방법이에요. 수영장에서는 뭐라 할 사람이 하나도 없어요. 하지만 가장 중요한 건, 내 몸을 부끄러워하지 않는 거랍니다. 당당하게 드러내세요.

Q 운동을 하고 싶긴 한데, 도무지 시간이 나질 않아요. 막상 시간이 나면 귀찮기도 하고요. 제가 비정상인가요?

A 지극히 정상입니다. 누구나 다 "시간이 없고 귀찮다"고 말하니까요. 그런데 책을 읽는 건 어떤가요? 멋 부리는 건요? 요리를 하는 건요? 모임에 나가는 건요? 혹시 이런 것들도 시간이 없거나 혹은 귀찮아서 못 하고 있지는 않은가요? "시간 없어, 귀찮아"를 입에 달고 살던 제가, 어떻게 자다가도 일어나 운동하러 나가는 사람으로 변했는지 알고 싶다면, 이 책을 끝까지 정독!

달리기를 잘하고 싶은
몸치들을 위한
깨알 팁

준비물 : 러닝화, 스포츠 브라, 러닝용 셔츠와 팬츠, 면양말, 모자, 손목 아대

1 매일 신고 싶을 만큼 가볍고 화사한 색깔의 러닝화를 구입한다.

2 면으로 된 티셔츠, 단이 펄럭거리는 바지를 입고 뛰면 안 된다. 땀을 죄다 흡수하기 때문에 금방 축축해져서 감기에 걸리기 쉽다. 폼도 나지 않는다. 기능성 셔츠에, 몸에 붙는 러닝용 팬츠를 입고 뛰면 한결 달리기가 가벼워진다.

3 뛰기 전에 얼굴과 목에 선크림을 충분히 바른다. 모자를 쓰지 않으면 얼굴이 참깨밭이 된다.

4 동네를 슬슬 걸으면서 원을 그리며 뛰기에 좋은 코스를 개발한다. 주위에 공원이 있으면 좋겠지만, 없다면 차량이 한적하고 밤에도 안전한 길을 골라 본다.

5 달리기를 하기 전에 물이나 이온 음료를 두 컵 정도 충분히 마신다. 땀이 많이 배출되기 때문에 미리 수분 섭취를 해야 한다.

6 모든 운동은 워밍업과 운동 전 스트레칭, 운동 후 스트레칭이 가장 중요하다. 자칫 의욕만 앞세우다 보면 부상을 당하기 쉽다. 달리기는 특히 발목 부상이나 무릎 통증이 오기 쉬우므로, 뛰기 전에 몸을 덥히고 잘 풀어 줘야 한다.

7 우선 100미터 정도 천천히 걸으면서 손목이나 어깨, 발목, 목 등을 이리저리 돌려 준다. 그리고 200미터 정도 빠르게 걸으면서 몸에게 곧 뛸 거라는 신호를 준다.

8 처음엔 운동장을 뺑뺑 도는 것을 권한다. 마냥 앞으로만 뛰어가면, 되돌아오는 길이 막막할 때가 있다. 원을 돌거나 짧은 거리를 왕복하면, 중

간에 뛰기 싫거나 일이 생겨도 금방 중지할 수 있다.

9   호흡을 네 박자로 쉰다. 두 번은 내뱉고, 두 번은 들이마신다. 마치 칙칙
폭폭처럼 호흡을 연결하면 신기하게도 숨이 차지 않는다.

10 손에 달걀 하나씩을 쥔 것처럼 가볍게 주먹을 쥐고, 가슴 앞으로 여덟
팔(八)자를 그리며 앞뒤로 흔든다.

11 나는 손에 쏙 들어가는 플라스틱 참기름 통 두 개에 물을 넣은 뒤 양손에
쥐고 뛴다. 손에 뭔가를 쥐고 뛰다가 맨손으로 뛰면 훨씬 가볍다. 모래
주머니가 아닌 '기름통 효과'라고나 할까. 뛰는 중간에 목이 마르면 물
을 마실 수도 있으니 일석이조. 야쿠르트로 대신하기도.

12 처음 뛰기 시작할 때는 주로 발바닥 앞꿈치를 이용하여 뛴다. 뛰다 보면
저절로 발바닥 전체가 뒤꿈치부터 차례로 지면에 닿곤 한다. 뛰면서 자
기한테 편안하고 자연스러운 착지법을 찾는 것이 좋다.

13 절대로 욕심을 부리지 말고 짧은 거리에서 시작하여 조금씩 거리를 늘
려 나간다. 처음부터 무리하면 다음 날부터 뛰기 싫어진다.

14 고개를 숙여 바닥을 보지 말고 멀리 앞을 보면서 뛰는 것이 바른 자세다.
내가 힘들어서 고개를 숙인 채 뛰고 있으면 사람들이 "어디 돈 떨어졌
어?"라고 놀려댔다.

15 오래 뛰고 나서 몸이 힘들다고 그냥 누워 있으면 다음 날 못 걷거나 계단
을 내려가지 못할 정도로 근육통이 심하다. 반드시 뛴 당일에 다리를 쫙
벌리고 앉아서 허리를 숙이는 스트레칭을 많이 해 줘야 무사히 회사에
나갈 수 있다.

16 달리고 나면 욕조에 뜨거운 물을 받아 몸을 푹 담그고 싶겠지만, 참아
라. 역효과가 나므로, 미지근한 물로 간단히 샤워만.

17 달리고 난 뒤에 혹시나 관절 등에 통증이 있다면, 당일과 그 다음 날에
는 반드시 냉찜질을 해야 한다. 오래된 통증에는 온찜질이 좋다.

내 몸이 서서히 강해지는 동안

하나둘
행동이 바뀌고

이런저런 생각이 변하면서
그리하여, 인생이 완전히 달라지다

이렇게 무서운 건 머리털 나고 처음이야

2007년 8월, 태풍이라도 몰려오는지 밤새 어마어마한 비가 쏟아졌다. 빗소리에 맘이 뒤숭숭해서 잠이 오지 않았다. 계속 몸을 뒤척거리면서 기도를 했다. 운동을 시작하면서부터 독실한 기도꾼이 되었다. 기도 내용도 참 다채로웠다.

"제발, 비가 더 쏟아지게 해주세요."

태어나서 처음으로 트라이애슬론 대회 참가를 신청한 날이었다. 내 기도가 먹힌 것인지, 과연 아침이 되어도 비는 그칠 기미가 보이지 않았다. 이왕 대회에 나가기로 했으면 열심히 뛸 생각을 해야지, 더 비가 오기를 애타게 바라는 신세라니!

매년 여름, 이천에서 열리는 '설봉 트라이애슬론 대회'는 특히 초보자들이 많이 참가한다. 가장 어렵다는 오픈 워터, 즉 파도 일렁이는 바다가 아니라 잔잔한 호수에서 수영이 진행되기 때문이다.

의욕이 앞서서 덜컥 신청은 했지만 세 종목 중 뭐 하나 잘할 자신이 없었다. 대회에 출전하려면 페달에 끼우는 자전거 전용 클릿 신발을 신어야만 한다. 안 그래도 빼는 연습을 하다가 몇 번 넘어진 터라 걱정이 태산 같았다.

선수들이 출발 시간에 맞춰 전신 슈트로 갈아입고 설봉 호수 근처로 모여 들었다. 비는 점점 더 사납게 쏟아졌다. 선수들 틈에 껴 있었지만, 대회고 뭐고 다 집어치우고 집에 가고 싶었다. 잠시 후 대회 본부에서 어려운 결정을 내렸다. 길이 미끄러워서 낙차할 위험이 있으니 자전거 종목은 빼고 경기를 진행한다는 거였다. 간신히 한시름 놨지만, 사실 내가 뭘 모른 거였다. 더 무서운 복병은 따로 있었다.

수영을 시작하기 위해 호숫가로 주춤주춤 걸어 나갔다. 그런데 잔잔한 호수이기는커녕, 폭우로 철렁대는 누르죽죽한 흙탕물이 아닌가. 갑자기 여자 선수 하나가 날카로운 비명을 질렀다. 덩달아 나까지 못 볼 걸 보고 말았다. 물에 빠져 죽은 쥐 한 마리가 코앞에 둥둥 떠다니고 있었다. 갑자기 온몸에서 기운이 빠져 나갔다.

'아, 역시 철인3종은 무리야. 무슨 부귀영화를 누리겠다고.'

수영과 달리기, 사이클만 탈 줄 알면 철인3종을 할 수 있을 줄 알았다. 그런데 가장 중요한 자격은 따로 있었다. 이런 악천후를 견디는 담대함이 필요했던 것이다. 절망에 빠져 있을 새도 없이 출발 신호가 울렸다.

남자 선수들 먼저 나이 순서대로 착착 입수를 시작했다. 벌써 저만치 팔을 힘차게 저으며 나아가는 게 보였다. 옆에 서 있던 젊은 여자 선수들마저 하나둘, 주저하면서도 물속으로 들어갔다. 이제 출발선에 남아 있는 사람은 오직 나 하나뿐이었다. 슬그머니 발을 담가 봤지만 도저히 물에 들어갈 마음이 생기지 않았다. 줄줄 내리는 빗속에서, 다들 마지막 선수가 어쩌는지 지켜보고 있었다.

'새벽에 여기까지 차타고 달려온 게 아까우니까, 일단 들어가 보자.'

젖 먹던 용기까지 짜내서 허리가 잠길 때까지 슬슬 걸어 나갔다. 온갖 오물이 둥둥 떠다니는 물을 코앞에서 보니 구역질이 났다. 더 이상 발이 바닥에 닿지 않는 바람에 나도 모르게 물속으로 몸을 던졌다. 무섭고, 꼭 죽을 것만 같았다.

팔을 채 여섯 번도 젓지 못하고 호흡 곤란이 왔다. 수영은 제법 한다고 생각했는데, 완전히 오산이었다. 발이 닿지 않는 더러운 흙탕물은 수영장 물과는 아예 차원이 달랐다. 출발선 근처에 대기하고 있던 구명보트 쪽으로 다가가 매달렸다. 구조대원이 안타깝다는 얼굴로 쳐다보며 물었다.

"그냥 포기하실 거예요?"

"네, 도저히 못하겠어요."

발이 닿는 출발점까지 헤엄쳐 나와 뒤를 돌아봤다. 저 멀리 다른 선수들이 팔을 휘저으며 수영하는 게 보였다. 응원하는 사람들 틈에 서 있던 남편이 다가오는데, 눈물이 쏟아졌다. 순간 오만 생각이 지나갔다.

'내가 그렇지 뭐. 괜히 대회에 나가겠다고 까불다가 이게 무슨 꼴이야. 신발이랑 슈트까지 다 샀는데, 아까워서 어쩌지.'

얼른 그만두라고 할 줄 알았는데, 경험자인 남편은 이렇게 말했다.

"첫 경기는 원래 힘들어. 꼭 완주하지 않아도 뭐라 할 사람 하나도 없어. 그런데 기왕 물속에 들어간 거니까, 저기 보이는 첫 번째 부표까지만 갔다 와 보는 건 어때?"

저 정도 거리만 가는 거라면, 할 수 있지 않을까. 어차피 포기할 경기, 내가 오픈 워터를 할 수 있는지 시험만 해 보자 싶었다. 다시 마음을 다잡고, 여기가 수영장이다 생각하며 물속으로 들어가 팔을 저었다. 그러나 역시 10미터도 못 가서 다시 호흡 곤란이 왔다. 수영 실력이 모자라서가 아니라 지레 겁을 먹은 것이다.

남편이 몸을 뒤집어 보라고 소리쳤다. 전신 슈트를 입어서 과연 몸이 물에 떴다.

'아, 일단 누우면 물에 빠져 죽지는 않겠구나.'

눈을 감고 얼굴에 쏟아지는 비를 맞으며 호흡을 고른 뒤 다시 수영을 하기 시작했다. 줄을 잡고 손을 들면 언제든 구명보트가 다가와 건져 줄 것이다. '수영장에서처럼 딱 25

미터만 가 보자'고 마음을 먹었다.

목표로 잡은 첫 번째 부표까지 가는 동안 신기하게도 호흡이 안정되었다. 어차피 출발점으로 돌아가려면 삼각형으로 설치해 놓은 두 번째 부표를 마저 돌아야 한다. 간신히 뭍에 도착하자마자 물을 우웩 하고 뱉으면서 거품 문 거북이처럼 기어나왔다.

또 한 번, 악마 같은 남편이 다가와 내 귀에 대고 속삭였다. 750미터 한 바퀴를 돌았으니, 똑같이 한 번만 더 돌아보라고 유혹했다. 사람 마음이 얼마나 간사한지! 다 집어치우자고 마음먹은 지 1분도 안 돼서 본전 생각이 났다. 이 대회에 나가겠다고 나름대로 낑낑거리며 연습한 시간들이 아까웠다. 어디선가 지켜보고 있을 아들 녀석 얼굴도 떠올랐다. 아이더러 두려움에 져서 포기하지 말라고 늘 당부하지 않았나. 그러려면 내가 먼저 이 공포를 극복해야 한다.

주춤주춤 다시 물속으로 들어갔다. 이상하게도 아까보다 훨씬 덜 무서웠다. 머릿속에 이미 한 바퀴를 돌아본 자신감이 축적되었기 때문이다. 내 몸 또한 750미터만큼 수영한 감각을 기억하고 있었다. 오히려 스피드가 빨라졌다.

기운이 쭉 빠진 채 호숫가에 나와 보니 사람이 거의 없었다. 다들 달리기로 넘어간 지 오래였다. 엘리트 선수들은

30분대에 끝낸 수영을 혼자 1시간에 걸쳐 허우적댔으니! 이미 컷오프에 걸려서, 계속 경기를 진행하는 건 아무런 의미가 없었다.

슈트를 벗으니 몸에서 고약한 냄새가 났다. 이왕 버린 몸, 비나 흠뻑 맞으면서 깨끗이 씻고 싶었다. 운동화로 갈아 신고 달리기 시작했다. 어쨌든 그 끔찍한 수영을 끝내고 무사히 살아서 육지를 뛰고 있다는 사실이 믿기지 않았다.

이제, 장대처럼 쏟아지는 비를 맞으며 주로를 뛰고 있는 선수는 나 혼자뿐이었다. 어느새 남편이 운동복으로 갈아입고 내 뒤를 묵묵히 따르고 있었다. 그래서 창피한 것도 몰랐다.

네 바퀴를 다 돌고 피니쉬 라인으로 접어들었다. 이미 밥을 먹고 있던 스태프들과 응원단이 일어나서 마지막 선수에게 뜨거운 환호를 보내주었다. 제한 시간을 훌쩍 넘겼지만, 불가능해 보이는 일을 끝까지 해낸 내게는 1등의 팡파르와도 같았다.

붕 뜬 기분으로 선수 대기석에 앉아 힘들게 밥숟갈을 떠넘겼다. 그제야 부끄러움이 몰려와 고개를 들 수가 없었다. 그런데 몇몇 아는 얼굴들이 다가오더니 "대단하다"고 엄지손가락을 세웠다. 실은 동네 마라톤 클럽에서 나를 포함해

네 명의 초보자가 함께 출전한 거였다. 한 사람은 아예 물에 들어가지도 않고 기권, 두 명은 한 바퀴도 돌지 못하고 보트에 올라탔다는 것이다. 그랬구나, 결코 나만 무서웠던 게 아니구나.

폭우 속에 치렀던 그 첫 경기는 평생 잊지 못할 것이다. 머리털 나고 그렇게 두려웠던 경험은 또 없었다. 육지 위에서 땅을 밟고 서 있을 때는 느껴 보지 못한 공포였다. 수영장 안의 안전한 물 위에서 버둥거리는 것과는 차원이 달랐다. 정말 죽을지도 모른다는 인간의 근원적인 두려움이랄까. 그것을 이겨낸 뒤 땅을 박차며 뛰어가던 순간의 환희는, 간신히 지옥에서 살아나온 오르페우스의 심정이었다.

만약 그 경기를 시작도 안 하고 기권했거나 중간에 포기했더라면 어땠을까. 그 공포가 계속 남아서, 다시 철인3종에 도전하기 힘들었을 것이다. 아니, 그런 비슷한 상황에 빠질 때마다 '나는 못 한다'고 뒤로 물러섰을 것이다.

사실 무섭다는 감정은 뇌가 먼저 만들어낸 가공의 공포일 가능성이 크다. 원시시대 조상들로부터 물려받은 아몬드 모양의 편도체는, 내 몸을 지키기 위해 두려움에 가장 민감하게 반응하기 때문이다.

가까이 꽂아 두고 반복해 읽곤 하는 책 〈두려움, 행복을 방해하는 뇌의 나쁜 습관〉에서는 이런 질문을 던진다. 만약 당신더러 폭포를 향해 사납게 날뛰는 강물을 건너라고 한다면? 그 질문이 끝나기도 전에 대답할 것이다.

"그런 짓을 하다니, 내가 미쳤어?"

그렇게 해서 자식의 생명을 구할 수 있다면, 강물을 건너겠는가? 이번엔 얼른 대답하지 못하고 생각을 해 봐야 할 것이다. 만약 선택의 여지가 없다면 어떨까? 많은 부모들이 아무리 두려워도 두말 않고 뛰어들 것이다.

'용기'란 두려움을 없애는 것이 아니라, '어떤 것'이 두려움보다 더 중요하다는 판단이다. 더 중요한 우선순위가 생기면 두려움을 극복할 수 있다. 그때는 뭣도 모르면서 철인3종을 해내고 싶다는 열망이 물에 대한 공포심을 누른 것이다.

첫 경기를 포기하지 않고 완주한 이 경험은 나를 다른 사람으로 만들었다. 큰 도전을 앞에 두고 움츠러들 때마다, 종종 써먹는 특효약이 되었다. 죽은 쥐가 둥둥 떠다니는 더러운 물에서 1.5킬로미터나 수영을 하고 나온 내가, 뭔들 못 하겠는가.

연습은 경험을 낳고, 경험은 두려움을 이긴다

"콰당!"

또 넘어졌다. 남들은 평생 넘어질 것을 나는 자전거를 배우던 초기에 다 넘어졌다. 중심만 잘 잡으면 되는데 왜 넘어지냐고? 트라이애슬릿으로 살아가려면 중심만 잘 잡는 걸로 끝나지 않는다. 넘어지는 이유도 다양하다.

내가 타는 자전거는 로드용 사이클이다. 사이클의 특징은 속도를 내는 것이 아닌가. 엔진 역할을 하는 다리 힘이 가장 중요하다. 따라서 페달을 돌리는 힘을 효과적으로 쓰기 위해서는 사이클용 클릿 신발을 신어야 한다. 신발 밑창에 달린 클릿을 페달에 끼워 고정시키면 끌어올리는 힘을 이용할 수 있다.

스쿠터를 타고 달리다가, 멈추는 순간엔 한쪽 발을 땅바닥에 디뎌야 안 넘어진다. 두 바퀴 달린 탈것은 다 마찬가지다. 자전거 역시 서야 할 때는 발로 땅바닥을 디뎌야 한다. 그런데 양쪽 발이 다 페달에 끼워져 있으니, 얼른 빼지 못하면 당연히 넘어질 수밖에 없다.

초보자는 페달에 클릿을 끼면서 출발하고, 정지할 때 발목을 비틀어 빼는 그 과정이 무섭기 마련이다. 남편 역시 두려웠던지, 처음으로 제주도에서 열린 트라이애슬론 대회에 나갈 때는 운동화를 신고 나갔다. 하지만 단거리라면 모를까, 장거리를 타면서 긴 고개를 오르려면 클릿 신발을 신어야 한다. 그렇지 않으면 두세 배의 에너지가 더 소진되기 때문이다.

내겐 선택의 여지가 없었다. 클릿 신발을 신지 않으면 힘없는 내 다리로 남들 뒤를 따라갈 수조차 없을 테니까. 그런데 넘어질까 봐 두려워서 도저히 밖으로 타고 나갈 용기가 나지 않았다.

할 수 없이 매일 저녁, 사이클을 들고 아파트 지하 주차장으로 내려갔다. 지하 2층, 대부분의 차가 귀가하여 들어차 있는 그 공간은 침침했지만 넓고 안전했다. 같은 길을 천천히 뺑뺑 돌면서 클릿을 끼고 빼는 동작을 무수히 반복했다.

가끔 혼자 픽 하고 넘어지기도 해서 헛웃음이 나왔다. 넘어진 것을 누가 보지는 않았나 주위를 둘러보니 CCTV가 쳐다보고 있었다. 화면으로 나를 지켜본 경비 관리실 사람들은 '참 웃기는 아줌마'라고 생각했을 것이다. 일주일쯤 그렇게 연습하고 나서 지상으로 올라오니 처음만큼 두렵지 않았다. 그로부터 몇 년이 흐른 지금은 어떤가? 클릿 신발을 신지 않고 자전거를 탄다는 것은, 시계 없이 수능 시험 보는 것과 같다.

그 밖에도 사이클을 타고 경기에 나가려면 몇 가지 익숙해져야 할 일이 있다. 기록 경기인데다가 워낙 속도가 빠르게 진행되기에 중간에 멈춰 서는 횟수를 가능한 줄여야 한다. 사이클을 탄 채로 코를 풀거나 침을 뱉는 것은 물론, 거치대에 끼워 놓은 물병을 빼서 목을 축여야 한다. 즉 달리면서 한쪽 손을 자유자재로 써야 하는데, 그게 또 얼마나 두렵던지! 초반엔 코를 닦지 못해 질질 흘리면서 탔다. 물병을 빼지 못해 어쩔 수 없이 멈춰 서거나, 급할 때는 아예 물을 마시지도 못한 채 달렸다.

클릿 신발에 익숙해지는 연습을 통해 깨달은 바가 있다. 처음부터 파도치는 깊은 바다로 나가라고 하면 다들 겁을 집어먹는다. 하지만 안전한 얕은 물가에서 물장구를 치며 놀다가, 물에 익숙해지면서 점점 앞으로 진출하면 한결 쉽다.

이번에도 나는 아파트 주차장으로 자전거를 갖고 내려갔다. 한쪽 손을 핸들에서 떼었다 붙였다 하며 연습했다. 코를 닦거나, 물병을 빼서 마신 뒤에 도로 넣는 것을 무수히 반복했다. 지금은 그 모든 것을 자연스럽게 하고 있지만, 결코 하루아침에 이루어진 것이 아니다. 뭔가 잘 못해서 겁이 나고 두려운 사람은 익숙해질 때까지 연습하는 것만이 벗어나는 길이다.

이것은 비단 운동뿐 아니라 일이나 일상생활, 다른 취미 활동에도 적용할 수 있다. 재능이 없어서가 아니라, 귀찮거나 두려워서 아예 연습할 생각을 안 하기 때문에 못 하는 거다.

최근 군대를 다녀온 아들이 운전면허를 땄다. 따로 연수를 받지 않고 있다가 복학을 해 버리면, 자칫 장롱 면허가 될 판이었다. 내 경험으로 미루어, 운전이야말로 반복해서 연습하면 가장 빠른 효과가 나타나는 종목이 아닌가. 나는 아들을 지하 주차장으로 끌고 내려가서 무조건 운전석에 앉혔다. 그리고 옆에 앉아, 천천히 주차장을 넓게 몇 바퀴 돌아보라고 했다. 겁이 나는지 겨우 시속 20킬로미터도 넘지 못했다.

다음 날은 어제처럼 주차장을 넓게 두어 번 돈 다음, 달팽이처럼 올라가는 출구를 통해 지하 1층으로 진입하는 연습을 했다. 그날은 계속 주차장 출구로 올라갔다가 다른 쪽으로 내려오는 것만 반복해서 핸들링의 감을 익혔다. 그 다음 날은 드디어 지상 1층으로 올라가 아파트 내부를 빙빙 돌았다. 다음 날은 아파트 정문으로 나가 후문으로 들어오는 연습을 했다. 어느새 차와 사람들이 다니는 길로 자연스럽게 진입한 것이다.

이제는 아파트 주위로 30분 정도 걸리는 거리를 계속 우회전을 하면서 돌았다. 친정 엄마 집처럼 차를 타고 갈 일이 가장 많은 곳을 선정하여, 그 길은 혼자서도 몇 번이고 다녀오도록 연습시켰다. 잘 아는 길을 반복해 달리면서 운전에 자신감이 생긴 아들은 자동차 전용도로와 고속도로를 달리면서도 그다지 두려워하지 않았다. 만세! 면허를 딴 지 3주 만에 따로 연수를 받지 않고 드라이버가 된 셈이다.

도로 연수를 받고도 초보운전 딱지를 떼는 데 꼬박 6개월 걸린 나에 비하면 얼마나 시간과 돈이 절약된 것인가. 그때 누가 나한테도 이런 요령을 가르쳐 주었더라면! 나와 아들은 삶의 중요한 기술을 학교가 아닌, 아파트 지하 주차장에서 배운 셈이다.

'IQ, 재능, 환경을 뛰어넘는 열정적인 끈기의 힘'에 대해 연구한 앤절라 더크워스는 그의 역작 〈그릿〉을 통해 '연습'의 중요성을 말한다. 성숙한 그릿의 전형들이 공통적으로 갖고 있는 네 가지 심리적 자산 중에 하나가 '연습'이라는 것이다. 나는 이미 이 책을 읽기도 전에 '그릿'의 실천 요령을 몸소 터득하는 쾌거를 이뤘다.

"연습은 어제보다 잘하려고 매일 단련하는 종류의 끈기를 말한다. 그러니까 특정 영역에 관심을 느끼고 발전시킨 다음에는 온 마음을 다해 집중하고 난관을 극복하며 기술을 연습하고 숙달시켜야 한다. 하루에 몇 시간씩, 몇 주, 몇 개월, 몇 년 동안 자신의 약점을 집중적으로 반복 연습해야 한다. 그릿은 현재에 안주하기를 거부한다. 관심이 무엇이든, 이미 얼마나 탁월한 수준에 이르렀든 상관없이 그릿의 전형들은 '무슨 일이 있어도 지금보다 나아질 거야!'라는 말을 입에 달고 산다."

누구에게든 처음 가는 길은 낯설고 두려운 법이다. 자전거를 타고 처음 유명산으로 장거리 라이딩을 나간 때가 기억난다. 사람들 뒤에 붙어서 졸졸 따라가는 것만도 버거운, 멀고 힘든 장거리였다. 길이 어디로 이어지는지, 고개가 언제쯤끝이 나는지 나로선 도저히 알 길이 없었다. 혼자만 계속 뒤로쳐졌고, 업힐에서는 몇 번이나 안장에서 내려와 주저앉았다. 너무 지치고 힘든 코스라는 생각에 다시는 따라오지 말자 싶었다.

그런데 어느새 다 까먹고, 두 번째로 따라나섰을 때는 사정이 좀 달라졌다. 자전거를 타면 좋은 점 중에 하나가, 길치인나도 제법 길을 기억한다는 것이다. 지도나 내비게이션에 의지하기보다는 실제 지형물을 보면서 움직이기 때문인 것 같다.

어디로 길이 이어지고, 조금만 가면 쉴 곳이 나온다는 것만 알아도 기운이 났다. 전에는 끝이 안 날 것 같은 고개처럼느껴졌지만, 두 번째 올라가 보니 내 위치가 어느 정도인지 감이 잡혔다. 당연히 안장에서 내리는 횟수도 줄어들었다. 길을알면, 모르는 길을 가는 것보다 훨씬 쉽다는 말이다. 그러니경험은 많이 해 볼수록 유리하다.

이것은 일을 할 때도 그대로 적용되는 법칙이다. 연습하면 익숙해지고, 그 익숙함은 경험이 된다. 두 번, 세 번 경험이 많아질수록 처음 가졌던 두려움은 사라진다. 어느새 작은 성공의 짜릿함을 맛보게 된다. 그러니 책상에 앉아 공부만 잘하는 사람보다, 이런저런 다양한 경험을 쌓아 본 사람이 어디서든 훨씬 적응을 잘한다. 부모가 어린 아이들을 어떻게 가르치고 키워야 하는지, 여기서 힌트를 얻을 수 있다.

작은 성공의 경험은 더 큰 한계에 도전해 보고 싶은 열망에 불을 지핀다. 클릿조차 제대로 빼지 못해 툭하면 남들 보는 앞에서 콰당 넘어지던 마흔 넘은 여자. 안쓰러운 시선을 한 몸에 받았던 그 여자는 이제 부러운 시선을 받는 데 익숙해졌다. 연습을 통해 내가 두려워하던 한계를 넘어 본 경험은 겁도 없이 또 다른 도전으로 계속해서 이어지는 중이다. '연습의 요령'을 깨우친 자에게만 주어지는 단맛이랄까.

바다 한가운데서 벌어진 커플 전쟁

"세 가지 종목 중에 어떤 것이 가장 어려운가요?"

"수영이요."

시작한 지 가장 오래되었고 투자한 시간도 만만치 않건만, 여전히 바다 수영은 무섭고 긴장된다. 특별히 물에 트라우마가 있는 것도 아닌데 그렇다. 발이 닿지 않고 바닥이 보이지 않는 심해에 대한 두려움은 육지 동물인 인간의 원초적 공포일지도 모른다. 그러니 처음 참가하는 초보자의 마음은 오죽하랴.

첫 대회인 설봉 호수에서 무사히 탈출한 뒤, 힘을 받아 인천 을왕리 바닷가에서 열린 대회에 출전했다. 드디어 처음 접해 본 바다 수영은 황톳물만큼이나 공포스러웠다. 파도가 일렁일 때 숨을 잘못 들이마시면 짠 소금물이 입으로 들어갔다. 그때마다 갑자기 호흡이 막히는 패닉 상태를 경험하기도 했다.

내가 하도 무서워하니까, 마라톤 클럽에서 같이 출전한 베테랑 선배가 바다 수영 두 바퀴를 돌 동안 뒤에서 봐 주었다. 아마도 그렇게 격려해 주는 사람들이 없었다면 진작 이 운동을 그만뒀을 것이다.

트라이애슬론이야말로 철저하게 혼자 해내야 하는 자기와의 싸움이다. 하지만 훈련을 하거나 경기를 나갈 때마다, 사람들과 나누는 친목의 경험 없이 늘 혼자라면 무슨 재미가 있겠는가. 다른 운동은 물론 모든 취미 활동 역시 마찬가지로 타인들과의 교류가 필요하다. 사람은 그런 데서 행복을 느끼는 사회적 동물이니까.

속초에서 열리는 트라이애슬론 대회는 동호인들에게 인기가 많다. 해수욕장에서 열리기 때문에 바닷물이 깨끗하다. 숙박 시설이 다양해서 편리하다. 경기가 끝난 뒤 맛있는 지역 음식을 먹을 수 있다는 기대감도 크다.

세 번째로 출전하는 것이니 이번엔 반드시 나 혼자 수영을 하겠다고 공언한 터였다. 허풍을 떨어서 그런가, 전날 밤부터 마음이 진정되지 않았다. 얌전히 걷기만 해도 충분할 텐데 하필이면 이런 운동을 하겠다고 사서 고생인가. 푹 자도 부족할 판에 잠을 설쳐서 그런지 아침부터 영 기운이 없었다. 응원차 속초까지 따라온 남편을 애처로운 눈으로 쳐다봤지만, 언제까지 내 뒤만 졸졸 따라다닐 순 없는 일이다.

경기는 젊은 남자 선수들부터 시작한다. 20대부터 60대 이상까지 나이순으로, 각각 다른 색깔 수영모를 쓰고 입수한다. 그 다음, 적은 수의 여자 선수들이 기다렸다가 한꺼번에 출발한다.

트라이애슬론은 경기 시간이 총 얼마인지를 따지는 기록

경기다. 본인 발목에 찬 칩에 각 종목의 시작과 종료 시간이 입력된다. 특히 수영은 조금이라도 먼저 앞서 나가야 좋은 자리를 차지하며 진로를 방해받지 않는다. 그래서 입수 초반에 몸싸움이 치열하다. 다른 선수가 휘젓는 팔이나 발에 맞아 물안경이 벗겨지기도 한다.

몇 번의 경험을 통해 300미터 정도만 꾸준히 나아가면 호흡이 안정된다는 것을 체득했다. 비록 바닥은 보이지 않아도 수영장에서처럼 숨이 트이기 시작했다. 그래도 두려움은 사라지지 않아서, 수영 코스를 표시해 놓은 줄 근처에서 절대 벗어나지 않았다.

처음엔 750미터를 삼각형으로 쳐 놓은 이 줄이 팽팽하게 고정되어 있다고 착각했다. 도저히 못 가겠으면 줄을 잡고 멈췄다 가면 되겠지 생각했다. 하지만 깊은 바다 한가운데다 무슨 수로 줄을 고정시키겠는가. 보기엔 물에 둥둥 떠 있지만 사람이 잡으면 줄은 곧 가라앉는다. 그러나 망망대해에 그런 줄이라도 하나 옆에 있으면 나 같은 겁쟁이에겐 엄청난 의지가 된다.

바다 수영을 할 때는 고개를 자주 앞으로 들어, 내가 코스대로 잘 가고 있는지 확인해야 한다. 그렇지 않고 무작정 팔만 열심히 저어대면, 파도나 조류에 휩쓸린 것도 모른 채 수영 코스에서 완전히 벗어날 때가 있다. 가뜩이나 먼 거리를 줄이지는 못할망정 잘못 간 만큼 되돌아와야 하는 일이 종종 벌어진다.

따라서 초보자들은 겸사겸사 줄을 항상 몸 오른쪽에 둔 채 50센티미터 정도 떨어져서 수영하는 것이 가장 좋다. 문제는 다들 비슷한 생각으로 그 자리를 쟁탈하기 위해 자리싸움을 벌인다는 것이다. 심지어 진작 한 바퀴를 끝내고 두 번째 도는 빠른 선수들에게 그 자리를 빼앗기는, 차마 웃지 못할 상황도 생긴다.

대부분 경기를 시작할 때, 선수들은 물속에서 입영을 하며 떠 있다가 출발 신호에 맞춰 몸을 던진다. 몸싸움이 무서운 데다 그나마 힘을 아끼려고, 나는 발이 닿는 곳에 끝까지 서 있다가 맨 나중에 출발하곤 했다. 다행히 속초는 모래사장이라, 슈트에 물을 넣어 가면서 슬슬 앞으로 걸어 나갔다.

바다 수영이 단점만 있는 것은 아니다. 조류 방향과 잘 맞으면 쉽게 앞으로 나아갈 수 있다. 그리고 소금물이라 부력이 강해서 몸이 잘 뜬다. 두 번의 경험 덕분인지 을왕리에서보다 훨씬 가뿐하다는 느낌으로 수영을 해 나갔다. 이제 호흡만 고르게 유지하면 되겠다 싶은 순간, 갑자기 몸이 밑으로 푹 가라앉았다. 한 선수가 뒤에서 내 몸을 타고 넘으며 온몸으로 눌러 댔기 때문이다.

물을 잔뜩 먹고 패닉 상태에 빠진 나는 켁켁거리면서 얼떨결에 줄에 매달렸다. 그 선수도 덩달아 같이 매달리는 바람에, 둘 다 줄과 함께 꼬르륵 가라앉고 말았다. 이러다 안 되겠다 싶어 다시 앞으로 수영을 해 나갔다. 그런데 이번에는 아까보다 훨씬 강한 힘이 내 몸을 사정없이 줄 바깥쪽으로 밀어냈다. 줄에서 멀어지는 바람에 더럭 겁이 나서 호흡이 가빠졌다. 그때 뒤에서 낯익은 천사의 목소리가 들렸다.

"이봐요! 여자 선수를 그렇게 밀어내면 어떡해?"

아침부터 죽을상을 하고 밥도 잘 못 먹는 아내가 영 불안했던 모양이다. 남편이 맨 나중에 슈트를 챙겨 입고 나 모르게 뒤에서 슬슬 따라오고 있었다. 그런데 나보다 더 수영에 겁을 집어먹은 생짜 여자 선수가 있었다. 당연히 내 뒤에서 출발했을 테고, 눈을 감은 채 허우적대다가 자기도 모르게 내 몸 위를 타고 넘어온 것이다.

그 여자 선수 옆에도 서포터가 하나 있었다. 자기 선수한테 줄 옆의 공간을 터주기 위해, 앞에서 느릿느릿 수영하고 있던 나를 바깥쪽으로 밀쳐냈다. 그 모습을 뒤에서 목격한 남편이 보다 못해 울화통을 터뜨린 것이다.

사실 바다에서 그렇게 밀치는 행동은 매우 위험하다. 만약 수상에서 대기하고 있는 스태프들의 눈에 띄었다면 경고 조치를 받았을 텐데 마침 주위에 보트가 없었다. 그때부터 두 커플의 치열한 몸싸움이 시작되었다. 호흡 곤란은 둘째 치고 오기가 생겼다. 적어도 생짜 초보에게 지고 싶지는 않았다. '내가 이래봬도 두 번이나 수영을 완주한 사람인데' 하는 마음으로, 줄 옆자리를 굳건하게 지키며 부지런히 팔과 다리를 휘저었다.

그런 오기를 부리며 750미터 한 바퀴를 돌고 나왔더니, 만년 꼴찌인 내 뒤로 아직 여러 선수가 남아 있었다. 이렇게 기쁠 수가! 모래사장으로 뛰어나와 반환점을 돌고 정신없이 다시 바다로 뛰어들었다. 남편이 따라오는지 마는지 볼 겨를도 없었다. 이번엔 반드시 꼴찌를 면하자는 마음뿐이었다.

그렇게 해서 두 바퀴를 무사히 돌고 나왔다. 슈트를 벗으면서 자전거가 거치되어 있는 장소로 흐느적대며 달려갔다. 과연 아직도 열 몇 대 정도의 자전거가 출발하지 않은 채 그대로 남아 있었다. 드디어 자랑스럽게도 수영 꼴찌를 면한 것이다!

나중에 알았지만 내가 출전했던 이 속초 대회에선 큰 사고가 벌어졌다. 경상도에서 올라온 선수 하나가 바다 수영을 하다가 심장마비를 일으킨 것이다. 어쩐지 한 바퀴를 돌고 모래사장으로 나오는데, 조금 앞쪽에 사람들이 웅성웅성 모여 있는 것이 보였다. 정신 팔 새가 없던 나는 곧바로 다시 바다에 들어갔지만, 뒤따라 나온 남편은 그쪽에 가보느라 내 뒤를 따라오지 않았다. 얼떨결에 혼자 힘으로 바다 수영을 마치고 나온 셈이다.

심장마비로 사망한 남자는 벌써 몇 년째 완주를 해온 베테랑 선수였다고 한다. 아무리 만만한 코스라도, 경기 전날에는 잠을 충분히 자고 휴식을 취해야 한다. 그런데 평소 해 온 훈련만 믿고 경기를 우습게 아는 선수들은 전날 모여서 술을 마시기도 한다. 정신을 바짝 차리지 않으면 세 종목 다 부상당할 위험이 높은데도 말이다. 즐겁게 살려고 시작한 운동이 자칫 목숨을 위협하는 치명적인 무기가 될 수 있다.

트라이애슬론을 하면서 배운 것 중 하나는, 두려움과 공포 못지않게 자만심도 큰 적이라는 사실이다. 바다에서 하는 수영은 한시도 마음을 놓아서는 안 된다. 자전거를 타다가 긴장이 풀려져 주의력이 떨어지면, 아무리 베테랑이라 해도 넘어져서 부상을 당하기 쉽다.

또한 빨리 가겠다고 자전거를 타는 데 무리를 하면, 뒤에 남은 달리기에 지장을 준다. 쥐가 나서 거의 다 뛴 경기를 안타깝게 포기해야 하는 일이 벌어진다. 두려워하지도 말고 자만하지도 말 것. 진정한 트라이애슬릿이라면 체력과 동시에 마음을 단련해야 한다. 그것이 이 운동의 가장 큰 묘미가 아닐까.

이제 내 경험의 나이테에는 혼자 바다 수영을 해냈다는 자신감이 하나 더 그려졌다. 죽어도 익숙해질 것 같지 않았는데, 그 사이 오픈 워터를 몇 번 해내면서 요령이 많이 생겼다. 수영장에서는 규칙적으로 장거리 연습을 반복했다. '2킬로미터쯤은 쉬지 않고 수영하는 능력'을 내 몸이 각인하도록 말이다.

어려움을 헤쳐 나가야 할 때 주위의 도움도 필요하지만, 결국 온몸으로 맞서서 감당해야 하는 것은 나 자신이다. 남에게 의지해서 해낸 것에 비해, 혼자 힘으로 당당히 이뤄 낸 기쁨은 비교할 수 없을 만큼 자랑스럽다. 대회 출전 세 번 만에, 느려 터져도 나는 진정한 트라이애슬릿으로 거듭났다. 그때 속초 바다에서 내 몸을 무지막지하게 눌러대던 그 여성도, 여전히 이 운동을 즐기고 있을지 문득 궁금하다.

미시령을 넘으며 배운 인생의 지혜

강원도 속초로 바다를 보러 갈 때, 터널 말고 미시령 옛길로 가 보시라. 자동차로도 넘어가기 힘든 구불구불 커브길을 끝없이 올라가야 한다. 폭설이 내리는 겨울만 아니라면, 자전거를 타고 힘겹게 올라가는 사람들을 만날지도 모른다. 대부분 창문을 열고 신기하게 쳐다보거나, "우와! 멋있다!"며 엄지손가락을 세울 것이다. 하지만 곧 차에 탄 사람들끼리 어떤 대화를 나눌지 짐작이 가고도 남는다.

"이 땡볕에 왜 저런 고생을 사서 하지?"

철인3종을 하기 전에는 나도 그랬다. 제발 자전거를 타고 올라가 달라고, 가방에 돈을 잔뜩 싸들고 와서 부탁해도 안 할 일이었다. 아니, 못 할 일이었다. 저렇게 몸을 혹사하는 건 고행을 즐기는 사람들이나 하는 일 아닌가. 그러니 내 인생에, 그것도 마흔 넘어서 자전거를 타고 미시령 고개를 올라가는 일이 생길 줄 어찌 알았겠는가.

자전거를 타는 사람들 사이에선 "껌 사러 속초 다녀온다"는 농담을 주고받는다. 새벽에 서울을 출발하여 미시령 고개를 넘은 뒤, 저녁 버스를 타고 돌아오는 코스다. 아니면 1박을 한 뒤 다음 날 다시 자전거를 타고 서울까지 오기도 한다. 아예 마니아들을 위한 '미시령 업힐 대회'도 생겼다.

남들이 간다니까 나도 가 보겠다고 겁도 없이 따라나선

그날. 8킬로미터나 되는 미시령 고개를 오르는 동안 몇 번이나 안장에서 내려야 했다. 자전거를 번쩍 들어 던져 버리고 싶었다. 차라리 끌고 가는 게 더 빠를 지경이었다. 하지만 일단 반정도 꾸역꾸역 올라왔으니 정상까지 가는 수밖에. 그 누구도 내 자전거를 대신 타 줄 수는 없기 때문이다. 페달을 힘겹게 돌리면서 내 입에선 끊임없이 이런 말이 쏟아져 나왔다.

"내가 미쳤지, 미쳤어, 이건 완전히 미친 거야."

다시는 자전거로 고개 같은 건 올라가지 않겠다고 굳은 맹세를 했건만, 그 후에도 미시령 고개를 두어 번 더 올라갔다. 때로는 고개 하나가 아니라 서너 개를 한꺼번에 넘은 적도 많다. 도대체 왜 그런 짓을 하는 걸까? 자전거를 타지 않는 사람들은 절대로 이해하지 못할 일이다. 위험을 무릅쓰고 높은 산을 정복하려는 원정대와 비슷하다고나 할까. 진짜 자전거에 미쳐서, 그리고 무엇보다 재미있어서 올라가는 것이다.

라이더들은 미시령뿐만 아니라 서울 남산을 비롯해 북악, 그리고 서울 근교의 크고 작은 언덕, 고개, 령, 치, 재, 산을 일부러 오르내린다. 아예 백두대간 등산을 하듯, 온 국토의 고개란 고개를 다 넘는 자전거 도사들도 많다.

앞장서서 업힐의 고통을 즐길 만큼은 아니지만, 장거리를 가려면 나 역시 어쩔 수 없이 다양한 고개를 넘어야 한다. 반드시 그 과정을 거쳐야만 라이딩에 익숙해지고, 허벅지 근육이 단단해진다. 무엇보다, 고생 끝에 낙이라고 할 수 있는 다운힐의 속도감을 즐길 수 있다.

자전거를 타고 구불구불한 고갯길을 묵묵히 오르다 보면, 우리가 사는 인생길과 비슷하다는 생각을 한다. 한 가지 일에 성심을 다해 몰입할 때 도를 깨우치듯이, 자전거 업힐을 하면서 깨달은 몇 가지 인생의 진리가 있다.

첫째, 목표를 너무 멀리, 너무 높이 잡으면 포기하기 쉽다. 자전거로 올라야 하는 고개는 대부분 완만한 경사 길이 끝없이 이어진다. 저 멀리 위를 올려다보면 까마득하게 높아서, 아무리 노력해도 도저히 오를 수 없는 길로만 보인다. 아예 시작도 하기 전에 그만두는 게 낫지 않나 싶다.

그럴 때 나는 일단 이번 굽이만 넘어 보자고 마음먹는다. 멀리 있는 정상이 아니라, 눈앞에 보이는 한 고비만 올라간 뒤에 다시 생각해 볼 요량으로 페달을 돌린다. 한 단계 한 단계 기어를 내리며 가다 보면, 속도는 느려도 조금씩 자전거는 올라간다.

정 힘들 땐 안장에서 내려와 남은 거리가 아닌 올라온 거리를 가늠해 본다. 아래를 내려다보면, 내가 여기까지 어떻게 올라왔나 싶을 만큼 대견하다. 이 정도 왔는데 포기하는 건 아깝다. 조금씩, 한 굽이씩 잘라 정복해 나가다 보면 언젠가는 정상에 닿겠지.

일도 마찬가지다. 감당하기 어려운 프로젝트가 주어졌을 때, 미리 걱정해 봤자 불안만 가중된다. 그럴 때는 목표와 시간을 잘게 나눠서 우선 할 수 있는 일부터 처리한다. 그렇게 한 단계씩 해치워 나가면 어느새 훌쩍 목표에 다가가 있다.

둘째, 다윗 왕이 세공사에게 명령한다. "전쟁에 이겨 교만할 때는 지혜가 되고, 패배하여 절망할 때는 힘이 되는 말을 찾아 반지에 새겨 오라"고. 도무지 그 수수께끼를 풀지 못한 세공사는 현명한 솔로몬 왕자를 찾아가 도움을 청한다.

"이 또한 지나가리라."

많은 위인들이 좌우명으로 삼아 온 명언이다. 살다 보면 누구나 참기 힘든 고난을 만날 수 있다. 왜 나한테 이런 일이 생긴 것일까, 참담하기 그지없다. 자전거를 탈 때도 마찬가지다. 쌩쌩 달리기 쉽게 평지만 뚫려 있다면 얼마나 좋겠는가. 그런데 길을 달리다 보면 반드시 고개가 앞을 가로막고 터널이 나온다. 하지만 아무리 죽을 것 같은 가파른 언덕, 어둡고 긴 터널이라도 언젠가는 끝나기 마련이다.

책을 만들 때, 어떤 원고는 유독 나를 괴롭힌다. 과연 책으로 나올 수 있을까 싶을 만큼 진행하는 과정이 힘들다. 판매 기대가 높은 대작일수록 그런 어려움과 부담감은 더 심하다. 그럴 때마다 나는 미시령 고개를 올라간다고 생각한다. 이 고통 또한 반드시 지나가리라. 곧 정상에서 다운힐을 하며 맛볼 시원한 바람을 상상하면서, 힘든 하루를 넘긴다.

셋째, 고개를 올라가는 게 힘드니 평평한 자전거 길만 타겠다고 고집하는 사람이 있다. 고통은 줄어들겠지만 그만큼 성취감과 희열의 크기도 줄어들 것이다. 올라가는 어려움을 견뎌냈기에, 내려가는 즐거움이 더 크게 느껴지는 법이다. 미국놀이연구소의 설립자이자 정신과 의사인 스튜어트 브라운의 저서 〈플레이, 즐거움의 발견〉에서도 어려움 뒤에 따르는 희열을 자전거 타기에 비유하고 있다.

"아이들은 자전거를 타다가 언덕이 나오면 이렇게 말할지도 모른다. '저기 올라가기 싫어요. 너무 어려워 보여요.' 그들은 내려갈 때 무지무지 빠르고 신나는 시간이 기다리고 있다는 것을 모른다. 우리는 몇 번 해 봤기 때문에, 당장은 힘들어도 내려갈 때의 만족감을 위해 올라갈 가치가 충분하다는 것을 안다. 그러나 아이들이 아는 거라곤 어려움뿐이다."

평지로만 달리는 사람이 처음엔 빨라 보일 것이다. 하지만 오르막에서 쳐졌던 속도는 내리막에서 다 보상받는다. 사실 희열을 넘어서서, 높은 고개가 가져다주는 가장 큰 보상은 따로 있다. 평지에서는 잘 생기지 않는 '근력'이다. 고개를 넘는 동안 몸에도, 마음에도 근력이 생긴다. 다음에 또 고개를 만나면 왠지 만만하게 느껴진다. 그런 근력이 쌓여 실력이 되는 것이다. 그걸 알면서도 어찌 고개를 오르지 않겠는가.

넷째, 실력 있는 라이더는 긴 고개를 오를 때 안장에서 내리지 않는다. 초보자일수록 내리고 싶은 마음을 억제하지 못하고 자꾸만 페달질을 멈춘다. 자전거에서 내리긴 쉬워도, 가파른 언덕에서 중심을 잡으며 다시 출발하는 건 어렵다. 내린 김에 아예 자전거를 끌고 걸어 올라가는 사람도 있다. 직접 해봐서 아는데, 결코 만만치 않은 일이다. 언덕길에서는 아무리 천천히 가더라도 자전거를 탄 채 올라가는 것이 빠르다.

힘들어서 당장이라도 일을 그만두고 싶을 때가 있다. 하지만 사표를 던지는 것은 언제든 취할 수 있는 가장 쉬운 해결 방법이 아닌가. 내던지기는 쉬워도, 다시 일을 시작하는 건 쉽지 않다. 그러니 정말 멈춰서는 것 외에 방법이 없을 때까지는 참고 올라가는 것이 낫다. 최대한 안장에서 내려오지 말고, 해

볼 수 있을 만큼 페달을 돌리다 보면 의외로 평지 구간이 나오기도 한다. 마지막 히든카드는 정말 마지막에나 써야 한다.

다섯째, "정말이지 더 이상은 못 가겠어!" 당장 안장에서 내려오고 싶은 순간이 올 것이다. 그때 누군가 옆에서 같이 올라가며 하나둘 구령을 붙여 주면 갑자기 줫 먹던 힘이 생긴다. 아무리 생각해도 신기한 노릇이다. 등 뒤에 손바닥 하나 대고 조금만 밀어줄 뿐인데, 페달링이 부쩍 가벼워진다. 그래서 자전거를 잘 타는 친구들은 먼저 정상에 올라갔다가도 되짚어 내려온다. 낑낑대고 있는 초보자 옆에서 다시 한 번 고개를 올라가는 고행을 함께해 준다.

우리가 고난을 헤쳐 나갈 때도 마찬가지다. 적막하고 막막한 언덕길을 나 혼자 올라가노라면 쉽게 포기해 버리고 싶다. 멈춰서서 질질 울고 싶은 심정이다. 하지만 주위의 따뜻한 시선과 응원이 있다면 나도 몰랐던 쟁여 놓은 힘까지 끌어낼 수가 있다. 아마도 그런 '연대'의 맛에 사람들과 어울려 자전거를 타는 건지도 모른다.

자전거를 타고 미시령 고개를 넘어가면서, 나는 이렇게 인생의 지혜를 깨우쳤다.

누구나 실패의 경험이 필요하다

모범생 트랙에서 이탈해 본 적이 없는 나는 특별한 모험도, 굴곡진 고난도 없이 살아왔다. 명문대 국문과에 무난히 합격했고 태평하지 않은 시절, 데모에 참가하고 시험 거부에 동참했어도 경찰서에 잡혀갈 만한 일까지는 하지 않았다. 3년간 동아리 연극 무대에 서면서 숨겨둔 끼를 발산하기도 했지만, 가난한 배우가 되겠다는 모험심은 금세 접었다. 연애에 목숨을 걸지 않았고, 속도위반이나 이른 결혼을 시도할 만큼 용감하지 않았다. 한마디로 대학 생활은 평탄하게 흘러갔다.

친정 엄마는 다른 형제들보다 똑똑했지만 평생을 전업 주부로 살았다. 그게 아쉬웠던지, "여자는 직업과 경제력을 가져야 한다"고 어릴 때부터 딸을 세뇌시켰다. 그래서 대학원 진학은 아예 고려해 보지도 않았다. 4학년 2학기부터 여러 회사에 이력서를 넣기 시작했다. 대부분 잡지사나 광고회사, 기업 홍보실이었다.

몇 번 면접에서 떨어지긴 했지만 심각하게 생각하지 않았다. 아직 시간은 많았고, 더 좋은 직장이 나타날 거라 믿었다. 그러던 어느 날, 신문 광고 하나가 눈에 번쩍 띄었다. 진보 언론이 창간을 준비하는 시사 월간지에서 신입 기자를 모집한다는 내용이었다. 보수 신문에서 발행하는 구태의연한 월간지에 도전장을 던지고 있었다.

'아, 내가 여기 들어가려고, 소쩍새가 그리도 울었나 보구나.'

대학 시절의 반 이상을 독재 정권 밑에서 시달린 세대답게, 특히 시사성이 강한 글을 쓰는 데 재미를 느꼈다. 돌멩이를 던지며 앞장서진 못해도, 연극이나 글쓰기처럼 내가 잘하는 일로 민주화에 한몫을 담당하고 싶었다. 그러면서 돈까지 벌 수 있다면 금상첨화가 아닌가. 얼른 이력서와 자기소개서, 그리고 기사 한 편을 작성해서 입사 서류를 제출했다.

기대에 어긋나지 않게 1차 서류 심사에 합격했고, 2차 필기시험도 척 하니 통과했다. 첫날 출근해 보니 합격한 신입 기자는 나를 포함하여 모두 여섯 명이었다. 이미 대학을 졸업한 남자 한 명을 제외하면, 모두 4학년에 재학 중인 여학생들이었다. '기자 ooo'라고 찍힌 명함을 두 통씩 받고 우리는 곧바로 창간 작업에 투입되었다.

운 좋게 졸업하기도 전에 취직을 해 버렸으니, 우선 학교에 나가 통보해야 했다. 친구들한테 명함을 돌리는데 나도 모르게 부쩍 어깨에 힘이 들어갔다. 지도 교수님과 조교 선배를 찾아가 남은 수업을 들어가지 못하니 잘 봐달라고 애교를 떨었다.

역시 나는 잘 될 운명을 타고난 거였다. 앞에 놓인 길은 탄탄대로이며, 딴 데로 눈만 돌리지 않으면 넘어질 일이 없으

리라. 종종 밤을 새며 일했지만 피곤한 줄 몰랐다. 힘든 프로
젝트가 떨어져도 퇴근 후에 동기들과 술잔을 돌리며 웃었다.
이 풍진 세상을 날카로운 펜으로 고발하는 기자가 되겠거니,
추호도 의심하지 않았다.

그러나, 딱 3개월간의 태평천하였다. 데스크가 어느 날 우
리를 불러 모으더니 목소리를 쫙 깔았다. 안됐지만 여섯 명 중
에 두 명만 정기자로 남기겠다는 거였다. 사실 그런 얘기를 들
으면서도 별로 걱정하지 않았다. 그동안 내게 떨어진 프로젝
트는 다 완수해 내지 않았던가. 스펙이란 걸 따져도 내가 제일
유리했다. 그 두 명에 들어가지 않을 거라곤 꿈도 꾸지 않았다.

그 망상은 얼마 안 가서 산산이 부서진 파도가 되었다. 기
자로 일할 두 사람의 이름이 통보된 날, 나머지 네 명은 자주
가던 술집으로 몰려갔다. 얼마나 징징 짜면서 끌어안고 술을
마셔댔던가! 아침에 눈을 떠보니, 대학 앞에서 하숙을 하고 있
던 친구네 방이었다. 여기까지 어떻게 실려 왔는지 기억조차
나지 않았다. 태어나서 처음으로 완전히 필름이 끊긴 것이다.

자라면서 평탄한 꽃길만 걸어온 내게 그 일은 어마어마한
충격이자 처음 겪는 실패였다. 막상 출근할 곳이 사라지자 갈
데가 없었다. 아직 졸업 전이고 수업이 남아 있으니 당연히 학

교에 나가야 했다. 그런데 으스대며 돌렸던 명함이 부끄러워 차마 용기가 나질 않았다. 친구들이, 교수님이, 조교 선배들이 '3개월짜리 기자'라고 손가락질하며 비웃을까 봐 두려웠다. 집에서 칩거하는 동안 많이 야위고 위축되었다.

서울대 심리학과 최인철 교수가 쓴 〈프레임〉에는 '조명 효과'라는 심리 현상이 나온다. 우리는 연극 무대의 주인공이 아닌데도 마치 스타들처럼 머리 위에 조명을 받고 있다고 착각한다. 다른 사람들 시선에 필요 이상으로 신경을 쓴다는 말이다.

한 학생에게 이상한 얼굴이 그려진 민망한 티셔츠를 입힌 뒤, 다른 학생들이 기다리는 실험실에 잠깐 동안 머물게 했다. 그 후 티셔츠를 입은 학생에게 물었다.

"그런 티셔츠를 입은 걸 몇 명이나 알아차렸을까?"

아마도 50퍼센트는 될 거라고 대답했다. 그러나 실제로는 23퍼센트의 학생만이 그 티셔츠를 기억해 냈다는 실험 결과가 나왔다.

"우리는 다른 사람들이 나를 주시하고 있다고 생각하지만 정작 우리를 보고 있는 것은 남이 아닌 바로 자기 자신이다. 마음속에 CCTV를 설치해 놓고 자신을 감시하고 있으면서도, 다른 사람들이 자신을 주목하고 있다고 착각한다. 이제 그 CCTV 스위치를 꺼 버려야 한다. 세상의 중심에서 자신을 조용히 내려놓는다면, 사소한 것에 목숨을 거는 어리석은 일은 지금보다 훨씬 줄어들 것이다."

스물네 살 어린 나이에 겪은 첫 실패는 고통스러웠지만 몇 가지 교훈을 얻었다. 자만심으로 가득 차 있던 마음에 겸손이라는 미덕에게도 한자리를 내주었다. 비록 석 달 경험했을 뿐이지만, 호흡이 짧은 월간지 세계는 거칠고 급박하게 돌아간다는 것을 체득했다. 글을 쓰는 능력과는 별도로 강단과 뚝심이 필요했다. 섬세한 나와는 잘 안 맞는 분야였다.

그중에서도 가장 큰 소득이 있다면, 세상은 나한테 별 관심이 없다는 것을 안 사실이다. 마냥 시간만 낭비할 수 없어 슬그머니 학교에 나가 봤다. 걱정했던 것과는 달리, 몇몇 친한 친구들 외에는 내가 취직했다는 사실도 잘 기억하지 못했다. 집 밖에 나가지도 못하고 소심하게 굴던 날들이 허망해서 한숨이 나올 정도였다.

자라면서 남들보다 처지거나, 옆길로 새거나, 된통 넘어지는 경험을 해 봤더라면 어땠을까. 아마도 세상의 중심에서 자신을 내려놓는 일에 훨씬 더 익숙해지지 않았을까.

늘 칭찬 받고 잘한다는 소리에 길이 들어서, 누군가에게 지는 걸 견디지 못했다. 하지만 세상살이가 그렇게 호락호락

한가. 살다 보면 상상하지 못한 고초를 겪거나, 바닥까지 내려
갈 수 있는 게 인생 아닌가.

앞에서는 몇 번의 트라이애슬론 대회를 무사히 완주했다
고 자랑했다. 진실을 고백하자면, 중간에 포기한 경기가 '훨
씬' 더 많다. 한강에서 열린 대회는 참가자가 많아 초반 몸싸
움이 치열했다. 강에 뛰어들었다가 겁이 나서 바로 되돌아 나
왔다.

철원 하프 대회에서는 수영과 사이클을 무사히 끝내고도,
쥐가 나는 바람에 달리기에서 포기했다. 기어서라도 골인하고
싶었는데, 다리가 뻣뻣하게 굳어서 한 발자국도 움직이지 못했
다. 춘천 하프 대회에서는 수영 2킬로미터를 완영하고 나왔지
만 살짝 컷오프에 걸렸다. 연습한 것이 아까워서 자전거만 타
게 해 달라고 심판에게 사정했다. 하지만 원칙대로 결국 안장
에 앉아 보지도 못하고 그 자리에서 기록 칩을 반납해야 했다.

운동을 시작하고 대회라는 걸 나가면서 지금까지 해 보
지 못했던 많은 실패를 거듭했다. 숱하게 부딪히고, 넘어지고,
다치고, 포기했다. 그러면서 남들보다 뒤떨어지는 분야가 있
음을 당연하게 받아들였다.

경기를 중간에 접은 후 처량하게 혼자 앉아서, 뛰고 있는

다른 선수들을 지켜보는 마음은 착잡했다. 아쉽긴 했지만 곧 담담하게 실패를 인정했다. 대신 까짓 거, 다음엔 연습을 좀 더 많이 해서 꼭 완주해 내겠다고 주먹을 쥐었다. 사람들이 등을 두드리며 보내는 위로를 마음을 열고 받아들였다. 뒤풀이 자리에 참석하여 소주 한잔에 찝찝한 기분을 다 털어버리는 요령도 배웠다.

유복한 환경에다 케임브리지 대학교를 수석 졸업한 철학자 알랭 드 보통. 살면서 실패 따위는 안 해 봤을 것 같지만, '인생학교'의 모든 수업을 관통하며 그가 강조하는 덕목이 있다. 한계를 인정하기. 그리고 성공보다 더 중요한 건 실패 후의 '회복 탄력성'이라고 말한다.

"우리는 실패 앞에서 부끄러워해서는 안 된다. 정작 부끄러워해야 할 일이 있다면, 그런 실패 때문에 더 나은 사람으로 성장하지 못하는 것이다."

하지만 만약 진짜 삶에서 그토록 자주 실패를 반복한다면 어땠을까. 몸과 마음이 받는 타격을 견디기 힘들었을 것이다. "인생 공부한 셈 친다"고 말은 쉽게 하지만, 금세 회복하는 게 쉽지 않았을 것이다.

운동이나 놀이를 통해서 경험해 보는 실패는 일종의 가상현실과도 같다. 스트레스 지수는 비슷하지만, 매우 안전하면서도 얼마든지 다시 도전해 볼 가능성이 열려 있다. 현실과 달리 큰 경제적 손실을 입지 않는다. 자주 두드려 맞고도 내일은 더 잘해 보겠다는 마음의 맷집이 강해진다.

그래서 평탄하고 무난한 삶을 살아 온 사람일수록 다양한 운동을 통해 좌절과 실패를 연습해 보길 권한다. 혹여 진짜 인생길에서 자빠지는 일을 당했을 때, 그렇게 실패를 극복해 본 경험과 요령은 심적으로 큰 도움이 될 것이다.

첫 실패를 한 지 20여 년 만에, 또 한 번 직장에서 큰 위기를 맞았다. 하지만 그때와 달리 내겐 단단해진 체력과 정신력이라는 무기가 생겼다. 잦은 실패를 딛고 일어나 다시 도전하는 데 익숙해졌기에 이번엔 안장에서 쉽게 내리지 않았다. 그대로 주저앉지 않고 바닥을 박차고 일어섰다. 그 얘기는 3장에서.

천천히, 조금씩, 그러나 꾸준히

어떤 사람은 나면서부터 알고　或生而知之(혹생이지지)
어떤 사람은 배워서 알며　或學而知之(혹학이지지)
어떤 사람은 노력해서 안다(…)　或困而知之(혹곤이지지)(…)
그러나 이루어지면 매한가지다.　及其成功一也(급기성공일야)

작년에 교토 여행을 준비하면서 유홍준 교수가 쓴 〈나의 문화유산답사기〉 일본편 두 권을 차근차근 읽었다. 이따금 사람들이 유홍준 교수에게 묻는단다. 미술에 관한 안목을 갖추려면 어떻게 해야 하냐고. 참 막막하기 그지없는 질문인데, 마침 바둑TV를 보다가 대답의 힌트를 얻었다. 김만수 8단이 천재형 바둑 기사들의 대결을 해설하면서 이렇게 말했다고 한다.

"저런 묘수를 발견하려면, 타고나든가 훈련을 잘 받든가 경험이 많아야 합니다."

재주가 없으면, 훈련과 경험을 쌓는 수밖에 도리가 없다는 말이다. 그러면서 〈중용〉에 나온 공자님 말씀을 한마디 더 인용한다. '어떤 방법으로 도달하든 간에 이루어지면 매한가지'라고. 타고난 천재가 아닌 나 같은 평범한 이들에게 '노력과 훈련'이 남아 있다는 희망의 여지를 준다.

사람들이 내게 묻는 질문도 비슷하다.

"어떻게 하면 체력이 강해질 수 있나요?"

내 대답은 간단하면서도 한결같다.

"천천히, 조금씩, 그러나 꾸준히."

좀 더 친절하게 풀어 보면 이렇다.

"저 같은 저질 체력에 마흔 넘은 여자도 10년간 천천히, 조금씩, 그러나 꾸준히 운동을 계속하면 강해질 수밖에 없습니다."

동네 수영장을 다니거나 공터를 뛰기 시작한 것은 더 오래되었지만, 정식으로 트라이애슬론에 입문한 것은 2006년이다. 그해 3월, 처음으로 동아마라톤에 참가했다. 비록 제한 시한을 넘겼지만, 42.195킬로미터를 온전히 내 힘으로 완주했다.

7월에는 쥐 시체가 둥둥 떠다니는 설봉 트라이애슬론 대회에 참가했다. 폭우 때문에 자전거 종목은 취소되었지만, 우여곡절 끝에 포기하지 않고 달리기까지 마쳤다. 그러니 올해로 트라이애슬릿이 된 지 꼭 13년차가 된 셈이다.

강산이 변할 정도로 세월이 흘렀으니, 지금은 40대일 때보다 훨씬 기운이 쇠하지 않았냐고? 오히려 그 반대다. 예전만큼 자주 대회에 나가지 않아서 기록 비교는 할 수 없지만, 수영과 자전거의 숙련도 그래프는 아직도 계속 올라가고 있다.

'10년간 꾸준히' 뭔가를 계속 한다는 것은 사실 말처럼 쉬운 일이 아니다. 〈아웃라이어〉를 쓴 말콤 글래드웰은 이 10년의 시간을 가리켜 '위대함을 낳는 매직 넘버, 1만 시간의 법칙'이라고 이름을 붙였다. 그러면서 신경과학자인 다니엘 레비틴의 연구 결과를 인용한다.

"작곡가, 야구 선수, 소설가, 스케이트선수, 피아니스트, 체스선수, 숙달된 범죄자, 그밖에 어떤 분야에서든 연구를 거듭하면 할수록 이 수치를 확인할 수 있다. 1만 시간은 대략 하루 세 시간, 일주일에 스무 시간씩 10년간 연습한 것과 같다. 물론 이 수치는 '왜 어떤 사람은 연습을 통해 남보다 더 많은 것을 얻어내는가'에 대해서는 아무것도 설명해주지 못한다. 그러나 어느 분야에서든 이보다 적은 시간을 연습해 세계 수준의 전문가가 탄생한 경우를 발견하지는 못했다. 어쩌면 두뇌는 진정한 숙련자의 경지에 접어들기까지 그 정도의 시간을 요구하는지도 모른다."

그러나 일하는 사람이 매일 몇 시간씩 운동하기는 어렵다. 내 경우는 '매일'에 방점을 두지 않았다. '적어도 3일 이상 아무런 운동을 하지 않고 지나가는 날은 없도록 하자'가 소박한 목표였다. 긴 해외 출장을 갈 때는 꼭 운동화를 챙겼다. 날씨가 안 좋을 때는 실내 스트레칭으로 대체하기도 했다.

만약 어느 한 종목만 파고들었다면 나도 아웃라이어가

될 수 있었을까? 아마도 지루하고 힘들어서 10년은커녕 1년
도 꾸준히 하지 못했을 것 같다. 트라이애슬론이 내게 딱 맞는
이유는 수영, 달리기, 자전거를 번갈아 운동할 수 있기 때문이
다. 비오는 날은 수영을 하고, 사이클 복을 갖춰 입기 귀찮은
날은 입은 옷 그대로 나가서 가볍게 달렸다. 오랫동안 꾸준히
운동을 하기 어려운 사람은, 다양하게 종목을 바꿔 가면서 기
본 체력을 유지해 나가는 것이 하나의 요령이다.

　누군가는 나더러 이렇게 흉을 볼 수도 있다.

　"10년간 꾸준히 한 결과가 겨우 그 정도예요?"

　젊은 친구들, 나와 동년배라도 타고난 운동 신경을 지녔
거나, 원래 체격이 좋은 사람은 몇 달만 연습해도 10년간 연습
해 온 나를 쉽게 따라잡을지 모른다. 하지만 그런 사람들은 자
기 몸과 실력을 과신해서 빨리 경지에 오르려고 과욕을 부린
다. 그러다가 생각대로 잘 안 되면 금세 실망하거나 아예 그만
둬 버린다. 주위에서 그런 사람들을 많이 보았다.

　저질 체력에다 늦게 운동을 시작했다는 핸디캡이 내게는
오히려 약이 되었다. 처음부터 순식간에 잘할 거라고 마음먹
었다면 제풀에 지쳐 시들해졌을 것이다. 나는 절대로 욕심을
부리지 않는다. 빨리빨리 잘 해내고 싶지도 않다. 나의 희망
사항은 그저 늘 현재형으로, 어제 한 것만큼 오늘도 빠뜨리지

말고, 그저 조금씩 단련하는 것이다. "내가 왕년에는 어쩌고저쩌고" 떠벌이고 싶지 않다. "지금은 예전처럼 못하지만 블라블라" 자조하고 싶지도 않다. 그저 내 환경과 처지에 맞게 천천히 서두르지 않고, 조금씩 꾸준히 몸의 근육을 유지해 나가는 것이 목표다.

다들 100세 시대를 노래한다. 하지만 정말 100세까지 건강하게 살다 죽는 사람이 얼마나 될까. 암, 각종 성인병, 치매, 관절병을 잘 피해 가기란, 코끼리가 외줄 타는 것만큼 어렵다.

내가 꾸준히 운동을 하는 이유는 어떻게 죽을지는 알 수 없지만, 최소한 죽는 순간까지 건강하게 움직이고 싶기 때문이다. 골골 100세는 원하지 않는다. 하지만 체력을 쌓는 이유가 단지 그것뿐이라면, 가슴이 두근거리지는 않을 것이다. 재미가 없을 테니까. 사실 내 진짜 속셈은 따로 있다. 언제라도 손짓하며 지나가는 기회란 놈의 앞머리를 확 잡아챌 수 있도록 몸 상태를 준비해 놓고 싶다.

1994년에 개봉한 〈스피드〉라는 영화가 있다. 키아누 리브스와 산드라 블록이라는 두 배우를 단숨에 할리우드 스타로 끌어올린 액션 영화다. 폭탄이 장착된 버스를 운전하던 기사가 총에 맞아 죽었다. 어쩔 수 없이 평범한 탑승객인 산드라

블록이 대신 운전대를 잡고, 사람들을 살리는 영웅이 된다.

막 아기 엄마가 된 나는 가슴 졸이는 위급 상황에 감정이 입을 하기보다, 산드라 블록이 멋있어서 눈을 뗄 수가 없었다. 몸이 회복되면 꼭 '버스 면허'부터 따 놓아야겠다고 철없는 생각을 할 정도였다.

지금 돌이켜보면 '버스 면허'가 중요한 게 아니었다. 언제든 버스를 운전할 수 있는 능력을 갖추고 싶다는 욕구였다. 체력이 강해지면서 그동안엔 꿈도 꾸지 못했던 근사한 버킷 리스트가 생겨났다. 유럽 자전거 여행, 몽블랑 트레킹, 사하라 사막 마라톤, 필리핀 스킨 스쿠버, 실크 로드 도보 여행 등등. 그 리스트의 꼬리는 라푼젤 머리카락 자라듯이 늘어져만 간다.

이런 모험은 돈과 시간이 많다고 해서 누구나 할 수 있는 게 아니다. 짧은 시간 안에 후다닥 능력을 갖출 수도 없다. 꾸준히 운전 연습을 하듯 체력을 단련하다가, 기회가 내 앞에 다가왔을 때 주저하지 않고 버스 운전대에 앉을 수 있어야 한다.

'천천히, 조금씩, 그러나 꾸준히'야말로 지난 10년의 운동 생활을 관통하는 내 좌우명이다. 그리고 '마녀체력'을 갖고 싶어 하는 모든 이에게 들려주고 싶은 정답이며 희망이다.

153센티미터 여자가 180센티미터 거구와

대부분의 사람들은 트라이애슬론에 대해 선입견을 갖고 있다. '철인'이라는 말이 들어가서 그런가, 키 크고 어깨 떡 벌어지고, 허벅지 두께가 전봇대쯤 되는 사람들이나 할 법한 운동이라고 여긴다. 아무래도 키가 크고 체격이 좋으면 어떤 운동을 하더라도 유리한 게 사실이다.

하지만 마라톤이나, 마라톤이 포함된 트라이애슬론은 꼭 그렇지도 않다. 몸무게가 많이 나가면 그만큼의 쌀 보따리를 등에 지고 달리는 것과 마찬가지이다. 따라서 여위고 키 작은 선수가 좋은 기록을 내기도 한다. 나처럼 작은 체격의 여성이라도 연습만 하면 무사히 전 경기를 완주할 수 있다.

나는 내 또래의 여성 평균 키보다 작은 쪽이다. 중학교 시절 키에서 더 이상 자라지 않았다. 다행히, 키가 작다고 해서 특별히 불이익을 받거나 섭섭했던 적은 없다. 하지만 나라고 왜 불만이 없었겠는가. '키만 좀 컸어도' 뭔가 일을 주도하거나 사람과 관계를 맺을 때 훨씬 권위 있게 보였을 거라고 아쉬움을 삭이곤 했다.

물론 키가 크다고 해서 세상 일이 다 뜻대로 되는 건 아니다. 하지만 자그마하게 태어난 나로서는 알게 모르게 내 체형에 콤플렉스를 갖고 있었다. 다만 내 의지로 어찌할 수 없는 부분이니, 다음 생을 기약하는 것 외에 방도가 없었다.

맞장 뜨는 법

그런데 운동을 하면서 깨달았다. 그동안 품고 살아온 콤플렉스의 주범은 결코 작은 키가 아니었다. 내가 자신 없어 하고 움츠러들었던 건 사실 허약함 때문이었다. 작은 키로 상징되는 허약함. '철인'이라는 강한 이미지의 운동을 시작하면서 나의 '작은 키' 콤플렉스는 언제부턴가 뇌리에서 자취를 감춰 버렸다. 오히려 놀랍다는 눈빛으로 진의를 파악하려는 사람들의 반응을 내심 즐기기 시작했다.

'이렇게 작은 여자가 철인3종을 한단 말이야? 리얼리?'

그런 반응은 특히 대회에 참가할 때마다 더 신랄하게 쏟아지곤 한다. 키 크고 까맣게 그을린 다부진 남자들 틈에 연약해 보이는 작은 여자가 끼어 있으니 신기할밖에. 손목에 선수 표식인 띠를 두르고 왔다 갔다 분주한 나를 묘한 눈빛으로 쳐다볼 때도 있다.

'뭐야, 저 여자도 선수야?'

그들과 나 사이의 스펙트럼은 넓다. 키는 30센티미터 이상 차이가 나고, 다리 근육은 비교도 안 된다. 기록도 한 시간 이상 벌어질 게 분명하다. 하지만 그게 무슨 상관인가. 우린 내일, 똑같은 강도의 경기를 제한된 시간 내에 완주하러 온 선수들이다. 나는 그런 마음을 눈빛에 담아 도도하게 되돌려 준다.

'이봐, 내일 경기 때 보자고!'

어릴 때, 스케이트를 곧잘 타던 기억이 난다. 처음 배울 때는 여학생용 빨간색 피겨 스케이트를 신었다. 그런데 넘어지지 않을 만큼 익숙해지자 스피드 스케이트를 사달라고 엄마를 졸랐다. 얼음판에서 남자 애들과 속도를 겨루며 쌩쌩 달리는 것은 신나는 일이었다. 하지만 그런 동등한 육체 활동은 초등학생 시절로 끝나 버렸다.

여자 중학교를 거쳐, 남녀공학인 고등학교에 다니는 동안 남학생과 어울려 놀 일이 없었다. 이미 청소년 시절에 남성성, 여성성에 대한 이미지가 확고하게 자리 잡았다. 남자는 씩씩할수록, 여자는 조신할수록 환영을 받았다. 신입생 대표, 전교 회장은 늘 남학생이 도맡았다. 숫자가 적은 여학생은 왠지 들러리 같다는 느낌이 자주 들었다. 성적이든 교외 활동이든, 남학생들에게 기대하는 바가 훨씬 크다는 걸 다들 알았다.

대학교에 와서도 그런 분위기는 비슷하게 이어졌다. 내가 입학한 대학교는 여학생 숫자가 유난히 적었다. 110명 정원인 국문학과도 여학생은 고작 30여 명에 불과했다. 강단 있는 여자 선배들과 몇몇 동기들이 남자들 틈에 끼어서 꿋꿋하게 분투했다. 똑같은 수준으로 담배를 피우고 술을 마시고, 남자와 비슷한 차림으로 걸걸한 말투를 썼다. 그래도 많은 것들이 남자 위주로 흘러갔다. 총학생회장, 과대표, 응원 단장처럼 앞에 나서서 큰 조직을 이끄는 우두머리는 예외 없이 다 남자였다. 그나마도 세상이 많이 바뀐 거라고 했다.

　사회에 나와 보니 이번엔 능력이 아니라 여성이라는 성 자체로 차별을 받았다. 당시 결혼을 하면 당연히 퇴사하는 분위기였던 직장에서 나는 임신 8개월까지 간신히 버텼다. 다행히 여성의 강점이 두드러지는 에디터 직군이었기에 출산 후에 다시 일자리를 얻는 건 어렵지 않았다. 그러나 일반 에디터는 여성으로 깔리고, 피라미드의 상층으로 올라갈수록 남자들이 차지하는 현상은 출판사도 마찬가지였다.

　어쩌다 유리 천장을 뚫고 위로 올라갈 기회가 주어지긴 했다. 하지만 다른 남자들처럼 기를 쓰고 그 자리를 꿰어 찰 생각을 하지 못했다. 학생 시절을 거쳐 성인이 되는 동안, 남자와 똑같은 조건으로 나란히 서서 자주 겨뤄 봤다면 어땠을까. 일상생활에서 남자들을 이겨 보는 사소한 경험이 많았더라면, 내 삶의 선택지가 훨씬 다채롭고 넓어지지 않았을까.

　스포츠를 하는 여자아이들은 사회에 나가 리더가 될 가능성이 높다고 한다. 실제로 94퍼센트의 여성 리더가 어릴 때 스포츠를 한 경험이 있다고 한다. 특히 남자와 같은 필드에서 겨뤄 보고 때때로 이기는 경험이 반복될수록 여자들의 자신감은 더욱더 커질 것이다.

　남자를 이겨 보는 경험은 비단 스포츠의 장으로만 끝나지 않는다. 일상생활에서 그대로 자신감으로 이어진다. 나아가 일터에서도 유감없이 발휘된다. 목소리에 힘이 들어가고, 눈빛이 흔들리지 않으며, 태도에 결기가 생긴다.

　트라이애슬론을 하면서 나는 작은 키에 대한 콤플렉스를 벗어 던졌다. 키는 작아도 웬만한 사람들보다 강한 체력의 소유자가 되었다는 자신감 덕분이다. 특히 사이클이라는 멋진 기계의 도움을 받아 남자들을 추월하는 기분은 짜릿하다. 여성이 남성보다 육체 조건이 불리한 것은 확실하지만, 운동을 통해 체력을 보완해 나가면 운동을 하지 않는 일반 남성보다 훨씬 강해진다.

　그러니 여성들이여, 뭐든 좋으니 운동을 하면서 일단 체력부터 단련해 보자. 몸을 날씬하게 하기보다는 근육을 단단하게 만드는 운동을 택하기 바란다. 이왕이면 남자들과 어울려 동등하게 겨루는 운동에 적극적으로 참가해 보기를! 어차피 우리는 평생을 그들과 기 싸움을 하면서 살아가야 한다.

우리를 절대로 배신하지 않는 세 가지

일본의 메이지 대학 교수인 사이토 다카시. 서른 살 빈털터리 대학원생에 불과했던 그는 앞날이 깜깜했다. 하지만 현재는 수많은 베스트셀러를 쓰는 작가로 한국에서도 유명세를 떨치고 있다. 그의 성공 비결은 다름 아닌 독서다. 살면서 위기를 맞을 때마다 그의 곁에는 늘 책이 있었다. 꾸준한 독서를 통해 인생이 바뀌었다고 찬양하는 '책의 전도사'다.

20년 넘게 책을 만들어 온 에디터로서, 나 또한 사이토 교수 못지않게 책 없으면 살 수 없는 존재다. 무인도에 갈 때 제일 먼저 챙길 목록 1호는 책이다. 읽다 만 책이 재미있으면 꿀단지 숨겨 놓은 곰처럼 흥분을 감출 수 없다. 남들이 애써 연구해 얻은 지혜와 지식을 단돈 2만 원도 안 되는 돈을 지불하고 알 수 있다면, 세상에 그런 로또가 또 어디 있을까.

독서가 "뭣이 중헌디?" 하고 물으면, 그 대답을 위해 책을 한 권 쓸 수도 있겠다. 일단은 재미있고, 이단은 풍부한 간접 경험, 삼단은 나와 타인, 나아가 세상을 이해하는 유연성을 얻는다. 책을 읽는 동안엔 모든 시름과 스트레스를 잊을 수 있으며, 나아가 극복할 용기까지 얻는다. 그러니 아무리 많은 시간과 노력을 투자해도 아깝지 않다. 정성을 들인 애인은 뒤통수를 칠 수 있지만, 독서는 절대로 우리를 배신할 리가 없다.

단 한 가지, 독서 때문에 머리가 아픈 일이 있기는 하다.

책은 가장 아끼고 자주 들여다보는 보물임과 동시에 수납공간의 임계치를 훌쩍 뛰어넘는 골칫덩어리이다. 특히 나는 한꺼번에 여러 권의 책을 돌려 읽는 버릇이 있다. 한 권을 끝까지 읽기도 전에 신간이 나오거나 누군가에게 추천을 받으면, 그 책을 읽고 싶어 똥마려운 강아지처럼 낑낑댄다.

그러니 방마다 책장이 있는 건 물론이요, 가구마다 빈 공간에는 책이 몇 권씩 쌓여 있다. 그것도 쫙 펼쳐지거나 연필이 꽂힌 채로. 집안이고 사무실이고 가릴 것 없이 늘 어수선하고 지저분하다.

읽은 책은 과감히 버리든지 필요한 이에게 주면 어떠냐고? 책갈피마다 줄을 그어 놓거나 메모해 놓은 흔적이 아까워서 다시 책장에 꽂는 일이 다반사다. 아직 읽지 못한 책은 언제 읽고 싶을지 모르니 더욱 골라내기 어렵다. 책은 계속 사대면서 정리가 안 되는 이 노릇을 어찌하랴.

그러다 소설가 김연수가 쓴 〈소설가의 일〉이란 에세이를 읽고, 책 정리의 달인에게서 힌트를 얻었다.

"내 서가는 크게 세 부분으로 나뉘어진다. 한 부분은 읽은 소설, 또 한 부분은 읽은 비소설, 나머지는 읽지 않은 책들이다. 읽은 책들은 내가 보기에 좋은 순서대로 꽂는다. 그러니까 제일 좋은 책이 맨 앞에 있고, 뒤를 이어서 그 다음 좋은 순

서대로 책들이 쭉 꽂힌다. 물론 판단은 주관적이다. 그렇게 해
서 평생에 걸쳐서 소설 365권과 비소설 365권을 선정한 뒤 일
흔 살이 지나면 매일 한 권의 소설과 한 권의 비소설을 읽으면
서 지내고 싶다. 그러니 내 노후대책이라면 내가 너무나 좋아
하는 730권의 책을 마련하는 것이랄까."

노후에는 서울을 벗어나서 마당 넓은 시골집으로 내려갈
계획이다. 한편에 이동식 컨테이너를 들여놓고 김연수 식으로
나만의 책장을 정리할 테다. 생각만으로도 가슴 흐뭇한 노후
대책이 아닐 수 없다.

반백 년을 살아 본 경험으로 나는 독서에다가 두 가지를
더 덧붙이곤 한다. 독서, 그리고 운동과 외국어. 우리를 절대
로 배신하지 않는 세 가지, 사람을 매력 있게 만드는 세 가지
이기도 하다.

운동을 시작하고 나서 내겐 많은 변화가 생겼다. 감히 인
생이 바뀌었다고 말한다. 운동은 육체는 물론이요, 정신에도
마술 같은 효과를 일으킨다. 기분이 좋아지고, 쌓였던 스트레
스가 사라지고, 낙관적인 기분이 든다. 이런 단기적인 효과만
으로도 운동은 얼마든지 해 볼 가치가 있다.

그런데 꾸준히 오랫동안 운동을 하면 사람의 성격과 행

동까지 바뀔 수 있다. 독서에 맞먹을 정도로 많은 변화를 가져오고, 독서만큼 재미있다. 마흔 이후 나의 삶은 '어떻게 하면 독서하는 시간을 빼앗기지 않으면서 운동을 하는가' 골몰하는 일로 점철되었다. 두 가지 다 의식적인 노력이 필요하고, 많은 시간을 잡아먹는 활동이기 때문이다.

독서로 무장한 지적 능력에다, 운동으로 단련된 강한 체력을 갖췄다고 치자. 여기에 어느 나라 말이든 상관없이 현지 사람과 대화가 잘 통할 정도로 외국어 실력이 있다면 얼마나 좋을까. 세상 부러울 게 없을 것 같다. 왜 진작 외국어 공부를 꾸준히 하지 못했을까 후회스럽다. 누군가 조언을 해서 대학 때 프랑스어나 스페인어 등을 전공했다면, 지금과는 달리 세상을 누비며 살고 있을지도 모른다.

유시민이 쓴 〈어떻게 살 것인가〉를 보면, 그의 아버지가 '영문과를 택해서 유럽의 서양 철학을 공부한 뒤에 돌아와 동양 철학을 하라'고 조언한다. 유학이 어려웠던 암울한 시절이지만, 자식의 먼 장래를 내다봤던 혜안이었다. 나이가 젊을수록 우물 안 개구리에 만족하지 말고 더 큰 세상으로 나가 공부하길 바란다. 다양한 사람을 만나고, 많은 것을 경험하기를 권한다.

내가 태어나서 자란 곳을 벗어나기란, 잠깐 다녀오는 여행조차 겁나는 일이다. 어느 정도의 돈과 시간이 필요하다. 그러나 외국어 실력을 잘 쌓아 놓는다면 언제든 어떻게든 기회가 찾아올 것이다. 그날을 위해 미리 준비해 놓지 않으면, 기회가 뻔히 옆을 지나가는데도 눈만 껌벅껌벅 쳐다볼 수밖에 없다.

그러고 보니 우리를 절대로 배신하지 않는 세 가지에는 공통점이 있다. 첫째, 노력과 시간을 많이 잡아먹는다. 둘째, 강한 의지가 있어야 한다. 셋째, 꾸준히, 오랫동안 해야만 효과가 나타난다. 넷째, 좋은 건 누구나 알지만 시급하지 않아서, 당장 실천하기 어렵다.

내가 권하는 방법은 두 가지다. '늦었다고 생각할 때가 가장 빠르다'라는 경구는 언제나 옳다. 지금 사방이 벽으로 둘러쳐진 작은 방 안에 서 있다고 치자. 맞은편 눈앞에 문이 하나 보인다. 저 문만 열고 나가면 이 답답한 방과는 전혀 다른 딴 세상이 펼쳐질지도 모른다.

그런데 귀찮다고, 시간이 없다고, 힘들다고 여러 가지 이유로 마냥 방 안에서만 서성이는 것이 우리들 모습이다. 문을 열려면, 우선 문고리부터 꽉 쥐고 돌려야 한다. 뭐든 좋으니 무조건 시작부터 하라는 말이다.

시작을 했으면, 이번엔 그것을 '핵심 습관'으로 만들어야 한다. 뉴욕타임스 기자 찰스 두히그가 쓴 〈습관의 힘〉은 반복하는 행동을 통해 사람들이 어떻게 극적인 변화를 이뤘는지 제시한다. 습관이 생기는 메커니즘을 분석하는 이 책에 따르면, 신호-반복행동-보상은 하나의 고리로 연결되어 있다. 그리고 열망과 믿음이 그 습관의 고리를 지속적으로 회전시킨다. 특히 우리 삶의 거의 모든 부분에 영향을 미치는 '핵심 습관'을 바꾸면? 그 밖의 것까지 덩달아 바뀌는 것은 시간 문제일 뿐이다.

"운동이 일상의 삶에 미치는 영향을 10년 동안 연구한 결과들을 예로 들어 보자. 우리가 습관적으로 운동을 시작하면, 하다못해 일주일에 한 번씩이라도 운동을 시작하게 되면, 운동과 관계없는 삶의 다른 부분들까지 부지불식간에 바뀌기 시작한다. 운동을 시작하면 식습관이 좋아지고, 생산성이 높아지는 경우가 대표적인 예다. 담배도 덜 피우고, 동료들과 가족들에 대한 인내심도 깊어진다. 신용 카드도 한층 절제해서 사용하고 스트레스도 덜 받는다고 말한다. 그 이유는 확실하지 않지만, 많은 사람에게 운동이 다른 변화를 광범위하게 끌어내는 핵심 습관인 게 분명한 듯하다."

매일 아침 일어나 이를 닦는 것처럼, 세 가지를 단순하면서도 강력한 습관으로 만드는 게 내 목표다. 습관이 가져올 결과를 믿고 간절히 열망하자. 잠들기 전 30분의 독서가 쌓이면 세상을 보는 눈이 달라진다. 매일 1만 보씩 걸으면 어디든 모험할 수 있는 체력이 생긴다. 하루에 외국어 단어 딱 열 개씩만 외워도 1년이면 3,650개가 쌓인다. 그 습관은 절대로 우리를 배신하지 않을 것이다. 하루하루 시간이 쌓일수록 점점 더 위력을 발휘할 것이다.

어떻게 하나요?

운동 '초보자'를 위한 Q&A

Q 자전거를 타면 엉덩이가 너무 아파요. 제가 잘못 타는 걸까요?

A 자전거를 타면 제아무리 통통한 오리 엉덩이라도 당연히 아픕니다. 안장이 작잖아요. 좀 민망하더라도 엉덩이 부분에 스펀지를 덧댄 일명 '뽕바지'를 추천합니다. 한결 탈 만해져요. 팬티 없이 맨 엉덩이에 입어야 피부가 쓸리지 않아요. 아무래도 어색하면 뽕바지 위에 일반 바지를 하나 더 입으세요. 스타일 구긴다고요? 라이더 동네에선 쫙 붙는 뽕바지를 안 입는 게 더 촌스러운 겁니다! 자전거 실력이 늘면 안장에 엉덩이를 살짝 걸친 채 페달링을 하거나, 자주 엉덩이를 들고 탈 수 있어서 오래 타도 안 아파요.

Q 수영을 배우고 있는데 숨이 차서 25미터도 못 가요. 제 폐활량에 문제가 있는 걸까요?

A 수영 강사한테 문제가 있습니다. 호흡을 다시 배워야 해요. 보통 '음파음파' 하라고 가르치는데, 물속에서 '음' 하고 충분히 내쉰 다음 고개를 돌려 '파!' 하고 짧게 들이마시는 거예요. 호흡법만 터득하고 나면 열 바퀴를 돌아도 끄떡없답니다. 익숙해질 때까지 세숫대야에 물 떠놓고 연습하세요.

Q 운동을 한 다음 날이면 근육 통증이 심해요. 계단 내려갈 때 다리

가 아파서 못 움직이겠어요.

A 양자택일을 해야 합니다. 뛰고 난 직후 짧게 아플 것인가, 아니면 며칠 동안 절룩거리며 다닐 것인가. 미지근한 물로 가볍게 샤워한 후, 다리를 쫙 벌리고 앉아서 소위 '가랑이 찢기'를 해줘야 근육 통증이 풀려요.

하나 더. 욕심을 앞세워 무리하게 운동하면 부상 위험은 물론, 그동안 움직이지 않았던 근육들이 일제히 비명을 지르는 걸 느낄 수 있습니다. 마음이 앞선다고 너무 과하게 운동하지 말고, 딱 기분 좋은 근육통을 느낄 정도까지만 조금씩 늘려 나가세요.

Q 자전거를 배웠습니다. 처음으로 자전거를 타고 한강에 나갔는데 사람들이 너무 쌩쌩 달려요. 겁나서 못 타겠어요.

A 초보 운전자가 어디를 달릴 때 제일 무섭겠어요? 당연히 고속도로겠지요. 하지만 제일 오른쪽 차선에서 내 속도에 맞춰 천천히 가면 다들 알아서 추월해 가잖아요. 자전거도 마찬가지랍니다. 오른쪽에 붙어 천천히 달리면 알아서 피해갑니다. 그런데 초보 운전자가 갑자기 정지하거나 중앙선을 넘어 유턴하면 어떻게 될까요? 대형 사고가 나겠지요? 자전거 역시 그럴 때가 가장 위험합니다. 특히 충돌 사고가 나서 자전거가 파손되었을 경우, 요즘엔 고가의 사이클을 타는 사람이 많아서 손해 배상을 해야 할 수도 있답니다. 차라리 경의 중앙선을 타고 운길산역이나 양수역에 내려서 슬슬 자전거를 타는 것을 추천합니다. 한산하고, 경치도 좋고, 맛있는 음식점도 많아요.

수영을 잘하고 싶은 몸치들을 위한 깨알 팁

준비물 : 수영복, 수영모, 물안경, 오리발

1   수영복은 화사한 컬러의 신상을 고른다. 수영장 거울에 비춰볼 때마다 예뻐 보여야 자주 수영하고 싶어진다. 가랑이 부분이 파여서 신경이 쓰인다면 아래가 사각팬츠처럼 생긴 수영복을 골라도 좋다.

2   고무로 된 수영모가 답답하다면 천으로 된 것을 쓴다. 쫀쫀한 수영복에 비누를 묻혀 입은 다음에 샤워를 하면 편하다.

3   수영을 배우려면 반드시 전문가에게 강습을 받아야 한다. 그래야 폼이 예쁘고 원리를 알 수 있다. 다만 단체 강습은 디테일까지 교정받기 어렵고, 개인 강습은 비싸다. 3개월 정도 개인 강습을 받고 나서 단체 강습을 받으면 좋다.

4   강습 시간에 맞춰 쏙 들어오는 사람들이 많은데, 수영하기 전의 체조나 물에서 몸을 워밍업 하는 시간이 더 중요하다. 수영을 하다가도 어깨나 고관절 부상을 입을 수 있다.

5   모든 운동 고수의 비법은 '힘을 빼는 것'이다. 수영할 때 물고기가 되었다고 상상해 보자. 몸에 힘을 잔뜩 주고 있다면 어떻게 물속을 오래 헤엄치고 다니겠는가. 짧은 지느러미를 살살 움직이며 헤엄치듯 팔을 휘젓는다고 생각하면서, 의식적으로 몸에서 힘을 쫙 뺀다.

6   수영은 어깨를 돌리는 힘이 아니라, 가슴 부분에서 물을 잡은 뒤 허리 쪽으로 미는 힘에 의해 앞으로 나아가는 것이다. 유튜브 등을 통해 수영 선수들의 영상을 보면서 이미지 트레이닝을 하면 좋다.

7   물속에서의 시선은 아래 바닥을 향해야 한다. 자꾸 앞을 보려고 하면 고개가 들리기 때문에 몸이 가라앉는다.

8 수영장은 대개 25미터 레인이므로 50미터 한 바퀴를 기본 단위로 생각한다. 한 바퀴 돌기 전까지 중간에 쉬면 안 된다. 한 바퀴 수영에 익숙해지고 나면 두 바퀴, 세 바퀴 등으로 거리를 늘려 나간다.

9 호흡이 익숙해지면, 호흡 수를 줄여서 연습해 본다. 네 번 팔을 저을 때 한 번 호흡하는 식으로 연습을 하다 보면, 나중에 두 번 저을 때 한 번 호흡이 한결 수월하게 느껴진다.

10 네 영법을 골고루 잘 배워서 반복하면 좋다. 나는 자유형을 가장 많이 하고, 배영을 가장 잘하며, 평영이 제일 빠르고, 접영은 시원치 않다. 고개를 빼고 하는 평영도 연습해 놓아야 한다. 바다나 호텔 야외 수영장에서는 그 영법이 가장 쓸모 있다.

11 수영할 때 앞에 초보자가 있어서 속도를 내지 못하면 뒷사람이 몹시 답답하다. 또 손발이 서로 부딪혀서 감정싸움으로 번지는 경우도 많다. 자기 속도와 실력에 맞게 레인을 잘 선택해야 한다.

12 단체 강습을 받다 보면 철저하게 실력에 따라 자기 자리가 있다는 것을 실감한다. 수영하는 사람들의 심리가 미묘하고 재미있게 느껴지는 부분이다. 실력이 늘수록 점점 순서가 앞으로 올라간다. 내 경험으로는 중급반 1번에서 수영하는 것보다, 상급반 꼴찌에서 수영하는 쪽이 더 실력이 느는 것 같다.

13 손가락에 끼는 투명한 물갈퀴가 있는데, 그걸 끼고 연습하면 물을 잡는 힘을 기르는 데 효과가 있다.

14 오리발 끼고 수영하면 쑥쑥 잘 나가서 좋다는 사람이 많다. 나는 긴 오리발이 무거워서, 앞부분이 짧은 '닭발'을 끼고 연습한다.

15 수영하고 난 뒤 마무리 운동도 중요하다. 계속 반복 운동을 했기 때문에 풀어 주는 운동을 해야 한다.

16 수영 후에 내 몸의 변화를 관찰하면서, 로션이나 오일을 골고루 잘 발라 준다. 살면서 내 몸을 예쁘다, 예쁘다 하면서 쓰다듬어 주는 시간이 별로 없다. 나는 이 시간을 그렇게 이용한다.

17 수영장에서 나와 바깥 공기를 마시는 순간이 가장 상쾌하다. 하지만 머리가 젖어 있을 때는 감기에 걸리기 딱 좋은 순간이기도 하다. 나는 항상 모자를 착용한다.

내 몸이 서서히 강해지는 동안
하나둘 행동이 바뀌고

이런저런 생각이
변하면서

그리하여, 인생이 완전히 달라지다

이상한 나라에서 놀다 오는 앨리스

이스라엘 출신 학자 유발 하라리가 쓴 〈사피엔스〉는 600쪽이 훌쩍 넘는 분량의 책이다. 그럼에도 불구하고 두어 번 반복해서 읽을 정도로 흥미진진하다. 나는 잠을 자기 전에 수면제 역할을 겸해서 일부러 지루한 책을 읽는 버릇이 있다. 그때 잘못해서 〈사피엔스〉 같은 책을 고르면 잠이 오기는커녕 눈이 말똥말똥해져서 새벽까지 앉아 있기 십상이다. 중고등학교 시절, 줄줄 계보만 외우는 교과서가 아니라 이런 책으로 역사를 배웠더라면 얼마나 생각이 넓어졌을까.

그는 '농업 혁명'을 논하면서 이렇게 정의를 내린다.

"근대 후기에 이르기까지 인류의 90퍼센트는 아침마다 일어나 구슬 같은 땀을 흘리며 땅을 가는 농부였다. 그들의 잉여 생산이 소수의 엘리트를 먹여 살렸다. 왕, 정부 관료, 병사, 사제, 예술가, 사색가…… 역사책에 기록된 것은 이들 엘리트의 이야기다. 역사란 다른 모든 사람이 땅을 갈고 물을 운반하는 동안 극소수의 사람이 해온 무엇이다."

역사를 이렇게 정의할 수 있다니, 얼마나 도발적인 발상인가. 엘리트가 빼앗은 잉여 식량은 정치, 철학, 문화, 예술 등이 탄생하는 원동력, 즉 극소수의 사람들이 그 무엇을 할 수 있는 뒷받침이 되었다. 그런데 극심한 노동에서 벗어나 해온 그 '무엇'이 사실 '노는 것'이라고 주장한 사람이 있다.

네덜란드 출신 학자 요한 하위징아는 〈호모 루덴스〉에서 '인간은 놀기 위해 태어난 존재'이며, 인류의 문화 자체가 '놀이'의 성격을 가진다고 말한다. '놀이'는 즐거움과 흥겨움을 동반하는 가장 자유롭고 해방된 활동이자, 삶의 재미를 적극 추구하는 행동이라고 정의한다. 또한 법률, 문학, 예술, 종교, 철학을 탄생시키는 데 깊은 영향을 끼쳤다고 한다.

인간이 일하기 위해서가 아니라 놀기 위해 사는 것이라는 말만 들어도 마음이 가벼워진다. 세상에 노는 것을 싫어할 사람이 누가 있을까. 어린 시절, 책가방을 던져 놓고 주위가 어둑해질 때까지 소리를 질러대며 뛰놀던 기억을 떠올려 보라. 현실의 숙제나 시험 성적 따위는 새까맣게 잊어버렸다. 땀에 흠뻑 젖어 완전히 딴 세상에 빠진 듯이 몰입했다. 지금 이 순간 놀이보다 더 중요한 건 없으며, 세상은 온통 그런 나를 위해서만 존재하는 것 같았다.

요한 하위징아는 이런 놀이의 특징을 가리켜서, '일상적'이거나 '실제의 삶'에서 벗어난 아주 자유스러운 상태라고 말한다. 그렇게 잠깐이나마 현실에서 빠져나와 딴 세상에 가서 놀다 오는 건 가슴 뛸 정도로 환상적인 모험이다.

아무리 세월이 흘러도 아이들이 좋아할 수밖에 없는 전설의 동화들은 이미 그 원리를 빠삭하게 알고 있다. 〈이상한 나라의 앨리스〉에서 앨리스는 토끼를 따라 긴 땅굴 속으로 빠져나가 이상한 나라에 도착한다. 〈나니아 연대기〉는 네 남매가 옷장을 통해 환상의 나라로 들어간다. 〈오즈의 마법사〉의 주인공 도로시는 회오리바람에 실려 오즈의 나라에 떨어진다. 그리고 현대판 영웅인 해리 포터는 끔찍한 이모부 식구에게서 벗어나, 런던 킹스크로스역의 9와 3/4 승강장을 통해 호그와트라는 마법의 학교에서 모험을 펼친다.

동아마라톤에 처음으로 출전하던 날, 눈을 번쩍 뜨자마자 온몸의 내장이 수런거렸다. 곧 내가 뛰어들어야 할 '다섯 시간짜리 모험'이 기다리고 있기 때문이다. 이런 흥겨운 긴장은 대체 얼마 만에 느껴보는 감정인가. 미리 본부에서 보내 준 마라톤 티셔츠를 입고, 가슴에 번호표가 잘 달려 있는지 본다. 운동화에 기록 칩은 잘 묶여 있는지 확인한다.

일요일 이른 새벽인데도 출발 지점인 광화문으로 가는 지하철엔 사람들이 북적댄다. 같은 곳을 향해 가고 있는 동지들은 서로를 금세 알아보고 미소를 나눈다. 심장은 아까보다 더 활발해지고, 얼굴이 빨갛게 물든다.

늘 오가는 차들로 복잡한 광화문 광장은 이미 선수와 응원단으로 꽉 차 있다. 사회를 보는 개그맨의 흥겨운 목소리가 하늘을 찌른다. 여기저기 풍선이 둥실 떠 있고, 길거리 음식을 팔러 나온 장사치들은 신이 나서 호객을 한다.

마라톤 클럽 회원들끼리 간식을 나눠 먹고, 둥그렇게 모여 스트레칭을 한다. 다른 선수 가슴팍에 달린 번호표를 훔쳐보면서, 기필코 기록을 올리겠다고 다짐한다.

정신없이 식전 행사가 펼쳐지고, 드디어 출발할 시간. 사회자의 힘찬 멘트와 함께 함성이 울려 퍼지고, 맨 앞에서 엘리트 선수들이 달려 나간다. 보유 기록에 따라 A조부터 E조에 이르기까지, 차례로 서 있던 1만 명이 넘는 선수가 해일처럼 움직이기 시작한다. 보온을 위해 옷 위에 걸치고 있던 비닐을 멀리 벗어 던진다. 이제부터 각자의 역량에 따라 세 시간에서 다섯 시간을 내내 달려야 한다.

차량이 통제된 광화문 넓은 대로를 뛰어가는 그 순간에도 현실인지 꿈인지, 내가 어떻게 이 자리에 와 있는 건지 믿기지 않는다. 마흔을 넘긴 아이 딸린 아줌마, 월요일 아침부터 무거운 회의가 기다리고 있는 직장인이라는 현실은 안중에도 없다. 지금 여기 달리는 사람은, 오직 다섯 시간 안에 42.195킬로미터를 끝까지 완주하겠다는 열망에 사로잡힌 마라토너 이영미인 것이다.

열띤 마라톤 대회는 단순히 달리기 기록을 재는 경기가

아니었다. 브라질의 카니발이나 태국의 송끄란 같은 일종의 축제였다. 차 없는 거리를 뛰면서 현실에선 느끼지 못하는 긴장과 스릴을 즐긴다. 오롯이 내 육체를 움직여 원시 시대 수렵인의 본능적인 기쁨을 느낀다. 억누르고 자제해 왔던 숨겨진 광기를 다 함께 달리며 해소한다. 이제야 〈말아톤〉의 초원이가, 남편이, 그리고 이 수많은 사람이 왜 돈을 내가면서 매년 마라톤 대회에 참가하는지 알 것 같았다.

사이클을 타는 순간도 비슷하다. 몸에 착 달라붙는 화려한 사이클복을 입는다. 날렵한 헬멧을 쓰고, 스포츠용 고글을 끼고, 클릿을 신은 채 안장에 올라탄다. 아마도 회사 사람 중 누군가, 이런 차림으로 자전거를 타고 한강변을 쌩쌩 달리는 나를 마주친다 해도 절대 알아보지 못할 것이다. 이럴 때 나는 점잖은 편집자 이영미가 아니다. 앞선 사람을 제끼며 무서운 속도로 페달을 밟는 라이더다. 이상한 나라를 달리는 앨리스인 것이다.

이렇게 현실의 모든 것을 잊을 만큼 흠뻑 몰입하는 고양 상태를 '희열'이라고 부른다. 어릴 때는 누구나 놀면서 맛보곤 했던 이 감정을 어른이 되면서 다들 잊어버린다. 아니, 어른이 되기 전에 이미 중고등학교에 접어들면서부터 의식적으로 멀어진다. 노는 것은 어린애들한테나 어울리는 일이라고 믿기 때문이다. 공부와 일은 권장하지만, 노는 행위는 나쁘다는 의식이 사회 전반에 만연해 있기 때문이다.

이런 희열이 있다는 것도 모른 채, 지구는 돌고 내 인생은 마냥 흘러갔을지 모른다. 월요일부터 금요일까지 얌전히 출퇴근만 반복하며, 오늘도 어제처럼 밥 먹고 잠자는 일상. 주말엔 누워서 밀린 드라마를 보거나 기껏해야 맛있는 식당을 검색해서 찾아다녔겠지. 일요일 저녁에는 다가오는 월요일이 무서워 짜증내고 우울해 하든가.

행복하지도 불행하지도 않은 하루. 비슷한 일주일이 이어지고, 한 달이 반복되었을 것이다. 무난한 삶에 만족하며 한평생을 살았을 것이다. 내 몸에 가득한 잠재력도 깨닫지 못한 채, 고작 30퍼센트의 에너지만 끼적대면서 말이다.

우리가 처한 현실은 고달프고 비루하며 우울한 일투성이다. 일하는 동안, 가족들끼리, 사람들과 관계를 맺으면서, 시시때때로 스트레스를 받고 상처를 입는다. 그렇다고 일을 안 하거나, 가족과 헤어지거나, 사람들을 안 만날 수는 없다. 나 홀로 사막이나 우주에 가서 살 수도 없는 노릇이다.

그렇기에 '운동'이라는 가장 기본적인 놀이를 통해, 일상에서 벗어나 흠뻑 놀다 오는 시간이 필요하다. 현대인에게

'놀지 못한다'는 말은 '우울하다'와 마찬가지라고 한다. 몸을 움직이면 기분이 나아지고 스트레스가 해소된다.

걱정거리가 있을 때 해결한답시고 거기에 골몰하는 것은 좋지 않다. 그것은 마치 무대 위에서 대사를 까먹고 헤매는 배우에게 스포트라이트를 던지는 것과 같다. 불안은 가중되고 문제는 점점 심각해진다. 그럴 때는 오히려 잠시 막을 내리고 현실에서 빠져나가, 이상한 나라에 놀러간 앨리스처럼 격렬하게 운동을 하는 게 낫다.

물론 그렇다고 걱정거리가 사라지는 건 아니다. 하지만 운동은 정신력을 강화하는 데 마술 같은 효과를 발휘한다. 바로 직전까지 나를 괴롭혔던 문제들이 왠지 견딜 만하게 느껴진다. 일단 기분이 달라지고 긍정적인 마음이 들면, 그 상태가 여러 시간 지속된다는 점이 중요하다.

운동의 힘은 바로 그런 것이다. 사람들에게 억지로 시간을 내서라도 몸을 움직이라고 권하는 이유이기도 하다. 요한 하위징아의 〈호모 루덴스〉와 유발 하라리의 〈사피엔스〉 같은 두꺼운 책을 끌어들이면서까지 하고 싶었던 얘기는? 결국 '운동을 하라'는 것이다. 규칙적으로! 스트레스가 심할수록 더욱 격렬하게!

나한테 이런 야성이 숨어 있었다니!

"나, 이번에 영미 씨 보면서 깜짝 놀랐어요."

"왜요? 자전거 실력이 많이 늘어서요?"

"아니요, 코펠 들고 화장실 가는 거 보고요."

화장실 가는 게 깜짝 놀랄 일이라고? 사연인즉슨 이렇다. 2011년 여름, 목포에서 트라이애슬론 대회가 열렸다. 수영 3.8 킬로미터, 사이클 180킬로미터, 마라톤 42.195킬로미터를 연달아 뛰어야 하는 킹 코스였다. 나 혼자 전 코스를 다 뛰기엔 실력이 부족했다. 실전 경험 삼아 남편과 둘이 릴레이 팀을 짜서 출전하기로 했다.

처음부터 기록엔 별로 관심이 없었고 완주에만 목표를 두었다. 그러니 한창 더웠던 8월의 목포행은 짧은 휴가나 마찬가지였다. 숙소도 평소처럼 콘도를 잡지 않고, 대회가 펼쳐지는 달맞이 공원에 텐트를 치기로 했다. 그런데 하필 경기 전날 밤새도록 비가 내렸다. 바닥이 온통 축축하게 젖었고 습기가 스멀스멀 차올랐다. 기분이 불쾌할 만도 했지만, 오히려 기가 차서 웃음이 나왔다.

'젊을 때도 안 해 본 짓을, 이 나이에 사서 고생을 하네.'

비 오는 밤에 축축한 텐트 안에서 자고 있는 나를 본다면, 아마도 가장 놀랄 사람은 돌아가신 친정아버지일 것이다. 대학생 시절, 여름 방학을 맞아 오대산으로 가족 여행을 간 적이 있다. 계곡 근처에 텐트를 치고 잤는데 밤부터 비가 흩뿌리기 시작했다.

안 그래도 땅에서 올라오는 습기 때문에 몸이 꿉꿉해서 잠이 오지 않던 터였다. 나는 철부지처럼 마구 신경질을 부렸다. 딸의 투정을 견디다 못해 친정아버지는 부리나케 텐트를 걷었다. 한밤중에 민박을 얻으러 발에 땀이 나도록 뛰어다녀야 했다. 한창 휴가철이었기에 간신히 허름한 방갈로 하나를 얻어 들어갔다.

그때 고생한 경험으로 '텐트'라면 절대 사양이라며 손사래를 쳐왔다. 땅의 습한 기운을 견디지 못할 만큼 내 몸은 냉하고 약했기 때문이다. 그랬던 사람이 지금은 어떤가. 다음 날 엄청난 경기가 기다리고 있는데도, 내리치는 빗소리를 들으며 텐트 안에 꿋꿋하게 누워 있다. 긴 세월 운동을 하면서 내 몸의 순환계나 생체 에너지가 변한 것인가? 아니면 격렬한 운동 덕에 몸 깊숙이 잠들어 있던 야성의 본능이 깨어났나?

변한 것은 비단 몸뿐만이 아니다. 서울에서 태어나 40년 넘게 살아온 나는 전형적인 도시 여성의 궤도에서 이탈해 본 적이 없다. 책을 만드는 에디터답게 두꺼운 철학책을 읽고, 예술 영화를 즐겨 보고, 와인을 마시며 클래식 연주를 들었다. 남의 눈에 띄지 않는 무난한 옷차림과 헤어스타일을 고수했다. 깨끗하지 않은 장소에서 먹고 자는 걸 견디지 못했다.

하지만 트라이애슬릿으로 살다 보니 지금까지와는 전혀 다른 환경에 어쩔 수 없이 적응해야 했다. 화장을 안 한 민낯은 물론, 땀과 콧물이 범벅된 얼굴로도 멀쩡히 돌아다녀야 한다. 몸매를 그대로 드러내는 쫙 달라붙는 기능성 유니폼을 입고도 부끄러워하지 말아야 한다. 더러운 물에 몸을 담그는 걸 두려워하면 안 된다. 지독한 땀 냄새, 버석거리는 소금기에 익숙해져야 한다. 음식을 가리지 말고 뭐든 있으면 배를 채워야 한다. 심지어 경기 중에 자전거를 타다가 너무 급하면 '최악의 경우' 사람 없는 곳을 찾아 노상 방뇨를 할 수도 있다.

다음 날 아침, 다행히 비가 멈추고 하늘이 밝아졌다. 축축한 텐트에서 눈을 비비며 기어 나온 나는 해가 비추는 게 반가워 콧노래를 불렀다. 어젯밤 먹고 남은 국에다 밥을 후르르 말아 먹고 서둘러 경기에 나갈 채비를 했다.

먼저 선수로 출전하여 3.8킬로미터를 수영하고 돌아온 남편에게 기록 칩을 건네받았다. 이제 내가 달릴 차례였다. 바꿈터에 거치해 놓은 사이클에 올라 페달을 돌리기 시작했다. 뜨거운 땡볕 밑에서 여덟 시간 이상 달려야 하는 길고도 고달픈 코스였다.

180킬로미터를 타면서 중간에 딱 두 번 안장에서 내렸다. 에너지 충전을 위해 미리 본부에 맡겨놓은 스페셜 푸드를 먹기 위해서였다. 지친 얼굴로 땅에 철퍼덕 주저앉은 채 캔에 담긴 전복죽을 먹고 있는 내가 안쓰러워 보였나 보다. 옆에 앉아 밥을 먹던 남자 선수가 파란 오이 하나를 먹어 보라고 권했다. 안 그래도 에너지 젤을 많이 먹어서 속이 느글느글하던 참이었다. 체면도 없이 된장까지 달라고 해서 맛있게 찍어 먹었다.

간신히 내 몫을 다 타고 바꿈터로 돌아왔다. 다시 기록 칩을 남편에게 건네는데, 발끝부터 손끝까지 후들거렸다. 등이며, 허리며, 손목이며 안 아픈 데가 없었다. 한 20킬로미터쯤 뛰었을까, 절룩이던 남편이 발바닥에 물집이 잡혔다며 더 이상 못 뛰겠다고 엄살을 부렸다. 그럼 나더러 어쩌라고.

구겨져 있던 몸을 추슬러 나머지 20킬로미터를 뛰러 나갔다. 그래도 텐트 안에 누워서 조금 쉰 덕분인지 몸이 생각보다 가벼웠다. 에라, 모르겠다. 막바지 고비를 넘기며 슬슬 걷고 있던 선수들을 하나둘 젖혀 나갔다.

'아직도 팔팔하게 힘이 남아도는 여자 선수 나가신다!'

릴레이 선수인지도 모르고, 눈을 동그랗게 뜨며 내 뒷모습을 쳐다볼 남자 선수들의 시선이 즐거웠다. 그렇게 나머지 코스를 다 뛰고 돌아온 내 몸에선 지독한 땀 냄새가 났다. 나는 텐트 속에 있던 코펠 하나와 갈아입을 옷을 들고, 평소 그래온 사람처럼 자연스럽게 공용 화장실로 갔다. 샤워 시설이 따로 없었기에 세면대 물을 코펠에 받아 대충 몸을 씻고 나와야 했다.

마침 서울에서 선수들을 응원할 겸 놀러온 친구 하나가 그런 나를 보고 놀랐다는 말이다. 처음 봤을 때만 해도 툭 건드리면 넘어질 것 같은 허약한 아줌마였다. 잘 먹지도 못하고, 얼굴을 찡그린 채 더럽다고 도리질을 치던 비위 약한 나였다. 그런데 지금은 언제 그랬냐는 듯 진한 땀 냄새를 풍기며 돌아다닌다. 마치 혹서기 훈련 나온 군인처럼 야외에서 먹고 자고 싸고, 아무렇지도 않게 굴고 있다. 그러니 놀랄 만도 하다.

언젠가 여름에는, 남편을 비롯한 남자들 대여섯 명 속에 혼자 껴서 1박 2일 트레킹을 간 적이 있다. 강원도 인제에 있는 아침가리계곡은 그때만 해도 많이 알려져 있지 않아서 오가는 사람이 적었다. 물이 넘쳐흐르는 계곡 물에 첨벙첨벙 등산화를 담그며 하루 종일 바위를 밟고 다녔다.

드디어 조용하고 평화로운 분지를 찾아 간단하게 밥을 해 먹고 야영을 준비했다. 이번엔 텐트조차 치지 않고 자는 비박이었다. 아무리 한여름이라고 해도 추운 계곡에서 텐트 없이 과연 잘 수 있을까. 게다가 바닥에 잔돌이 많아 등이 배길 것 같았다.

달빛이 휘영청, 벌레 소리가 시끄러웠다. 흐르는 물소리를 자장가 삼아 듣다가 나도 모르게 어느새 잠이 들었나 보다. 푹 자고 아침에 일어나 보니, 예상 외로 몸이 개운한 것이 아닌가. 살면서 단 한 번도 맛보지 못했던 나무와 물과 땅의 기운을 온몸으로 받아들인 기분이랄까. 아마도 수렵 생활을 하던 옛 조상의 유전자가 아직도 내 몸에 남아서 그 시절을 기억하고 있는 듯했다.

차를 세워둔 마을 입구로 내려오는 길에 깊은 계곡물을 만났다. 남자들은 땀을 씻는다고 등산화를 벗고 팬티 바람으로 뛰어들었다. 좀 더 높은 바위 위로 올라가 다이빙을 하는 사람도 있었다. 나 하나 여자라고 얌전하게 보고만 있을쏘냐. 티셔츠를 벗고 스포츠 브래지어 차림을 비키니 삼아 뼛속까지 차가운 물속에 들어가 평영을 했다.

나무로 둘러싸인 우리들만의 맑고 깊은 선녀탕이었다. 하늘 높이 사람들의 웃음소리가 울려 퍼졌다. 수영을 못 했으면 큰일 날 뻔했네. 이런 느낌을 경험해 보지 못하고 살았다면 얼마나 억울했을까. 내 몸 속에 이런 강렬한 야성이 숨어 있는 것도 모른 채!

〈야성의 사랑학〉을 쓴 목수정 작가도 우리 몸의 야성을 일깨우라고 일갈한다.

"문명이 한없이 우리의 맨 피부에 무언가를 덧씌우며 자연과의 접촉을 차단했다면, 야성은 두꺼운 등산화와 양말을 벗기고 맨발로 산을 오르면서 일순간 우리에게 다가오는 우리가 타고난 현명함에 대한 깨달음일 것이다."

한번 깨어난 야성은 결코 시들지 않았다. 미친 듯이 뛰어다니다 몸을 뉘인 고독한 늑대처럼, 나는 땅의 기운을 온몸으로 받아들일 줄 아는 사람이 되었다. 소박한 텐트에 누워 빛 한 점 없는 먹물 같은 어둠과 타닥타닥 빗소리를 즐길 줄 아는 자연인이 되었다. 번잡하고 시끄러운 도시의 스트레스가 스르르 사라지는 순간이다.

바로 '지금'이 아니면 할 수 없는 것들

'먼 북소리'의 원조는 당연히 무라카미 하루키다. 마흔이란 나이는 '정신적인 탈바꿈'이 이루어지는 꽤 중요한 인생의 고비일지도 모른다고 그는 생각했다.

"마흔 살이란 분수령을 넘음으로써, 다시 말해서 한 단계 더 나이를 먹음으로써, 그 이전까지 불가능했던 일들이 가능하게 될지도 모른다. 물론 그것은 그 나름대로 멋진 일이다. 하지만 동시에 이렇게도 생각했다. 새로운 것을 얻는 대신에 그때까지 비교적 쉽게 할 수 있었던 일을 앞으로 할 수 없게 되어버리는 것은 아닐까 하고."

어느 날 아침, 눈을 뜨고 귀를 기울여 보니 어디선가 멀리서 북소리가 들려 왔다. 그 소리를 듣고 있는 동안 하루키는 문득 긴 여행을 떠나고 싶어졌다. 일상생활에 얽매여서 속절없이 나이만 먹어 버릴 것 같다는 두려움. 그리고 생생하게 살아 있다는 것을 실감하고 싶은 간절함이 몰려왔다.

그는 서둘러 유럽 행 비행기에 몸을 실었다. 그리고 3년 만에, 로마의 섬에서 쓴 두 권의 장편소설을 들고 일본으로 돌아왔다. 하루키를 세계적인 작가로 만든 〈노르웨이의 숲〉과 〈댄스 댄스 댄스〉는 그렇게 태어났다.

그리스와 이탈리아를 오가며 살았던 하루키의 3년은 〈먼 북소리〉라는 책으로 묶였다. '멀리서 들리는 북소리'를 듣고, 하루키처럼 인생의 지침을 돌린 사람이 내 주위에 한 명 더 있다. 공중파 뉴스 메인 아나운서로 한창 절정에 올라 있던 30대 초반의 손미나. 그녀는 모든 것을 훌훌 털어버리고 낯선 땅인 스페인으로 떠났다.

"무라카미 하루키의 〈먼 북소리〉를 혹시 읽어 봤니? 그걸 읽고 내게 있어 '지금'이 아니면 안 되는 일이 무엇일까 고민해 봤는데, 서른일곱의 하루키처럼 모든 것을 버리고 꿈을 찾아 나서는 일이 아닐까 싶더라고. 사실 꼭 뭘 찾겠다기보다 월요일부터 토요일까지 일을 하면 일요일 하루는 쉬어야 하고, 1년간 일을 하면 한 번쯤은 휴가를 가져야 하는 것처럼, 지금의 내게는 휴식이 필요하다는 거지."

그녀가 방송을 접고 스페인으로 간다고 했을 때 주변 사람들은 하나같이 말렸다. 돌아왔을 때 그 위치에 다시 서기는 어려울 거다, 결혼은 안 할 거냐, 그 나이에 공부는 해서 뭐하나. 물론 그 자신도 두렵기는 마찬가지였다.

하지만 겨우 30대 초반의 젊은 나이에 안정과 최고만을 찾다가 더 이상의 도전도, 실패도, 변화도 없는 '죽은 삶'을 사는 것은 상상도 하기 싫었다고 한다. 그래서 마치 번지점프를 하는 심정으로 운명이라는 끈을 믿고 과감하게 몸을 던졌다. 그 1년간 누렸던 자유의 맛은 〈스페인, 너는 자유다〉

라는 책으로 만들어졌다. 지금까지 40만 부가 넘게 팔린, 내가 만든 베스트셀러다.

물론 아무리 귀를 쫑긋해도 '먼 북소리' 따위는 털끝만큼도 들리지 않았다고 너스레를 떤 사람도 있다. '1박 2일'이라는 예능 프로그램으로 전 국민을 웃겼던 나영석 PD는 5년간 울고 웃으며 함께했던 방송에 종지부를 찍었다. 허탈함을 달래며 100일간의 휴가를 보내고 나서 쓴 〈어차피 레이스는 길다〉. 그 책에서 마흔을 코앞에 둔 나이를 그는 이렇게 정의했다.

"서른일곱이란 아무래도 그런 나이인 것 같다. 시속 200킬로미터로 고속도로를 달리던 중이라도, 조금만 액셀을 더 밟으면 레이스에서 곧 1등을 할 것만 같은 순간이라 할지라도, 잠시 차를 갓길에 멈추고 시동을 끄고 차 주위를 한 바퀴 돌며 먼지라도 툭툭 털어줘야 할 것 같은 나이."

대출금이 왕창 남은 아파트, 겨우 네 살 된 딸, 정신없이 맞벌이하는 아내를 둔 월급쟁이 PD에게 10일간의 아이슬란드 여행이 무슨 '인생의 터닝 포인트'가 되겠냐고 짐짓 딴청을 부린다.

하지만 칠흑 같은 눈밭, 기적처럼 초록빛으로 일렁이는 오로라를 보고 나서 깨달았다. 중요한 건 내일은 또 무슨 일이 벌어질까 가슴 두근거릴 수 있느냐는 것. 두근거림이 없는 인생은 죽은 인생이라는 것. 그리고 두근거림을 지속하는 데에도 용기가 필요하다는 것.

사실 '먼 북소리'는 멀리서 들려오는 것이 아니다. 가장 가까운 내 마음, 내 심장 속에서 간절히 울리는 소리다. 처음엔 희미하지만, 점점 커져서 도저히 모른 척하거나 거부할 수가 없다. 뭔가를 결심하라고 졸라댄다. 얼른 실행하라고 종용한다. '언젠가 시간과 형편이 될 때'가 아니라, '지금 당장' 해야 한다고 다그친다. 남이 보기엔 무모해 보일지 모르지만, 나한텐 꼭 달성해야만 하는 간절한 뭔가를.

각자가 품고 있는 열망에 따라 다르겠지만, 나는 특히 몸을 움직여서 '먼 북소리'를 따라간 사람들을 좋아한다. 책상에 앉아 글을 쓰거나 공부를 하던 사람이, 갑자기 미친 척 육체의 한계에 도전장을 던지는 얘기에 푹 빠지곤 한다. 노후대책으로 가장 좋아하는 비소설 365권을 골라야 할 때, 가장 첫 칸에 꽂힐 두 권은 바로 그런 이야기를 담은 책이다.

빌 브라이슨은 한국의 독자가 가장 좋아하는 작가 중에 한 사람이다. 짐작컨대 그가 지금까지 쓴 책은 한 권도 빠짐없이 국내에 번역이 되었으리라. 새로운 책이 나올 때마다 그 출판 번역권을 따내기 위해 많은 출판사들이 앞다퉈 경쟁할 것이다. 생기발랄하고 유머 넘치는 글솜씨는 물론, 다양한 역사를 아우르는 지적 수준으로 200권이 넘는 책을 써낸 사람이니 당연할지도 모른다. 가장 처음 국내에 빌 브라이슨을 알린 책은 〈나를 부르는 숲〉이다.

20년간 영국에서 살다가 미국으로 돌아와 뉴햄프셔에 자리 잡은 마흔세 살의 남자. 산책을 하다가 빌은 우연히 마을 끝에서 '애팔래치아 트레일'이라는 표지판을 발견한다. 그리고 겁도 없이, 14개 주를 관통하는 3,360킬로미터의 대장정에 도전장을 들이민다. 몸이 뜨거워지면서 '근사하지 않은가, 당장 시작하자'는 충동이 불끈 솟았기 때문이다. 1,500미터가 넘는 봉우리만도 350개, 적어도 5개월이 걸리고 500만 번의 걸음을 내디뎌야 하는 미친 짓이다. 맨몸으로 걷는 게 아니라 18킬로그램이나 되는 배낭을 짊어진 채 말이다.

이런 무모함에 동참하겠다고 나선 사람은, 하필 25년간 거의 만나지 못한 어릴 적 친구뿐이다. 뚱뚱하고 엉뚱하기 그지없는 카츠와 함께 걷는 종주 길은 첫날부터 장난이 아니다. 영하 11도의 얼어 죽을 것 같은 날씨에, 쌍둥이 아이 두 명이 들어간 듯한 배낭을 짊어졌다. "이렇게 끊임없이 비탈이 늘어서 있는 것은 불가능한 일이라고 여겨질 때까지 나타나는 비탈"을 걷자니, 살아 있는 지옥 그 자체였다.

그러고 보면 사람의 몸이란 얼마나 대단한가. 시간이 갈수록 하루에 26킬로미터를 주파하면서도 걸음은 용수철처럼 경쾌해졌다. 수년 만에 처음으로 단단하고 날렵한 몸매로 변신했다. 우여곡절을 겪으며 비록 완주는 하지 못했다. 하지만 그게 뭐가 중요하겠는가. 등반 첫 주에 20퍼센트의 도전자가 포기한다는 종주 길을 800킬로미터나 걸었는데. 진정한 등산가가 된 것이다.

후에 빌 브라이슨은 혼자서 남은 1,392킬로미터를 주파했다. 장엄한 숲과 나무, 거기 사는 동물들, 햇살과 바람과 별이 보내는 온화하면서도 사나운 손짓, 길에서 만난 수많은 동지들의 땀과 눈물이 읽는 내내 손에 잡힐 듯하다. 끝없이 이어지는 애팔래치아 종주 길을 배낭의 무게를 짊어진 채 타박타박 걷고 싶어 견딜 수가 없다.

이 책을 한국어로 옮긴 사람은 동아일보 특파원으로 미국에 나가 있던 홍은택 씨다. 우연히 쌀가마니 같은 배낭을 메고 애팔래치아 트레일을 걷는 젊은이들을 목격했다. 본인도 도전하고 싶어서 몸살을 앓을 때, 마침 빌 브라이슨의 〈나를 부르는 숲〉을 만났으니 어찌 운명이 아니겠는가. 하지만 귀국한 뒤에는 그 꿈에서 멀어지고, 다시 평범한 중년 남자의 일상으로 돌아갔다.

그러나 한 번 가슴속에 울렸던 '먼 북소리'는 잊어버리기 어렵다. 다시 미국으로 유학을 가서 마흔한 살에 학위를 받은 그는, '인생 후반부로 들어가는 통과의례'로 아메리카 자전거 여행을 선택한다. 이번엔 로키 산맥 정상을 자전거로 기어올라 가는 사람을 보고 난 충격이 '나도 해보자'는 오기로 변질된 탓이다. 한국 친구들은 물론 미국인들조차도 이 구동성으로 미쳤다고 말렸다. 하지만 결국 80일 동안 6,400킬로미터를 달려서, 대서양과 태평양 사이를 가장 돌아가는 길인 '트랜스 아메리카 트레일'을 주파한다.

"펑크는 열한 번 났고, 나를 추격해 온 개는 100마리쯤 되는 것 같고, 여름철이었지만 영하 1도에서 영상 43도까지의 온도와 해발고도 0미터에서 3,463미터까지의 높이를 체험했다. 또 뭐가 있을까? 열 개 주를 건넜고, 대륙분기선을 열네 번 통과했고, 시간대가 다섯 번 바뀌었다. 페달은 한 150만 번쯤 돌렸고, 하루 5,000칼로리 이상 섭취한 것 같고, 결과적으로 몸무게는 3킬로그램 정도 빠졌다."

그가 쓴 〈아메리카 자전거 여행〉은 사색적이면서도, 빌 브라이슨의 글을 옮기면서 익숙해진 탓인지 유머가 넘친다.

부치는 짐 무게를 줄이느라 요란한 사이클복 차림에 헬멧을 쓴 엽기적인 모습으로 비행기에 올랐다는 대목부터 빵 터진다. 자전거를 타는 동안 지나친 미국의 광활한 경치, 길에서 만난 수많은 라이더들의 사진을 보는 것만으로도 허벅지가 불끈거린다.

그중에서도 가장 인상적인 것은 두 장의 사진이다. 앞 페이지에는 여행을 시작하기 전, 포근한 인상의 중년 아저씨가 어정쩡한 포즈로 서 있다. 하지만 뒷 페이지에는 여행을 끝낸 뒤, 기나긴 트레일을 함께한 영광의 상처투성이 자전거와 함께 꼿꼿이 서 있는 모험가의 모습이다. 같은 사람이 맞나?

군살 하나 없는 몸매에 시꺼멓게 탄 팔과 다리, 야성미 넘치는 수염에 형형한 눈빛. 도저히 똑같은 사람이라고 믿을 수 없을 정도로 표정이 달라졌다. 마흔 살 넘은 남자의 몸이 적토마처럼 긴 시간을 달리는 동안, 얼마나 강해지고 진화할 수 있는가를 단적으로 보여 준다. 책을 읽는 내내 당장 자전거에 올라타고 싶을 정도로 엉덩이가 들썩거렸다.

여러분은 어떤가? 이들처럼 '지금 당장' 해 보고 싶은 일이 있는가? 내 가슴이 전하는 말을 알아듣는 사람한테만 먼 북소리가 들리는 건지도 모른다. 부디, 그 소리를 놓치거나 외면하지 말기를.

얼굴에 난 잡티 좀 빼시죠?

어릴 때 임파선염을 자주 앓아서 그런가, 내 후두는 바이러스에 취약하다. 감기가 항상 목에서부터 시작한다. 담배 연기나 먼지에도 목이 먼저 반응한다. 그래서 내과보다는 주로 이비인후과를 찾곤 한다. 그날도 화장기 없는 민낯으로 동네 병원을 찾았다. 목구멍을 들여다보느라 바짝 얼굴을 갖다 댄 여자 의사가 난데없이 혀를 찼다. 큰 병원에 가야 하는 병인가?

"이거이거… 얼굴에 잡티가 너무 많은데요?"

목구멍이 아파서 병원에 왔는데 웬 잡티 타령인가. 하긴 여자에게 잡티는 제1의 기피 대상이다. 주름과 티끌 하나 없는 깨끗한 피부가 아름다움의 상징으로 자리 잡은 지 이미 오래다. 미용실에 가서 아무 여성 잡지나 들춰 보면 알리라. 제일 앞쪽에 자리 잡은 수많은 화장품 광고는 죄다 백옥 같은 여배우 얼굴을 대문짝만하게 싣고 있다. 그런 세상을 살면서, 이렇게 잡티를 방치하고 사는 내가 안타까웠나 보다.

입을 벌리고 목구멍에 뜨거운 김을 쐬며 치료를 받다 보니, 벽면 가득 붙여 놓은 광고 사진이 눈에 띄었다. 그 이비인후과는 피부과를 겸업하는 모양이었다. 내가 아는 보톡스 말고도, 주름과 미백에 관한 별별 다양한 시술들을 비포, 애프터로 소개해 놓았다. 솔직히 고백하겠다. 의사의 잔소리도 들었겠다, 광고대로 잡티가 깨끗이 사라질지 모른다는 순진한 기대를 품고, 최첨단 피부 의료기술의 유혹에 덜컥 걸려들었다.

1회는 별 효과가 없다고 해서, 큰맘 먹고 5회짜리 미백 프로그램을 예약했다. 하지만 침대에 눕자마자 일어나고 싶었다. 누워서 몸이 더 길면 사정없이 잘라 버린다는 프로크루스테스의 침대에 누웠어도 이렇게 아플 것인가. 얼굴 껍질을 벗겨내는 것처럼 찌릿찌릿한 고통을 도저히 참을 수가 없었다. 1회도 끝내지 못한 채 서둘러 일어나서 환불하고 말았다.

시술을 하던 의사는 "예뻐지려면 요 정도 고통쯤은 참아야 한다"고 또 한 번 혀를 찼다. 참을성이 부족하다고 나무랐다. 쥐가 둥둥 떠 있는 물에서 1.5킬로미터나 수영을 하고 나온 나더러 참을성이 부족하다고?

아이를 낳자마자 나도 모르는 사이에 '아줌마'로 불렸다. 최대 한계치까지 늘어났던 내 몸은 단단함과는 거리가 먼 약한 존재가 되었다. 하지만 어린 아들을 품에서 떼지 못하고 정신없이 일하던 30대 즈음에는 그런 자각조차 사치였다. 그저 늘어지게 잠이나 실컷 자 보는 게 소원이었으니까.

마흔 살이라는 변곡점을 넘어서면서 아이가 자라고, 몸이 조금 편해졌다. 그러자 기다렸다는 듯이 마음속 깊은 지하실에서 뭔가가 거미처럼 슬슬 밖으로 기어 나왔다. 내 인생에 빛

나는 시절은 다시 오지 않을 거라는 두려움이었다. 싱글이든 기혼이든 간에, 마흔 즈음의 여성에게 쏟아지는 세상의 잣대는 가혹하고, 비판으로 가득하다.

사라 브로코가 쓴 〈나이 들기엔 아까운 여자, 나이 들수록 아름다운 여자〉에서, 사람들은 신랄하게 묻곤 한다.

"마흔이 다 돼 가는데 결혼을 안 했다고? 아이도 없다고? 집도 없다고? 전 세계를 여행하느라 모아 놓은 돈도 없다고? 커리어의 정점을 찍지도 못했다고? 일도 안 하고 집에서 아이를 키우는 걸로 땡이라고? 나중에 뭐가 되고 싶은지 아직도 모르겠다고? 마흔이 코앞인데 여전히 정신없이 살고 있다고? 도대체 왜 그러는 거야?"

젊을 때는 무얼 해도 괜찮다고 등을 두드리더니, 어느새 모든 것이 인생의 걸림돌로 작용하고 만다. 그중에서도 여성이 가장 나이듦을 실감하는 것은 외모와 체력의 변화일 것이다. 다들 "예전 같지 않다"는 말을 입에 달고 산다.

얼굴에 주름이 생기고, 땀구멍이 넓어지고, 잡티가 생긴다. 진한 화장으로도 잘 가려지지 않는다. 머리카락이 얇아지고, 강아지 털갈이하듯 우수수 빠진다. 이러다 대머리라도 될 것 같아 두렵다. 아랫배가 튀어나오고, 가슴이 늘어지고, 팔뚝이 두꺼워진다. 밤새 술 마시고 놀아도 다음 날 끄떡없다는 건 흘러간 전설이 되어 버렸다. 하루 종일 희멀건 얼굴로 화장실을 들락날락거리며 빌빌댄다. 밤에 잠이 오지 않아서 커피를 못 마시는 날이 올 줄이야! 결혼도 안 한 동창이 유방암에 걸렸다는 끔찍한 소식마저 들려온다.

반면에 외모지상주의를 숭상하는 이 세상은 어떤가. 남성보다는 여성, 특히 나이 든 여성에게서 점점 더 설 자리를 빼앗는다. 눈만 뜨면 접하는 모든 매체에서 '젊고 늘씬한 여성'이 최고라고 치켜세운다. '보다 젊게, 보다 가늘게, 보다 하얗게'야말로 '아름다움의 캐치프레이즈'다. 그러니 최고의 지성을 자랑하던 미국의 작가 수전 손택마저 마흔 살에 접어들면서 불안에 시달렸다고 한다.

"여성에게 아름다움이란 언제나 젊음과 동일시되기 때문에, 나이듦에 대해 여성이 남성보다 더 깊이 상처받는다."

그러나 나이듦은 자연의 섭리다. '아무리 가시와 지팡이로 막으려고 해도 지름길로 오는 흰 백발을 막을 수 없다'는 '탄로가'처럼, 그 누구도 피해 갈 수 없다. 그런데도 '나이보다 젊고 아름다운' 잣대로만 여성을 높게 평가하고 찬탄하는 것은 얼마나 어리석은가. 그런 그릇된 잣대와 시선에 발맞추려고 기를 쓰며 낑낑대는 것은 또 얼마나 가련한 일인가.

세상이 여성에게 요구하는 아름다움을 따라가기 위해 부단히 기를 쓰고 싶지 않다. 나보다 젊고 아름다운 여자를 부러워하기 보다는, 내가 원하는 '미의 기준'에 맞춰 살고 싶다. 남과 비교하는 게 아니라, 오늘은 어제보다 좀 더 나은 내가 되기 위해 노력하고 싶다.

내 눈엔 '강하고 우아한 것'이 아름다워 보인다. 단단하고 두꺼운 허벅지, 근육이 도드라진 팔뚝, 잔 근육이 자글자글 발달한 등, 새까맣게 그을린 얼굴, 짧게 친 커트 머리, 화장 안 한 주근깨 가득한 얼굴에 눈길이 간다. 광활한 자연 속에서 뜨거운 태양 밑에서, 걷고 달리고 땀 흘리며 큰소리로 웃는 여성이 멋져 보인다.

운동을 통해서 체력에 자신감이 생긴 사람은 자기도 모르게 특별한 아우라를 내뿜는다. 그 어떤 고급 화장품을 바르고 비싼 옷을 입어도 만들어지지 않는 생기와 건강함이다. 코트를 휘젓고 다니는 운동선수들한테서 느끼는 매력과 비슷하다.

하지만 언젠가는 그런 생기와 강함 역시, 젊음처럼 세월에 무너지기 마련이다. 따라서 밥 먹는 태도 같은 사소한 버릇에서부터, 다른 사람들을 배려하는 행동처럼 중요한 에티켓까지, 나이 들수록 우아한 태도가 몸에 배어 있는 사람이고 싶다. 이상은의 노래 가사처럼 젊을 때는 미처 알지 못했던 현명함, 측은지심, 공감과 경청을 실천하는 품위 있는 인간으로 나이 들고 싶다.

선천적으로 갖고 태어난 얼굴과 몸매는 절대적이거나 중요한 요소가 아니다. 외모는 절대로 인성과 태도를 앞지르지 못한다. 젊음 하나로 모든 약점을 가리던 휘장이 하나하나 벗겨질 때, 꾸준히 연마해 온 강함과 우아함이 힘을 발휘하기 시작할 것이다.

마흔 살은 흔히 생각하듯 인생의 정점을 찍고 내려오는 시기가 아니다. 그러니 아무리 세상이 잔혹한 시그널을 보내도 절대로 주눅 들면 안 된다. 더 나아지는 걸 주저하지 말고, 더 도전할 수 있는 걸 포기하지 말자. '아, 지금이 내 삶의 절정인가 보다' 싶은 때가 신기하게도 계속 찾아온다. 마흔 살을 훌쩍 넘었는데도, 앞으로 또 어떤 대단한 터닝 포인트가 찾아올지 몹시 기대된다.

얼굴에 생긴 잡티 따위는 무시할 것이다. 잡티 좀 없애라고 자꾸만 딴지를 거는 세상의 유혹 같은 것은 저 멀리 차버릴 것이다. 쯧쯧쯧 혀를 차던 의사에게 다음에는 우아하게 말해 줘야겠다.

"이 잡티는 말이지요, 지금 제가 얼마나 신나게 살고 있는지 보여 주는 자랑스러운 훈장이랍니다."

'반전' 있는 사람이 매력 있다

어린 마음에도 매혹적이었는지, 책장이 나달거리도록 읽고 또 읽은 그림책이 있다. 안데르센이 지은 〈미운 오리 새끼〉다. 알에서 깨어난 순간부터 너무 크고 못생겨서 형제들에게 따돌림을 당하던 오리 새끼 한 마리. 결국 구박을 견디다 못해 가족의 품을 떠난다.

오리는 길에서 만나는 수많은 어려움을 견디고, 한겨울의 추위를 묵묵히 이겨 낸다. 드디어 따뜻해진 어느 봄날, 물 위에 비친 자기 모습을 보고 깜짝 놀란다. 어느새 미운 오리 새끼는 우아하고 아름다운 백조로 변신했기 때문이다.

여기선 오리 새끼가 주인공이지만, 사실 이러한 변신 과정은 세계 어느 나라에서나 전해져 내려오는 신화, 혹은 전설 속 영웅의 공통된 특성이다. 저명한 신화학자 조지프 캠벨은 〈천의 얼굴을 가진 영웅〉에서, 그런 영웅의 공통된 궤적을 크게 '출발-입문-귀환'이라는 3단계로 구축했다.

평범한 생활을 하던 주인공이 집을 떠나 모험을 하고, 많은 시련을 겪은 뒤, 한층 성숙해진 모습으로 귀환하는 과정. 이것은 비단 '주몽'이나 '아서 왕' 같은 오래된 영웅담에만 들어 있는 게 아니다. 따지고 보면 인간에게 가장 큰 영감과 희열을 주는 기본 스토리로서 무한 복제되고 있다. 〈스타워즈〉의 루크 스카이워커나 〈슈퍼맨〉, 〈해리 포터〉 시리즈처럼, 환경과 조건만 다른 채로 끝없이 반복된다.

"보잘 것 없는 영웅이든, 이방인의 영웅이든, 유태족의 영웅이든, 영웅의 행장에는 본질적으로 크게 다르지 않다. 저잣거리에 나도는 이야기는 영웅의 행위를 주로 물리적으로 그려내지만, 고급 종교에서는 영웅의 행적이 도덕적이어야 한다. 그러나 모험의 형태, 등장인물의 역할, 마침내 얻는 승리의 내용물에는 놀라울 정도로 별 차이가 없다."

동서고금을 막론하고 사람들이 이런 영웅의 궤적을 다룬 스토리에 몰입하고 열광하는 이유는 무엇일까. 왜 끝없이 무한 복제가 되는 것일까. 평범한 아니, 오히려 보통 조건보다 더 암울하기 그지없는 환경에서, 한 개인으로 하여금 잔혹한 현실을 밑바닥까지 긍정하게 만들기 때문이다. 멈추거나 회피하는 것이 아니라, 인생의 모험에 도전할 수 있는 용기와 영감을 일깨워 주기 때문이다. 칸트의 유명한 말을 빌리자면, '인간이라는 뒤틀린 목재'가 깨달음을 통해 좋은 행동을 반복함으로써 온전한 인격으로 완성되는 과정을 보여 준다.

가끔 실의에 빠지거나 의욕이 저하되어 있는 사람들에게 읽어 보라고 권하는 책이 있다. 주위에서 흔히 볼 수 있는 평범한 여성이 자기 경험을 바탕으로 쓴 책 〈스물아홉 생일, 1년 후 죽기로 결심했다〉. 파견 사원으로 일하는 아마리는 변변한 직장도 없고, 애인에게는 버림받았으며, 내성적이고, 73킬로 그램이 넘는 외톨이 신세다.

우울한 스물아홉 생일을 맞아 편의점에서 사온 딸기 케이크로 쓸쓸하게 축하를 한다. 바닥에 떨어뜨린 딸기를 주워 먹다가 자신의 깜깜한 미래가 절망스러워 자살을 결심하는 그녀. 그때 텔레비전 화면에 비친 화려한 라스베이거스를 보는데, 뭔가 가슴에 뜨거운 것이 올라온다.

'죽기 전에 딱 한 번, 저 화려한 도시에 가 보고 싶다.'

그때부터 라스베이거스라는 뚜렷한 목표와, D-12개월이라는 짧은 기간을 설정한다. '어차피 죽을 몸인데 뭘 못 하겠어?'라는 독기를 품고 평소 해 보지 못한 놀라운 일들에 도전한다. 어떻게 되었을까? 당연히 죽지 않았고, 1년 전과는 완전히 다른 사람으로 성장하여 현실로 되돌아온다. 신화에 필적할 만한 모험은 아니지만, 아마리는 신화 속 영웅의 행적을 그대로 밟고 있다. 오히려 그래서 일반 독자들에게 더 실감 나고, 희망을 줄 수 있는지도 모른다.

책이든 사람이든, 나는 이런 '반전'을 좋아한다. 국어사전에서 '반전'을 찾으면 다음과 같다.

'1. 반대 방향으로 구르거나 돎. 2. 위치, 방향, 순서 따위

가 반대로 됨.'

상황이 안 좋으면 그대로 주저앉거나 포기하는 것이 인지상정인데, 반대로 더 열심히 바닥을 차며 올라오는 사람. 겉으로 보기에는 전혀 상상할 수 없는 기질과 재능을 속 안에 품고 있는 사람. 누구나 가는 길을 택하지 않고, 전혀 생각지도 못한 다른 길로 삶의 방향을 트는 사람. 사람들의 일반 상식을 뛰어넘어 의외의 엉뚱한 짓을 저지르곤 하는 사람.

에디터인 내가, 저자로서 흥미를 느끼는 사람들은 대부분 이런 반전을 보여 준다. 파격적인 행보와 옷차림으로 신선한 충격을 안겨준 최초의 여성 법무부 장관 강금실, 보장된 뉴스 아나운서 자리를 박차고 스페인으로 떠난 손미나, 싱어송라이터로 만족하지 않고 대단한 상상력을 쏟아내는 이적, '금잔디'의 예쁜 얼굴 속에 감춰진 성숙한 재능의 소유자 구혜선.

라디오 PD에 대한 선입견을 철저히 박살내 준 정혜윤, 제일기획 부사장으로 일하다가 퇴직 후 '책방 마님'을 선택한 최인아, 아들 셋을 키우며 전업 주부로 살다가 마흔 넘어 유명한 여성학자가 된 박혜란, 가난한 그래픽 디자이너로 캐나다에 이민간 뒤 밀리언셀러 영어책을 써낸 한호림.

생사를 오가는 이라크의 전쟁터를 종군 기자로 누빈 강인선, 청와대 비서관에서 법률사무소의 고문에 이르기까지 직업을 몇 번이나 바꾼 이진, 점잖은 판사답지 않게 모든 모임의 총무 역할을 도맡는 전주혜, 씨엘의 아버지이자 저명한 물리학자지만 딴짓의 대가인 이기진, 303일간이나 신혼여행을 하고도 여전히 세상을 떠돌며 사는 이우일과 선현경 부부.

핫한 도시 여성의 대표적인 아이콘으로 살다가 홀쩍 평창으로 떠나 펜션을 운영하는 김경, 수억 원의 연봉을 받던 로펌을 그만두고 자기계발 코치로 일하는 존 윤, 학교는 단 하루도 다니지 않았지만 대학원 나온 사람보다 더 지혜로운 스무 살 청년 임하영 등등.

이런 저자들과 만나 '반전' 있는 삶의 이야기를 책으로 만들어 왔으니, 에디터로서 무한한 영광을 입었다. 비단 저자뿐이겠는가. 출판사를 다니며 무수한 인연을 맺은 에디터 후배들은 괄목상대, 청출어람이란 말이 부족할 정도로 용감하게 삶의 반전을 이뤄 냈다.

잘나가는 에디터였지만 지금은 자전거를 만지며 사는 '흑석동 자전거포' 주인장 박상준, 에디터의 삶에 머물지 않고 대만으로 건너가 치열하게 공부하고 있는 형소진, 스튜어디스로 시작하여 작가가 되더니 지금은 요가 강사로 사는 전지영, 요리 잡지 기자에서 〈수퍼 레시피〉를 창간하며 음식 사업가가 된 박성주, 은행에서 일하다가 뒤늦게 책 디자이너가 되어 대학에 출강하는 김성미 등.

경제적 성과를 얼마나 이뤘는지의 여부와는 별개로, 오랫동안 익숙해진 직업에서 벗어난 용기 자체가 대단하다. 이 후배들이 살면서 한 번쯤 또 어떤 삶의 반전을 보여줄지 지켜보는 재미가 쏠쏠하다.

나는 큰 변화를 싫어하고, 용기가 부족한 범생이과다. 인생이 바뀔 만큼의 큰 기회나 시련을 잘도 피해 나갔다. 내 앞에 놓인 트랙에서 크게 벗어날 생각을 못 했다. 더군다나 나이가 들수록 삶의 키를 돌릴 수 있는 확률은 점점 줄어들지 않는가. 모험보다는 안정과 편안함을 더 희구하기 때문이다. 그랬던 내가, 마흔 넘어 운동을 시작하고 트라이애슬론의 세계에 뛰어들었다. 책이나 읽다 죽어야지 싶었던 에디터의 삶에 대단한 반전을 일으켰다.

20여 년간 진찰해 온 주치의는 고혈압이라는 심각한 병에도 위축되지 않고 줄기차게 운동을 시도하는 환자를 보면서 감탄하곤 한다. 처음 만난 저자들은 키도 자그마한 중년 여성이 자기보다 훨씬 강한 체력의 소유자라는 걸 알면 재미있어한다. 마흔 살 후반에 직업을 바꿔, 이제는 주로 말을 하며 사는 내 얘기를 들을 때마다 사람들은 신기하게 바라본다.

책으로 남의 생을 주르륵 읽어 내는 것은 쉽다. 하지만 모험을 결심하고 반전을 이뤄 내는 데 들어간 당사자의 시간이나 고통은 어마어마할 것이다. 그럼에도 "온전하게 현재에 존재하는 느낌, 진정한 나 자신이 되기 위해 해야 할 어떤 것을 하고 있을 때 느끼는 희열" 때문에 그 길을 따라간다. 조지프 캠벨은 그것을 가리켜서 '블리스'라고 불렀다.

내 인생에 반전이 될지도 모를 블리스를 따라가지 않고 주저앉으면, 어떠한 영웅담도 만들어지지 않는다. 닥쳐온 모험을 외면하거나 포기하지 말고, 내 인생도 한 편의 영웅 드라마가 될 수 있다고 생각하자. 오히려 가장 민감한 내 아킬레스건을 극복해서 반전을 일으켜 보자. 〈인간의 품격〉을 쓴 데이비드 브룩스는, 영웅은 자신의 가장 약한 부분에서 가장 강한 힘을 발휘한다고 말한다.

"고대 그리스의 데모스테네스는 말을 더듬었음에도 '불구하고'가 아니라, 말을 더듬었기 '때문에' 위대한 웅변가가 되었다고들 한다. 결함이 오히려 그와 관련된 기술을 완벽하게 연마하도록 동기를 부여한 것이다."

캠벨의 말처럼, 우리는 누구나 자기 인생의 영웅이 될 수 있다. 위대하든 소박하든, 영웅은 영웅이다.

파리에서 단 하루만 머문다면?

"선배님, 파리에 오면 뭘 하고 싶으세요?"

에디터로서 저자와 늘 일정한 거리를 유지하겠다는 나의 원칙이 깨졌다. 같은 대학교를 졸업했다는 것을 안 순간부터 손미나는 호칭을 바꿨다. 우리는 원고뿐만 아니라 사적인 얘기까지 나누는 선후배 사이가 되었다. 인생의 걸림돌에 잠깐 비틀거릴 때, 왜 그랬냐고 캐묻지 않고 그저 "이 또한 지나가리라"고 가만히 어깨를 다독여 주는 그런 사이. 아르헨티나를 여행하면서 남미의 뜨거운 기운을 받은 그녀는 이번엔 몇 년 간 파리에 머물렀다.

그즈음, 가을에 열리는 프랑크푸르트 도서전에 출장을 갔다. 5박 6일간의 길지 않은 시간 동안, 축구장 열세 개를 합쳐 놓은 규모의 어마어마한 전시장을 샅샅이 훑어야 했다. 몸은 파김치가 되었지만, 쥐어짜듯 시간을 만들어 파리 행 비행기에 올라탔다. 옆 나라까지 왔는데 얼굴도 안 보고 그냥 가기가 아쉬웠다.

난생 처음 가는 파리였지만, 내게 주어진 시간은 고작 하루뿐. 드골 공항으로 마중 나와 두리번대는 나를 맞으면서 손미나는 계속 고민을 했다고 한다. 자기를 만나려고 일부러 파리까지 찾아온 내게, 단 하루 동안 무엇을 보여 주면 좋을까.

"다른 건 필요 없고, 파리를 뛰어 보고 싶어요."

운동을 하지 않았더라면 아마도 내가 고를 선택지는 뻔했을 것이다. 루브르 박물관에 가서 '모나리자'나 '밀로의 비너스'를 보기, 샹젤리제 거리에 가서 쇼핑하기, 아니면 한국인이 가장 많이 찾는다는 몽주 약국에 가서 화장품 사기. 하지만 나는 어느 도시에 가든 우선 뛰어 보면서 그곳 지리와 분위기를 익히는 마라토너였다. 손미나는 그런 나의 결정을 웃어넘기지 않고, 오히려 지지해 주었다.

다음 날 아침, 그녀가 끓여 준 황태국과 현미밥을 먹고 운동복 차림으로 집을 나섰다. 에펠탑까지 걸어가서 근처에 있는 공원을 뛰기 시작했다. 누구나 감격하는 놀라운 파리의 상징을 코앞에 보면서 뛰고 있는 기분을 상상해 보시라. 관광버스가 수없이 왔다 갔다 하면서 세계 각지에서 찾아온 사람들을 내려놓는 그곳. 하지만 나는 그들 같은 관광객이 아니라, 마치 이 도시에 오래 살아온 주민처럼 동네 사람들과 눈인사를 하면서 나란히 달렸다.

옆에는 유모차에 아이를 싣고 힘차게 밀면서 달리는 주부가 보였다. 척하고 엄지손가락을 들어 주었다. 이어폰을 낀 젊은 파리 남자가 멋진 허벅지 근육을 자랑하며 나를 추월했다. 뒤떨어지지 않으려고 바짝 뒤에 붙는 내게 남자가 윙크를 하며 덤벙덤벙 속도를 냈다.

그렇게 꿈인지 현실인지 분간하지 못한 채, 나는 에펠탑 주위를 열 바퀴나 신나게 뛰었다. 그것이 내가 만난 최초의 파리였다. 언제든 파리는, 그런 느낌으로 기억날 것이다.

"언니한테 꼭 봄 레 미모자를 보여 주고 싶어."

파리라는 아름다운 도시에 살면서 많은 영감을 받은 손미나는 내게 속마음을 털어놨다. 이번엔 여행기가 아닌 소설을 쓰고 싶다고 했다. 소설이란 단순히 상상과 허구를 오가는 이야기가 아니다. 무에서 유를 창조하고, 사람의 운명을 쥐락펴락할 수 있는 신의 경지에 오르는 일이다.

그러니 글을 쓰는 작가라면 누구나 평생에 한 번쯤 욕심이 날 것이다. 그렇다고 누구나 할 수 있는 일도 아니다. 옆에서 그동안의 성장을 지켜본 나는, 이번에도 말없이 격려의 의미로 어깨를 두드려 주었다.

그녀는 긴 번뇌와 오랜 침묵의 시간을 보내면서 큰 병을 앓듯 괴로워했다. 그러다 어느 날부터 갑자기 신들린 듯 이야기를 쓰기 시작했다. 파리와 남프랑스에 위치한 봄 레 미모자라는 작은 도시를 배경으로 펼쳐지는 아름다운 로맨스였다.

파리에 살고 있는 그녀와 매일 이메일로 옆에 있는 듯 얘기를 나눴다. 소설이 마무리될 때까지 끊임없이 플롯에 대한 아이디어를 주고받았다. 실제 배경 사진을 소설에 넣어서 마치 로드무비 같은 느낌이 나도록 만들고 싶었다. 오직 여행 작가인 손미나만이 쓸 수 있는 소설. 그렇게 해서 〈누가 미모자를 그렸나〉라는 소설이 힘겹게 탄생했다.

책을 만드는 동안, 봄 레 미모자에 핀다는 샛노란 '미모자'꽃이 자꾸만 눈에 밟혔다. 그래서 농담 반 진담 반으로, 언제가 될지 모르지만 꼭 같이 소설 속의 배경을 여행하자고 약속했다. 소원이 간절했던 것일까, 놀랍게도 우리는 몇 달 지나지 않아 정말로 봄 레 미모자에 머물면서 미모자 향기에 담뿍 취해 있었다.

우리가 며칠간 숙박하기로 한 집은 언덕 꼭대기에 있었다. 첫날 자동차를 타고 동네를 둘러보니, 집에서 4킬로미터 정도 내려가면 시장과 빵집이 나왔다.

'프랑스에 왔으니 당연히 아침에 구운 크루아상을 먹어야지.'

일찍 일어나 조깅을 할 겸, 아침에 먹을 빵을 사러 매일 언덕을 내려가기로 마음먹었다. 집집마다 담벼락에 핀 미모자를 구경하면서 구불구불한 골목길을 뛰어가는 재미는 남달랐다. 다들 차를 타고 다니는지, 동네에 빵 봉지를 들고 달리는 사람은 오직 나 하나뿐이었다.

소설가이자 마라토너인 하루키도 〈먼 북소리〉를 쓸 때부터 어느 나라에 가든지 꼭 달리기를 한다.

"여행지에서 그 동네의 길을 달리는 일은 즐겁다. 주변 풍경을 보며 달리기에는 시속 10킬로미터 전후가 이상적인 속도이다. 자동차는 너무 빨라서 작은 것을 놓치기 쉽고, 걷기에는 시간이 너무 많이 걸린다. 동네마다 각기 다른 공기가 있고 달릴 때의 기분도 각각 다르다. 다양한 사람들이 다양한 반응을 보인다. 길모퉁이의 모습, 발자국 소리, 보도의 폭, 쓰레기 버리는 습관 등도 모두 다르다. 정말 재미있을 정도로 다르다."

3일째 되는 날, 그날도 빵을 사들고 뛰어 올라가다가 살짝 코스를 바꾼 것이 화근이었다. 어떤 길이든 언덕 끝까지 올라가면 당연히 집이 나올 줄 알았는데, 미모자가 핀 골목 풍경은 죄다 비슷했다. 집 주소는 당연히 외우지 못할뿐더러, 휴대폰을 놔둔 채 빵 값만 달랑 들고 나왔으니 큰일이었다. 프랑스 남부까지 와서 미아가 될 판이었다. 길을 찾으러 왔다 갔다 하는데 얼굴에서 진땀이 흘렀다. 그런데 지붕을 공사하다 쉬고 있던 인부들이 내게 손짓을 하면서 길을 가르쳐 주는 게 아닌가.

"우리가 아까 봤는데, 너 저쪽 길에서 내려왔어."

아무도 뛰어 다니지 않는 언덕길을 모자를 눌러쓴 동양의 작은 여자가 달리는 게 신기했던 모양이다. 덕분에 무사히 집을 찾았고, 나는 놀란 가슴을 진정시키며 아무 일도 없었다는 듯 샤워를 했다. 봄 레 미모자라는 도시는 또 그런 추억으로 자리 잡았다.

2007년에 처음 만났으니, 우리가 맺어온 인연도 어느새 10년이 넘었다. 하늘의 별을 따라서 가슴 뛰는 일을 선택하며 살아온 손미나의 열정은 놀라울 뿐이다. 마흔 살 넘게 책상 앞에만 앉아 있던 에디터가 어디를 가든 달리고 싶어 하는 마라토너로 변신한 것을 그녀도 신기해한다. 그러고 보면 우리는 서로를 자극해 주는 좋은 파트너인 셈이다. 다음에는 또 어디를 함께 여행하며 달리고 있을까.

내 발자국이 후배들의 이정표가 되리니

드디어, 20년 만에 다시 내 인생에 찾아온 뼈아픈 패배에 대해서 얘기할 시간이다. 나로선 앞서 얘기한 20대에 겪은 그 실패와 함께, 꽁꽁 단지에 밀봉하여 바다 깊숙이 던져 버리고 싶은 극심한 통증이다. 하지만 충분히 실패해 볼 가치가 있었다. 나약한 20대와 달리 '마녀체력'으로 무장한 탓에, 훨씬 길었던 고통의 시간을 잘 극복하고 오뚝이처럼 일어섰다.

2015년 10월, 11년간 몸을 담았던 출판사에 사표를 냈다. 지금까지 이 정도로 한 회사를 오래 다닌 적이 없었다. 그만큼 내게는 애증이 교차되는 곳이지만, 퇴사를 결정하면서 아무런 미련도 남지 않았다. 내가 가진 역량만큼 충분히 일했고, 지금이야말로 '진짜 그만둘 때'라는 직감이 들었다. 마치 롤러코스터를 탄 것처럼 성공과 실패의 포물선을 오르내리며 일해 온 11년은 크게 3기로 나눌 수 있겠다.

1기였던 마흔 살 즈음, 차근차근 쌓아온 출판 경력은 어느새 15년 차로 접어들었다. 어느 모로 보나 에디터로서 절정의 시기였다. 10년간 아이를 키워 주신 시어머니의 바통을 친정 엄마가 이어받았다. 덕분에 육아가 좀 더 수월해지면서 오롯이 일에 집중하는 시간이 늘어났다.

입사와 동시에 시작한 새벽 수영은 기존의 저질 체력과 약한 이미지를 바꿔 놓았다. 일은 여전히 많고 야근은 잦았지만, 몸과 정신이 받아들일 만했다. 현역 에디터로 일하면서 책 한 권마다 완성도를 추구해 나갔다. 전통 가구를 만드는 장인이라도 된 것처럼 몰입하는 재미가 대단했다. 세상과 독자들이 어떤 책을 원하고 있는지, 안테나가 예민하게 작동했다.

조직이 커지면서 직급이 올라갔다. 더 이상 책의 시작과 마무리를 책임지는 현역 에디터로 머물기 어려웠다. 회사에서는 장인보다 팀장의 역할을 원했다. 맘에 딱 드는 야무진 팀원 세 명을 면접하여 뽑았다. 책임자라는 직함을 달고 이런저런 저자들을 만나 섭외하는 것이 내 일이었다.

그러면서 후배들 각자에게 책에 대한 권한을 위임하고 책임을 맡겼다. 치열한 회의를 함께하면서 팀원들은 제 앞가림을 잘 해냈고 좋은 결과물을 만들어 냈다. 예리한 촉과 감으로 제목을 뽑아내고, 근사한 디자인을 골라내는 것이 내 주특기였다. 그렇게 만든 책마다 신기할 정도로 시장에서 좋은 반응을 보였다.

새로운 인재들을 대량 영입하면서 대기업에 소속된 일개 출판 부서가 거대 본부로 승격했다. 세간에 화제가 될 정도로 국내 최고의 출판 규모와 매출 기록을 경신해 나갔다. 미국의 세계적인 출판사가 시행하는 '임프린트' 시스템을 도입하여 하루가 다르게 기존 체제를 바꿔 나갔다.

작은 출판사가 갖기 어려운 자본의 힘, 새로 입사한 임원과 마케터들의 의욕적인 행보, 매달 거듭되는 공개 매출 회의 등, 출판의 패러다임이 바뀌는 듯한 지각 변동을 느꼈다. 거대한 물결에 휩쓸리던 그 와중에, 나는 어느새 한 브랜드를 온전히 책임지는 '주간'으로 불렸다.

승승장구하던 내 에디터 인생 최대의 위기는 그때부터 슬그머니 다가왔다. 자전거 페달을 밟듯 정신없이 돌아가는 다종 출간, 대량 배본 시스템, 전략 도서 위주의 마케팅 방침에 적응하는 것이 힘들었다. 친한 동료로서 마음을 열고 가까이 지내야 할 임프린트 대표들 간의 경쟁 분위기도 내키지 않았다.

무엇보다 책의 내용이나 가치와 상관없이, 오로지 마케팅 관점으로 철저하게 전략과 비전략 도서를 구분하는 시스템에 익숙해지지 않았다. 감각적인 디테일과 편집의 완성도에 집중하던 에디터에게 대형, 대량 출간 시스템은 어울리지 않는 옷처럼 버거워졌다.

엎친 데 덮친 격으로, 위에서 바람을 막아 주던 상사가 임원으로 진급하는 바람에 내 임무 또한 막중해졌다. 이제는 일개 '팀장'이 아닌 '경영자'였다. 제대로 관리자로서 훈련을 받지도 못한 채 20명 가까운 에디터들을 끌고 가야 했다.

이제 책을 들여다보고 있을 마음의 여유가 없었다. 빠르게 계산기를 두드리고, 골치 아픈 엑셀 표를 작성하고, PPT를 만들어 매출 회의에 나가 발표하는 것이 중요한 업무였다. 촘촘한 출간 계획을 세우고, 과감한 경영 비전을 앞세워 조직을 이끌어 가는 강한 리더가 내게 주어진 역할이었다. 하필이면 내가 가장 힘들어 하고 잘 못하는 일이었다.

나보다 머리 회전이 빠르면서도 대담한 후배들이 밑에서 치고 올라오는 게 느껴졌다. 이미 상위 5퍼센트에 속하는 고령자 군에 속했기에, 더 이상 숨거나 물러설 데가 없었다. 누군가에게 내 처지를 하소연할 주변머리조차 없었다. 그렇다고 나한테 맞지 않는 큰 옷을 입은 채 계속 버틸 뻔뻔함도 없었다.

애초 세웠던 계획보다 저조하게 끝난 상반기 실적을 발표하는 자리에서, 상사의 매서운 질타가 쏟아졌다. 회사의 가장 큰 조직을 이끌어갈 리더로서 경영 자질이 부족하다는 말로 들렸다. 사람들 앞에서 얼굴을 못 들 정도로 자존심을 다친 나는 '아, 이 회사는 여기까지구나' 혼자 마음의 결정을 내렸다. 그야말로 빌딩의 옥상까지 올라갔다가 순식간에 지하 주차장으로 낙하해 버린 5년이었다.

회사에서는 그동안 에디터로 공로를 쌓아 온 나를 쉽게 내치기 어려웠나 보다. "경영 관리자로서 일을 못 하겠다면,

'대편집자'가 되어 다시 책을 만들어 보는 것은 어떠냐"는 제안을 조심스럽게 던졌다.

선뜻 그러겠다고 결정할 일은 아니었다. 말이 좋아 대편집자지, 20명 조직의 우두머리로 있다가 1인 편집자로 일하는 낙차를 견디기란 쉽지 않을 터였다. 삼도수군통제사였던 이순신 장군이 일개 졸병으로 백의종군할 때, 어쩌면 그런 심정이었을까.

일주일만 시간을 달라고 해서 생각과 고민을 거듭한 끝에, 나는 그 제안을 받아들였다. 이미 바닥을 친 자존심을 생각하면 당장 회사를 떠나는 게 맞았다. 그런데 이기적으로 내 입장만 고려할 수는 없었다. 20년 차 에디터로 살아온 내게는 가까이서 혹은 멀리서 지켜보는 후배들이 많았다.

'이 회사에서 일하는 100명의 에디터 중에 분명히 나 같은 사람이 있을 거야. 에디터가 꼭 관리자의 길을 밟아야 한다는 법은 없잖아. 내가 지금 자존심 따져서 이 제안을 걷어차 버리는 것은 쉬운 일이다. 하지만 그러면 다른 후배들한테는 영영 이런 기회가 오지 않을지도 몰라.'

대개 남자들은 에디터 출신이라도 임원으로 성장하는 일이 많았다. 피라미드의 아랫단은 주로 여성 에디터, 위로 갈수록 높은 직급은 남자들이 차지했다. 내가 다니던 출판사는 대기업의 한 본부였기에, 그 현상이 더 역력히 드러났다. 여성 선배들은 진급하지 못 하면 나가는 분위기였다.

'그래, 임원이 아니더라도, 책을 잘 만드는 에디터로 오래 일할 수 있는 여지를 만들어 보자. 외국 도서전에 나가 보면 유명한 출판사일수록 나이 지긋한 백발 에디터들이 부스에 앉아서 일하고 있잖아. 맨날 그런 거 보면서 부러워했으면서, 지금 기회가 왔는데 안 한다고? 좋아, 최고령 에디터가 현역으로 젊은 후배들 못지않게 책을 만들 수 있다는 걸 보여 주자.'

그렇게 해서 나는 '대편집자'가 되었다. 오래 전에 팀원들에게 넘겨 버린 에디터의 직무로 되돌아갔다. 계약이 끝나면 후배들한테 넘기곤 하던 저자들과 만나, 실무 회의를 하고 책의 콘셉트를 짜냈다. 기획안 쓰기부터 오케이 교정까지 내 손으로 마무리하고, 디자이너나 인쇄소 직원과 직접 소통했다.

다시 신입 에디터가 된 것처럼, 바닥부터 일하는 것이 처음엔 겁이 나고 엄두가 나질 않았다. 옆에서 팀원들이 도와주던 사소한 서류 작성부터 택배, 복사에 이르기까지 자질구레하게 처리할 일이 참 많았다. 여전히 '대표님'이라고 부르는 백오피스들과 거래처 사람들은, 여기저기 뛰어다니는 나를 보면서 본인들이 더 어색해했다. 내 처지가 외롭고 한심해서 혼자 얼굴을 붉히는 날도 있었다.

그럼에도 2기에 속하는 대편집자로 3년이나 책을 만들면서 이어갈 수 있었던 까닭은 무엇일까.

첫째, 역시나 책을 만드는 일은 내 천직이었다. 계산기를 두드리는 일과는 비교도 할 수 없을 만큼 재미있었다. 나만이 만들 수 있는 책들을 차곡차곡 쌓아 나갔다.

둘째, 수명을 다한 '우울한 뒷방 늙은이'가 아니라, 에너지가 샘솟는 현명한 언니 역할을 하고 싶었다. 선배들이 점점 사라져서 나조차 40대 중반에 최고령자가 되지 않았나. 나보다 더 빨리 노령화의 길에 들어선 후배들은 고민이 많아도 의논할 상대가 없었다. 조용한 내 방은 누구나 차 한 잔 들고 머리를 들이미는 '상담실'이 되었다.

셋째, 가장 높은 곳에서 가장 밑바닥으로 떨어질 때 배울 수 있는 덕목은 다름 아닌 '겸손'이다. 잘 나갈 때 한치 앞을 내다보지 못하고 방자하게 굴던 나는, 언제든지 나 또한 그런 처지가 될 수 있다는 걸 몸소 겪었다. 절대적인 고독의 순간을 보내면서, 도외시하고 살았던 나의 내면을 들여다보았다.

나는 늘 누군가 먼저 손 내밀고 다가오기를 기다리는 사람이었다. 영화 〈파니 핑크〉의 파니가 깨달은 것처럼, "사랑은 받기 위해 기다리는 것이 아니라, 주는 사람만이 얻는 기쁨"이었다. 예전에는 일부러 모르는 척했던 많은 사람들에게 먼저 다가가 마음을 열었다. 덕분에 냉정하고 친목에 소극적이었던 내가 좋은 친구를 가장 많이 사귄 시기이기도 하다.

하지만 무엇보다 떨어진 자존심을 수습하고, 사람들에게 마음을 열고, 주어진 임무를 겸손하게 받아들일 수 있었던 저력은 내가 운동하는 사람이었기 때문이다. 그전의 나였더라면 사표를 열두 번은 더 냈을 것이다. 강한 체력은 정신력 또한 강하게 끌어올린다. 마음의 스트레스를 이겨내도록 힘을 준다. 어떤 사람을 마주해도 주눅 들지 않는 눈빛을 심어 준다. 나는 그렇게 마지막 히든카드를 쉽게 꺼내지 않았다.

후배들은 내가 트라이애슬릿이라는 사실을 알고 있었다. 억지로 질질 끌려가는 것이 아니라, 즐거운 마음으로 힘차게 계단을 오르내리며 일한다는 것을 알아차렸다.

회사 워크숍으로 북한산 둘레길을 걸을 때, 에디터들은 물론 젊은 남자 마케터들까지 다 앞지르며 가장 먼저 목적지에 도착했다. 회사 최고령의 여자 에디터로서는 보기 드문 모습이었을 것이다. 나이 들면 어쩔 수 없이 약해진다는 사람들의 선입견을 깨고 싶었다. 일에서도, 체력에서도 결코 밀리지 않고 살아가는 선배의 모습을 보여주고 싶었다.

내 인생의 뼈아픈 실패이자 많은 배움을 가져다 준 2기 시절은 3년 만에 끝났다. 다시 멋진 반등의 시간이 기다리고 있

을 줄은 나조차도 미처 몰랐다. 그러니 인생이란, 어찌나 살아
볼 만한 것인지!

눈 덮인 들판을 걸어갈 때   踏雪野中去(답설야중거)

함부로 어지럽게 걷지 마라.   不須胡亂行(불수호난행)

오늘 내가 걸어간 이 발자욱은 今日我行跡(금일아행적)

뒷사람의 이정표가 될 것이다.   遂作後人程(수작후인정)

서산대사가 남겼다고 알려진 선시

펭귄클래식 갱생 프로젝트

"부탁합니다, 골치 아픈 펭귄클래식 좀 맡아 주세요."

갑자기 내가 다니던 출판사 조직에 큰 변화가 생겼다. 한창 고공행진을 하던 차에 일종의 불미스러운 일이 터지고 말았다. 그 여파로 대표를 비롯한 임원들의 신상에 문제가 생겼다. 자세한 내막은 알려지지 않았고, 소문만 무성했다. 순식간에 조직 체제가 바뀌면서 사무실까지 낯선 동네로 옮겨야만 했다.

1인 오너 소유 출판사가 아닌 대기업의 본부였기에 평소에도 이동과 변화가 잦긴 했다. 하지만 이번엔 출판계 전체가 주목할 정도로 타격이 컸다. 남아 있는 동료들에겐 참으로 침울하고 추운 겨울이었다. 서로 모르는 척하면서 가만히 추위가 지나갈 때까지 움츠리고 견딜 수밖에 없었다.

다행히 새로운 본부장이 선출되어 얼른 수습 과정을 밟아 나갔다. 한 공간에서 오랫동안 같이 일해 온 동료 중 한 명이었다. 무엇보다 활기 잃은 조직원들의 마음을 추스르는 게 우선이었다. 워낙 덩치가 크다 보니 새로운 건물을 찾아 이사하는 과정도 쉽지 않았다. 그 와중에 이러지도 저러지도 못해 골치 아픈 브랜드가 하나 있었으니, 바로 펭귄클래식이었다.

사실 펭귄클래식은 출판인이라면 누구나 알 만한 전설의 브랜드다. 80년 넘은 오랜 전통과 엄청난 규모를 자랑하는 영국 펭귄 그룹의 일부가 아닌가. 2008년부터 회사는 펭귄북스와 제휴를 맺고 펭귄클래식 '블랙판'을 출간하기 시작했다. 5년 안에 250권을 내겠다는 야심찬 목표를 세우고 많은 초기 자금과 인원을 투여했다.

하지만 결국 남은 것은 130여 권의 구간과 5년간의 적자 데이터였다. 대표와 편집장이 모두 퇴사하고, 남은 에디터는 달랑 두 명뿐. 본부장은 취임하고 얼마 지나지 않아 같이 식사를 하던 어느 날, 나더러 펭귄클래식을 맡아 달라고 부탁했다. 뭐라도 도와야 할 입장이었기에 나로선 도무지 거절할 재간이 없었다. 결국 '대편집자'와 '펭귄클래식 브랜드 대표'를 겸임하기로 했다. 어깨가 축 처진 어린 에디터 둘과 그동안의 매출 숫자를 들여다보니 절로 한숨만 나왔다.

펭귄클래식이라는 훌륭한 브랜드를 뒤에 업고도 출판 시장에서 고전하는 이유는 여러 가지였다. 이미 국내 고전 문학 시장은 오랜 전통과 종수를 자랑하며 문학 전문으로 이름을 날리던 두 출판사가 꽉 부여잡고 있었다. 아무리 차고 올라가려고 해도 영원한 3위를 벗어나기 힘들었다.

또한 고전 문학의 특징이 뭔가. 발표된 지 오래된 작품들이기에 저작권 문제에서 자유로웠다. 몇몇 출판사가 박리다매 정책을 앞세워 똑같은 제목의 책을 반값도 안 되는 가격으로 서점에 내놓았다. 번역의 질은 따지지도 않은 채 값싼 책들을 손쉽게 선택하는 독자들이 많았다.

한마디로 진입 장벽이 낮아서 너도나도 들어오기 쉬운 분야였다. 뭔가 특별하지 않으면, 독자들에게는 전혀 변별력이 없는 비슷한 책으로 보였다. 그러니 이왕이면 싼 가격의 책을 고르는 게 당연했다. 영국의 유명 브랜드라고 아무리 강조해 봤자 독자들로서는 구미가 당길 리 없었다.

〈톰 소여의 모험〉을 쓴 마크 트웨인은 이런 명언을 남겼다.

"고전이란, 누구나 읽어야 하는 책이라고 말하면서도, 아무도 읽지 않는 책이다."

각별한 애정이나 특별한 이슈 없이 여간해선 잘 읽지 않는 책이 고전이라는 말이다. 특히 책을 읽지 않아도 교양과 전혀 상관없다고 생각하는 요즘 시대에, 고전 문학의 위상은 점점 낮아질 수밖에 없다.

가장 큰 적자를 야기한 것은 130여 권의 시리즈를 손쉽게 팔기 위해서 진출한 홈쇼핑이었다. 놀랄 만큼 많은 부수가 팔리지 않는 이상 홈쇼핑이란 판매 수단은 적자가 날 게 뻔했다. 방송사에 떼어 주는 기본 수수료가 높기 때문이다.

게다가 문화의 꽃이라 할 만한 책, 그중에서도 가장 고급 분야가 고전 문학 아닌가. 그런 책을 화장품이나 꽃게처

럼 홈쇼핑을 통해 판다는 것 자체가 말도 안 되는 어불성설
이었다. 어디서부터, 무엇부터 손을 대야 할지 판단이 안 섰
다. 그야말로 젊은 날의 내 인생처럼 펭귄클래식 또한 '총체
적 난국'이었다.

그러다 보니 좋은 점도 있긴 했다. 뭘 해도 잘 안 되는 적
자 조직이었기에 아무도 우리한테 기대하는 바가 없었다. 어
깨가 무겁지 않으면 발걸음이 가벼운 법이다. 15년 넘게 나이
차가 나는 두 에디터를 앞에 앉혀 놓고 말했다.

"든든한 울타리가 돼 줄 테니까, 일단 매출 같은 건 생각
하지 말고 셋이 재미나게 일해 보자."

운이 좋게도 내가 펭귄클래식을 맡자마자 처음 펴낸 책이
시장에서 큰 반응을 보였다. 국내 처음으로 완역된 찰스 디킨
스의 〈두 도시 이야기〉였다. 꽤 볼륨이 두꺼운 소설이었지만
감각적으로 선택한 표지 이미지가 잘 어울렸다. 또한 막 개봉
하여 큰 인기를 얻고 있던 '배트맨'의 크리스토퍼 놀란 감독의
말을 주요한 홍보 포인트로 잡았다.

"〈다크나이트 라이즈〉는 〈두 도시 이야기〉 그 자체다!"

평소 신간이 나오면 초판 부수에 그치고 만 것에 비해, 〈두
도시 이야기〉의 시장 반응은 대단하다고 할 만큼 고무적이었

다. 고전 문학도 이렇게 관심을 받을 수 있다는 자신감이 생겼다. 어두웠던 에디터들의 얼굴에 생기가 돌면서 목소리가 커지기 시작했다. 옆에서 지켜보기에도 썩 기분 좋은 변화였다.

몇 달 후에는 더 놀라운 일이 벌어지고 말았다. 각각의 책에는 운명이 있으며, 때로는 오로지 타이밍과 운에 따라 책의 생사가 갈리기도 한다. 2012년 12월, 한국을 강타했던 영화 한 편이 있다. 휴 잭맨, 앤 헤서웨이 등의 유명 배우들이 등장하여 애절한 노래로, 또 웅장한 행진곡으로 많은 사람의 가슴을 울렸던 뮤지컬 영화 〈레 미제라블〉이다.

빵 한 조각 훔친 죄로 엄청난 대가를 치러야 했던 한 남자의 위대한 삶은, 어릴 때 〈장발장〉을 읽고 자란 세대의 향수를 건드렸다. 또한 비참하게 살던 민중이 하나로 결집하여 혁명을 이루는 마지막 장면은 묘하게도 우리 현실의 데자뷰처럼 작용했다. 영화를 보고 난 사람들은 다섯 권이나 되는 원작에도 큰 관심을 보였다. 마침 그때 완역판은 펭귄클래식에만 있었다.

고전 문학과 영화의 시너지가 딱 맞아떨어질 때는 어마어마한 시장 반응을 불러일으킨다. 우리는 그 놀라운 광경을 직접 목격했다. 갑자기 책이 불티나게 팔리기 시작했다. 아무 관심도 없던 회사 사람들이 너도나도 펭귄클래식에 격려를 보냈다. 각종 신문과 방송 인터뷰에 응하면서 〈레 미제라블〉의 인기를 실감할 수 있었다. 만년 적자였던 펭귄클래식은 회사의 매출에 기여하는 보물단지로 승격했다.

사람들의 관심 어린 시선과 응원은 우리 팀의 어깨에 날개를 달아 주었다. 회의 때마다 각종 아이디어들이 쏟아져 나왔다. 에디터 셋 모두가 고전을 즐겨 읽는 사람들이니, 본인들부터 사고 싶은 이슈를 만들어 보기로 했다. 그러려면 '블랙판'으로는 힘들고, 펭귄클래식의 대표적 이미지로 유명한 3단 디자인을 차용했다.

마침 2014년, 사망 450주년을 기념하는 의미로 〈셰익스피어 4대 비극〉 시리즈를 만들었다. 손 안에 쏙 잡힐 만큼 작고, 가방 안에 들고 다닐 정도로 가볍고, 3단 디자인으로 이루어진 아름다운 세트가 탄생했다. 이미 가지고 있던 책이지만, 또 사고 싶을 정도로 탐이 났다. 독자들 역시 그랬는지 판매 결과가 좋았다. 특별한 광고를 하지 않고도 SNS를 통한 홍보 반응은 폭발적이었다.

여기에 만족하지 않고 다시 한 번 반등의 기회를 노렸다. 이번엔 핵심 책들만을 골라, 영국에도 없는 부드러운 파스텔톤을 넣어 일곱 권짜리 마카롱 시리즈를 런칭했다. 고전 문학은 꼭 읽지 않아도 살 수 있는 책이다. 그렇다면 책꽂이에 꽂아두거나, 한 권씩 모으거나, 사람들한테 자랑하고 싶은 책으로 팔 수 있다는 판단은 정확히 들어맞았다. 이제 펭귄클래식은 비단 회사 내부뿐 아니라 서점계, 출판계의 화제로 떠올랐다.

다음은 책의 경계를 뛰어넘어, 팬시상품을 주로 사는 독자들까지 공략해 나갔다. 우리 팀원들은 에디터 역할은 물론 머천다이저까지 되었다. 머그컵, 연필, 에코백, 에스프레소 잔, 텀블러까지 척척 만들어 냈다. 그런 굿즈를 갖고 싶어서, 거꾸로 책을 사는 독자군이 생겼다. 어떻게 에둘러 가든, 독자가 좋은 고전 문학을 만날 수 있다면 나로선 대만족이었다.

하루하루가 재미있고 신바람 나는 나날이었다. 심지어 일요일 밤에도 월요일이 기다려질 정도였으니 더 말해 무엇하랴. 우리는 한 번 더 큰 모험을 시도해 보기로 했다. 중국의 펭귄클래식 지사와 제휴하여 한정판으로 만들어진 펭귄클래식 슈트케이스를 수입했다. 이번엔 팀원 하나가 무역 회사 직원처럼 발주와 선적까지 도맡아 해결했다. 서점에서 벗어나 판매처를 굿즈 전문 온라인 숍으로 확장시켰다. 오픈 첫날, 보유 재고의 50퍼센트가 판매될 정도로 호응이 컸다.

이상이 내가 보낸 3기이며, 3년간의 숨찬 행보다. 이 기간 동안 나는 2012년 12월, 출판인회의에서 주는 큰 상인 출판인상 '편집부문'을 수상했다. 그리고 2013년 말에는 대편집자로서 만든 손미나의 〈파리에선 그대가 꽃이다〉로 단행본 매출 3위 상을 받았다. 만년 적자 브랜드였던 펭귄클래식은 이슈 메이커로서 당당히 매출에 일익을 담당하는 흑자 부서로 전환되었다.

그리고 내 뒤로 두 명의 대편집자가 더 생겼다. 대표까지 하고 난 뒤 물러난 두 후배는 나처럼 현역 에디터가 되어 다시 책을 만들었다. 그들은 나의 행보를 지켜보면서 '저 선배가 하는 일이니, 나도 할 수 있겠구나'라고 용기를 얻었다고 말했다.

만약 이런 시간이 올 줄 모르고 6년 전 힘없이 회사를 그만두었더라면 어땠을까. 15년 이상 일해 온 에디터라는 직업에 환멸을 느꼈을지도 모른다. 이 모든 반전의 바탕은 강한 체력과 더불어 쌓아온 내공과 인내심이었다. 힘이 들 땐 땀 흘리며 머릿속을 비우고 마라톤을 달리며 숨을 골랐다. 자전거로 미시령을 오르며 배운 것처럼, 나는 힘들다고 안장에서 내리지 않았다. 정상이 나올 때까지 페달을 돌리며 버텼다. 그랬더니 신바람 나는 내리막이 기다리고 있었다.

마음의 스트레스와 고통을 이겨낸 힘, 도전과 모험을 주저하지 않고 추진한 힘의 근원은 체력이다. 체력은 단순히 건강만 가져다주는 것이 아니다. 강한 정신력으로 보답한다. 강한 육체에 강한 정신이 깃드는 법이다.

어떻게 하나요?

운동 '쫌' 하는 사람을 위한 Q&A

Q 뛰다가 발목을 삐끗한 것 같은데 잘 낫지 않아요. 그래도 운동은 쉬지 않고 해야겠죠?

A 운동 중독이신가요? 그럴 때 안 쉬면 언제 쉬겠어요. 어디가 아프다는 건 내 몸이 보내는 신호랍니다. 운동을 하다 보면 고통에 둔감해져서, 몸의 신호를 무시하거나 방치하는 경향이 있어요. 언젠가는 낫겠지 싶어서 계속 쓰다 보면 다른 데까지 아픕니다. 통증이 완전히 사라질 때까지, 이게 웬 떡이냐, 게으른 삶을 누리세요. 멀리 보면 그게 남는 장사입니다.

Q 슬럼프에 빠졌습니다. 어느 정도 수준에 오르니까 실력이 더 이상 늘지 않는 것 같고 지겨워요. 슬슬 꾀가 나기도 하구요.

A 모든 운동 실력은 대각선 그래프처럼 쭉쭉 늘지 않고, 계단형으로 나아진다고 합니다. 타고난 체형에다 불타는 의욕과 피나는 연습이 뒤따르면 단시간에 선수급이 되겠지만, 대부분의 사람은 지루하고 긴 과정을 견뎌야 하지요. 특히 실력이 나아지기 바로 전에는 이상하게 뭔가가 자꾸 꼬여서 슬럼프에 빠지기도 합니다. 저도 종종 꾀가 났는데, 다양한 운동을 골고루 하는 게 도움이 많이 되었어요. 달리기가 싫어지면 운동을 쉬는 게 아니라 자전거로 넘어가고, 겨울엔 야외 운동을 하기 어려우니 실내 배드민턴을 치는 식

으로요. 하나 하기도 어려운데 어떻게 몇 종목씩 하냐구요? 스케이트 선수가 자전거로 훈련을 하듯이, 운동은 서로 보완이 됩니다. 스쿼트나 계단 오르기를 열심히 하면 자전거, 배드민턴에 좋구요, 등산과 달리기는 폐활량을 늘리는 데 도움이 됩니다.

Q 자전거는 그럭저럭 잘 타는 편이에요. 수영도 네 가지 영법을 다 배웠어요. 그럼 저도 철인3종에 도전해 볼 수 있을까요?

A 당연히 도전할 수 있지요. 우선 편안한 마음으로 영화를 한 편 보세요. 2015년에 개봉한 프랑스 영화 〈땡큐, 대디〉입니다. 철인3종 경기의 모든 과정과 연습 방법이 세세하게 나오기 때문에 이해가 잘 되실 거예요. 그렇다고 겁을 먹고 지레 포기하진 마시고요. 영화에 묘사된 건 제일 긴 풀코스이고, 그보다 짧은 코스의 경기가 얼마든지 많이 열리니까요. ㈜대한철인3종협회 홈페이지를 방문하면, 트라이애슬론에 대한 전반적인 소개와 함께 대회 정보, 커뮤니티를 볼 수 있어요. 어디에서 어떤 대회들이 열리는지 쭉 살펴보세요. 혼자 출전하는 게 두렵다 싶으면 온라인이나 지역을 기반으로 하는 '철인3종 클럽'에 가입해 보세요. 또한 동네나 구마다 웬만하면, 아니 반드시 마라톤 클럽이 하나씩 있답니다. 평일 1회, 주말 1회 정도 클럽 회원들과 달리기를 꾸준히 해 보세요. 어디든 가입하면 신입 회원은 대대적인 환영을 받을 겁니다. 지역 마라톤 클럽이 부담스럽다면 전국구인 '한강마라톤 클럽'이나 '런너스 클럽'도 있어요. 온라인 카페에만 들어가도 좋은 정보가 가득하답니다.

한강 자전거 길을 달리고 싶은 몸치들을 위한 깨알 팁

준비물 : 라이딩용 저지, 라이딩용 팬츠, 운동화(익숙해지면 클릿화), 물통, 장갑, 헬멧, 쪽모자, 스포츠용 고글, 자전거용 자물쇠, 간식, 휴대폰, 비상금

1   자전거를 산다. 초보자라면 바구니 달린 작은 자전거나 바퀴가 작은 미니벨로를 추천한다. 이미 자전거를 탈 줄 안다면 취향에 따라 하이브리드나 엠티비도 좋다. 로드용 사이클은 맨 나중 단계에 구입한다.

2   구마다 한강변에서 무료 자전거 교실을 운영하는 곳이 많다. 여의도 공원에서 자전거를 빌려 연습하는 것도 좋다.

3   동네가 만만해지면 한강 자전거 길까지 진출해 본다. 집에서부터 어떻게 가야 연결되는지 지도를 통해 미리 루트를 익혀 둔다.

4   여름용, 봄가을용 저지(상의)를 구입한다. 모든 운동복은 이왕이면 화려한 색깔로 산다. 화사해 보이기도 하지만, 다른 사람 눈에 잘 띄기에 안전하다. 라이딩용 저지에는 뒤에 주머니가 달려 있어서 휴대폰이나 비상금 등 간단한 것을 휴대할 수 있다. 가능하면 몸이 가벼워야 하므로 짧은 거리라면 배낭은 매지 않는다.

5   라이딩용 팬츠, 일명 뽕바지를 입으면 엉덩이 통증이 훨씬 완화되므로 반드시 입는 게 좋다. 뽕바지 안에는 속옷을 입지 않으며, 자전거를 타기 전에 바셀린을 잘 발라준다. 발목 근처가 펄럭이는 폭 넓은 바지는 절대 금물. 초보자처럼 보이고, 기름이 묻기 쉬우며, 페달 돌리기에 몹시 불편하다.

6   한동안 같은 자세를 유지하므로 어깨, 목, 손목 등이 뻐근하다. 자전거를 타기 전, 쉬는 중간 중간에 잘 풀어준다. 평소처럼 타는데 뭔가 힘들고 잘 안 나가는 기분이 들면? 펑크가 났거나 맞바람 때문이다.

7 헬멧은 반드시 착용해야 한다. 혼자 넘어지거나 다른 자전거와 충돌했을 때 머리가 가장 위험하다. 아예 자전거 탈 때는 항상 쓰는 것으로 습관을 들인다. 장갑도 마찬가지. 손의 통증을 줄여줄 뿐만 아니라, 넘어졌을 때 피부를 보호한다. 자전거를 살 때 숍에서 추천받아 한꺼번에 구입하면 좋다. 좀 비싼 듯하지만, 나중에 몸을 보호해 주는 기능을 생각하면 절대 비싼 것이 아니다.

8 헬멧 안에 쪽모자를 쓰면 얼굴로 땀이 흐르는 것을 방지해 준다. 헬멧을 벗고 쉴 때 머리를 정리해 주는 역할도 한다.

9 여름엔 날파리가 엄청 많다. 자외선 방지용 고글을 써야 날파리나 바람으로부터 눈을 보호할 수 있다. 햇빛 아래서는 까매지고 밤이나 터널에서는 하얘지는 기능성 고글을 쓰면 편리하다.

10 물, 초코바, 떡 등 간식을 챙겨서 자주 쉬면서 수분과 에너지를 보충해야 한다. 미사리 쪽이나 멀리 갈수록 중간에 편의점이 없으니 주의할 것. 속도계가 없을 경우 휴대폰 자전거 어플을 이용하여 거리와 속도를 체크한다. 혹시라도 펑크가 났거나 자전거를 타지 못하게 되었을 경우엔 택시나 지하철을 타야 하므로 비상금도 꼭 필요하다.

11 한강 길에 드문드문 있는 토끼굴로 빠져 나가면 대부분 가까운 곳에 자전거 숍이 있으므로, 비상시에는 그곳으로 끌고 가서 도움을 받는다. 특히 반포대교 남단에 있는 편의점 옆에 '자전거 공방'이 있으므로, 여기서 정비를 받을 수 있다.

12 한강 자전거 길로 접어드는 길은 대부분 육교로 되어 있어서, 길이 좁거나 경사가 심하다. 안전하게 자전거 길에 내려설 때까지 천천히 자전거를 끌고 간다. 초보자 시절에 이곳에서 여러 번 넘어지는 바람에 라이딩을 하기도 전에 부상을 입고 집으로 돌아간 적도 있다.

13 혹시 어두워졌을 때를 대비해서 전조등과 후미등을 장착해야 한다. 밤에는 특히 많은 충돌 사고가 일어난다.

내 몸이 서서히 강해지는 동안
하나둘 행동이 바뀌고
이런저런 생각이 변하면서

그리하여, 인생이
완전히 달라지다

이루고 싶은 게 있거든, 체력을 먼저 키워라

2000년에 출간된 김훈의 〈자전거 여행〉을 보면, 저자 소개에 이런 말이 나온다.

"스스로는 소설가보다 자전거 레이서로 불리기를 원한다."

1999년 가을부터 2000년 여름까지, 그는 자전거 '풍륜'을 끌고 전국의 산천을 돌아다녔다. 한국일보에서 27년간이나 책상에 앉아 기사를 써 온 문학 기자이자 작가 김훈의 나이 52세 때 일이다.

"오르막길 체인의 끊어질 듯한 마디마디에서, 기어의 톱니에서, 뒷바퀴 구동축 베어링에서, 생의 신비는 반짝이면서 부서지고 새롭게 태어나서 흐르고 구른다. 땅 위의 모든 길을 다 갈 수 없고 땅 위의 모든 산맥을 다 넘을 수 없다 해도, 살아서 몸으로 바퀴를 굴려 나아가는 일은 복되다."

그리고 1년 후인 2001년, 명실상부한 작가로 인정받은 작품 〈칼의 노래〉로 동인문학상을 수상한다. 이후 어느 책에선가 김훈은 화려한 이력은 다 지워 버리고 작가 소개란에 간단히 '라이더'라고만 적어 넣었다.

당시 그런 행보를 엿보면서 신선하다 싶었다. 나도 모르게 기자나 작가에 대해 갖고 있던 '창백함과 나약함'이라는 편견이 확 깨졌던 순간이다. 연필로 꾹꾹 눌러 쓴 가지런한 문장은 시처럼 스며들었다. 그 나이의 글쟁이가 자동차 아닌 자전거를 타고 굽이치는 산야를 헤매고 다녔다는 사실에 마음을 빼앗겼다.

고등학교 1, 2학년 시절, 그림을 꽤 잘 그리는 편이었다. 미술 선생님 추천으로 오후 시간을 미술반 활동에 할애했다. 그런데 3학년이 되자, 이번엔 담임선생님의 만류로 미술반을 그만두어야 했다. 한 명이라도 더 좋은 대학에 보내야 하는 것이 고등학교의 주된 사명이었다. 나더러 딴짓 하지 말고 공부 쪽에만 치중하라는 암묵의 강요였다.

그렇게 공부에만 충실했던 나는, 대학에 가서도 강의를 듣고 책을 읽고 글을 쓰고 사람들과 토론을 하며 4년을 보냈다. 모두 다 책상에 앉아서 머리와 손과 입을 쓰는 일이었다. 졸업을 한 뒤에도 육체 활동과는 거리가 먼 전형적인 정신노 동자로 살았다.

술과 담배와 커피는 늘 가까이 있었다. 반면 땀과 근육, 힘에 관한 욕구는 찾아보기 어려웠다. 한 번도 그것을 이상하다고 여기지 않았다. 무의식적으로 신체 활동과 정신 활동을 분리하는 이원론적인 사고에 익숙해져 있었기 때문이다.

내 양팔 저울은 언제든 정신 활동 쪽으로만 기울어졌다. 지적인 능력을 벼리는 데에만 관심을 두었다. 육체적인 능력에 대해선 무시하고 천대했다. 내 몸에 그런 잠재력이 있으리라고는 꿈에도 생각해 보지 않았다. 책을 읽고 만드는 에디터가 게으르고 허약하고 피곤한 것은 당연한 일이었다.

얼마나 짧고 어리석은 생각이었던가. '철학자나 작가는 허약하고, 스포츠맨은 똑똑하지 않다'는 식의 고정관념은 꽤나 깊고 끈질기다. 그러한 편견 때문에, 한쪽으로만 쏠린 불완전한 삶을 잘도 용인해 왔다. 마흔 살에 운동을 시작하고 나서야 알았다. 나 같은 에디터도 얼마든지 지적 활동과 육체 운동을 병행할 수 있다는 걸.

우리는 현명하면서도 강한 존재로 태어났다. 따라서 육체와 정신 활동이 조화를 이루는 삶을 추구해야 한다. 특히 정신 노동자에게 규칙적으로 몸을 움직이는 행위는 누락하거나 천대해서는 안 될 필수불가결한 요소다. 〈굿 워크〉를 쓴 E. F. 슈마허는 이렇게 말한다.

"적당한 육체노동은 설령 힘들다 하더라도 그다지 많은 집중력이 필요하지 않지만 정신노동은 엄청난 집중력을 요구합니다. 정신노동을 하는 경우 영적인 일에 매진할 집중력이 남아 있기 어렵습니다. 분명히 고된 육체노동을 하는 농부가 긴장감에 시달리는 사무직 노동자보다 마음을 훨씬 잘 조절하여 신성神性에 쉽게 다가갈 수 있습니다."

즉 몰입과 긴장을 반복하며 일하는 정신노동자일수록, 오히려 집중력을 잠깐 내려놓을 수 있는 적당한 혹은 격렬한 육체 활동이 절실한 법이다. 그래야 자기 분야에서 롱런하며 원하는 성과를 내는 것이 가능해진다. 우리가 알고 있는 몇몇 현명한 지적 노동자들은 '더 이상 비밀이 아닌 비밀'을 이미 일상생활에서 실천하며 탁월한 성취를 이루었다.

현대 실존주의 철학의 선구자로 추앙받는 덴마크의 철학자 키에르케고르는 이렇게 말했다.

"나는 걸으면서 나의 가장 풍요로운 생각들을 얻게 되었다. 걸으면서 쫓아버릴 수 없을 만큼 무거운 생각이란 하나도 없다."

역사상 가장 위대한 박물학자이자 사상가인 찰스 다윈은 30년간 매일 하루 세 번 산책을 했다. 세상을 뜨기 바로 직전까지도 걷기를 계속했다. 건강이 안 좋았고, 스트레스를 많이 받았으며, 코담배를 즐겼음에도 불구하고 그는 73세까지 살면서 〈종의 기원〉을 비롯해 수많은 저작을 남겼다. 그 바탕에는 아마도 규칙적인 '걷기'가 큰 역할을 했으리라.

다윈과 비슷한 시대를 살았던 러시아의 대문호 레프 톨스토이는 크고 강인한 몸의 소유자로 무려 열세 명의 자식을 낳았다. 83세의 나이로 장수한 그는 방대한 양의 작품을 남겼으며, 현재 출간된 '전집'은 큰 책으로만 90권에 이른다. '거대하다'라는 뜻의 형용사인 '톨스토이'가 집안의 성姓이 된 것을 보면, 흐르는 피 속에 크고 강인한 몸의 유전자를 갖고 태어났을 것이다. 하지만 슈테판 츠바이크가 쓴 평전 〈톨스토이를 쓰다〉를 읽으면서 지금껏 몰랐던 놀라운 사실을 알았다.

"자전거 타기를 배우려는 호기심이 67세의 노인을 유혹하는가 하면, 70세에는 스케이트를 타고 얼음판을 미끄러져 나가고, 80세에는 체조를 하면서 날마다 근육을 단련했다. 죽기 바로 직전인 82세에도, 그는 말을 타고 20여 킬로미터나 질주하곤 했다."

선천적으로 타고난 몸에 머물지 않고 평생 열정적으로 단련하고 움직였기에, 그런 어마어마한 저작이 가능했다고 유추할 수 있다.

20세기 동안 가장 유명하고 영향력 있는 인물로 손꼽히는 물리학자 아인슈타인은 취미로 바이올린 연주를 하고 자전거를 즐겨 탔다. 자전거 타기를 인생에 비유하며 "균형을 잡으려면 계속 움직여야 한다"고 말했다. 자전거를 타다가 상대성 이론을 생각해 냈다는 일화는 이미 잘 알려져 있다.

일상의 개념 체계를 송두리째 뒤흔든 복잡한 이론을 늘

머릿속에 간직하고 있어야 하는 과학자에게 자전거는 어떤 존재였을까. 답답한 연구실을 벗어나는 운동이자 머릿속을 개운하게 씻어주는 오락이었을 것이다.

비단 아인슈타인 같은 과학자뿐만이 아니다. 온종일 의자에 앉아서 자판을 두드리며 일하는 현대의 사무직 노동자에게 왜 자전거가 필요할까? 앞서 소개한 〈아메리카 자전거 여행〉을 쓴 홍은택은 본인의 경험을 통해서 두 가지 이유를 든다.

첫째, 육체적인 도전을 통해서 정신적인 안식을 얻을 수 있다. 특히 기계적이고 반복적인 페달 밟기는 사고를 단순화 시키는 데 최고다. 둘째, 앉아 있는 삶에서 움직이는 삶으로의 변화가 필요하다. 도시 속 사무실 생활은 사람을 수동적이며 욕구 불만 상태로 만든다. 홍은택 또한 오랜 세월 기자로 살았고, 작가를 겸하면서 현재까지 활발하게 정신노동의 첨단에서 일하는 사람이다. 그 누구보다도 자전거의 효능이 절실하지 않았을까.

82세의 나이로 세상을 떠나는 그 순간까지, 인간으로서의 존엄과 삶을 긍정했던 올리버 색스. 위대한 의사이자 작가였던 그가 타계 직전에 남긴 자서전 〈온 더 무브〉에는 파란만장한 인생의 궤적이 오롯이 담겼다. 휴식을 모르는 에너지와 열정이 넘쳐 났던 삶의 비결 중 남다른 하나는, 매일 1킬로미터씩 했다는 수영이다.

최근 신문에 실린 97세 철학자 김형석 씨의 인터뷰를 읽었다. 삶에 예의를 지키며 조용한 신앙생활을 이어 온 그는 여전히 왕성한 저술 활동으로 주위를 놀라게 한다. 100년 가까이 살면서도 어떻게 그런 기운과 총명함을 유지할 수 있을까? 아나나 다를까, 30년간 일주일에 세 번 수영을 꾸준히 계속해 왔다는 부분에서 절로 무릎을 쳤다.

26년에 걸쳐 세계 각지를 돌아다니며 풀 마라톤과 100킬로미터 울트라 마라톤, 트라이애슬론에 도전해 온 무라카미 하루키. 대학생 시절 읽은 〈상실의 시대〉를 시작으로, 30년이 흐른 지금까지 새 작품이 나올 때마다 빠짐없이 읽어 온 나는 '하루키 마니아'다.

그는 데뷔한 이후 40년 동안 셀 수 없이 많은 에세이와 소설을 출간했다. 2017년에는 68세의 나이에도 불구하고 〈기사단장 죽이기〉라는 본격 장편소설을 발표하며 여전히 세계적인 작가로 건재함을 과시했다. 하루키야말로 육체와 정신의 일체성을 증명하는 가장 완벽한 증인이 아닌가.

왕성한 작품 활동과 문학적인 성취를 가능케 한 원동력으로 혹독한 마라톤을 즐기는 그는 〈달리기를 말할 때 내가 하고 싶은 이야기〉라는 책을 써냈다. 작가에게 필요 불가결한 체력과 집중력 그리고 지구력을 길러 온 과정을 솔직하고 생생하게 고백한다. 내가 가장 좋아하는 책 중에 한 권이다.

"만약 내 묘비명 같은 것이 있다고 하면, 그리고 그 문구를 내가 선택하는 게 가능하다면, 이렇게 써넣고 싶다.

무라카미 하루키

작가(그리고 러너)

1949~20**

적어도 끝까지 걷지는 않았다."

아아, 부럽고도 멋지다는 말밖에 도무지 덧붙일 말이 없다. 이런 묘비명을 남기고 싶다면, 매년 후보자로 오르내리는 노벨문학상은 사실 그에게 별다른 의미가 없어 보인다.

포털에 연재될 때부터 인생 교과서이자 직장생활 교본으로 가히 대한민국을 '미생 신드롬'에 빠뜨렸던 만화책. 〈미생〉을 샅샅이 읽고 머리에 새긴 명언 중에 가장 내 마음을 움직인 말은 무엇일까. 수준 높은 바둑 얘기도 아니요, 직장에서 터득해야 할 요령도 아니었다.

〈미생〉 4권에서 프로 기사가 된 장그래를 앞에 두고, 사범은 바둑만 잘 두라고 가르치지 않는다. 오히려 바둑보다 더 중요한 것은 '체력'이라고 말한다.

　"네가 이루고 싶은 게 있거든 체력을 먼저 길러라. 평생 해야 할 일이라고 생각되거든 체력을 먼저 길러라. 게으름, 나태, 권태, 짜증, 우울, 분노, 모두 체력이 버티지 못해서, 정신이 몸의 지배를 받아 나타나는 증상이야."

　정신력을 뒷받침하는 것은 체력이다. 날이 선 정신노동자로 길게 살려면 무엇보다 체력부터 키워야 한다. 체력이야말로 죽는 그 순간까지 키우고 유지해야 할 일생일대의 프로젝트다. 이제 좀 설득이 되는가?

결혼 20주년, 당신은 무엇을 하겠습니까?

혹시 크루즈를 타 본 적이 있는지? 나는 타 봤다. 2009년이니 거의 10년 전쯤이다. 흔치 않은 경험이었기에 지금까지도 기억이 생생하다. 직접 타 보기 전부터 크루즈 여행이 어떤 것인지는 이미 잘 알았다. 고등학생 시절, 미국 드라마 〈사랑의 유람선〉 시리즈를 즐겨 보면서 간접 체험을 충분히 했기 때문이다.

로망은 가득 했지만, 설마 내 생애에 크루즈를 직접 타 볼 줄은 몰랐다. 티켓 가격이 얼마인지도 모르면서, 순진한 고등학생에겐 천문학적인 숫자로 가늠되었다. 복권이라도 당첨되어야 나 같은 서민이 탈 수 있는 게 아닌가 싶었다.

그런데 뜻하지 않게 마흔 넘어서, 봄밤에 내리는 반가운 비처럼 기회가 찾아왔다. 남편은 한 미국 회사에서 만드는 계측기를 수입해 국내에다 팔고 있다. 그 회사에서는 몇 년에 한 번씩 큰 컨퍼런스를 열어, 세계 각국에서 일하는 대리점들을 초청했다.

당시엔 미국 경기가 호황이었고, 유독 그해의 매출 성과가 좋았나 보다. 평소처럼 태국의 휴양지가 아닌 크루즈에서 개최한다는 알림 메일이 날아왔다. 부러워서 침을 흘리는데, 영어 잘하는 남편이 웬일로 나더러 내용을 잘 읽어 보라고 채근했다.

"spouse? 배우자?"

그렇다. 통이 크게도 당사자뿐 아니라 배우자까지 부부 동반으로 초청한다는 게 아닌가. 스케줄을 확인할 것도 없이, 무조건 동반하겠다는 답장을 보내라고 했다.

"중요한 일이 생겨서 휴가 내기 어려우면 어쩌려고?"

이보다 중요한 게 뭐가 있겠는가. 이판사판 사표를 던지고라도 가겠다고 농담할 만큼 크루즈는 매혹적이었다. 세계적인 휴양지 미국 마이애미에서 출발하여, 6박 7일간 카리브해를 돌다가 다시 마이애미로 돌아오는 코스였다.

과연 크루즈는 기대 이상이었다. 승선하는 순간 제공되는 칵테일을 시작으로, 매끼마다 세계 각국의 대표 요리가 끊임없이 제공되었다. 모든 승객이 멋지게 차려입고 즐기는 저녁 정찬은 최고급 레스토랑과 다를 바 없었다.

그뿐인가. 매일 밤 극장에서, 또 갑판에서 각종 공연과 파티가 벌어졌다. 틈틈이 크루즈에서 내려 원주민들이 사는 육지를 구경하느라 지루할 새가 없었다. 가오리 가득한 바닷속에서 했던 스노클링은 특별한 경험이었다. 하루하루가 꿈꾸는 것처럼 현실감이 없었다. 이런 천국이 있다니!

남편은 컨퍼런스에 참여하느라 나만큼 즐기지 못했겠지만, 그 모든 시설과 음식과 공연을 샅샅이 훑어본 나는 굳게 다짐했다. 앞으로 열심히 돈을 모으자! 그래서 결혼 20주년이 되는 해에 또 다시 크루즈를 타자! 평소 기념일을 꼼꼼히 챙길 만큼 섬세하지도 않은데다가, 서로 바쁘게 사느라 매년 밥 한 끼로 때우곤 했다. 그래도 20주년은 부부에게 큰 의미가 있는 날이 아닌가.

그러나 그 사이에 우리 집에는 많은 변화가 생겼다. 우선 미술대학을 가기로 결심하고 나름대로 밤늦도록 학원을 오가던 아들이 그해에 대학을 가지 못했다. 어차피 대학 교육에 큰 기대는 없었지만, 막상 떨어지고 나니 어디서부터 수습해야 할지 막막했다.

모든 의욕을 잃은 아들은 방 안에만 처박혀 지냈다. 그럴 때 맞은 20주년 결혼기념일이 기쁠 리가 있나. 게다가 이미 크루즈 따위는 내 머릿속에서 사라져 버린 지 오래였다. 트라이애슬론을 하는 '마녀체력'의 소유자에게, 안락한 배 안에 머무는 여행은 더 이상 매력적인 선택지가 아니었다.

그렇다고 20년 만에 찾아온 부부의 기념일을 망칠 수는 없었다. 우리 부부는 자전거 투어를 하기 위해 구입한 똑같이 생긴 미니벨로 두 대를 차 트렁크에 실었다. 2박 3일간 동백꽃이나 보고 오자 싶어 남쪽으로 내려갔다.

숙소에다 차를 세워 놓고, 내가 좋아하는 고창 선운사와 고인돌 공원 등을 누비고 다녔다. 걸어서 구경하기 힘든 한적한 관광지는 자전거로 돌기에 안성맞춤이었다. 다음 행선지인 해남으로 가는 여정에도, 경치 좋은 곳을 만날 때마다 차를 세우고 자전거를 꺼내 신나게 타고 다녔다.

자전거 페달을 돌리면서 꽃구경을 할 때만큼은 아들의 실패를 지켜봐야 하는 부모로서의 고통을 깡그리 잊었다. 다 함께 좁은 집에 얼굴을 구긴 채 앉아 있는다고 해결될 문제가 아니었다. 부모인 우리가 먼저 의연하게 심기일전해서, 어깨를 늘어뜨린 아들 녀석을 일으켜 세워야 했다.

사람은 고통을 당해 봐야 한없이 낮아지면서 종교에 의지하고 싶어지는 걸까. 1년에 한 번 석가탄신일에만 간신히 부모님을 모시고 절에 가던 우리였다. 약속이나 한 듯 절을 만날 때마다 대웅전에 가서 손을 모았다. 선운사, 해남의 대흥사와 미황사에 겸손하게 등을 달았다. 대학 합격이 아니라, 아들 녀석이 다시 힘을 내게 해달라고 기원했다.

기도가 부처님 귀에 닿았을까. 4월이 되자 아들은 방에서 나와, 제 의지로 다시 학원에 다니기 시작했다. 연습을 거듭한 결과 그림 실력이 눈에 띄게 나아졌다. 작년에 떨어졌던 곳까지 포함해 아홉 군데 대학에 응모해서 모두 붙었다. 자기가 공부하고 싶은 전공을 찾았으니, 그것으로 더 바랄 게 없었다.

이렇게 해서 결혼 21주년엔 진정 우리가 원하는 여행지로 떠날 수 있었다. 7박 8일 일정으로 네팔의 히말라야 푼힐 전망대에 오르는 트레킹이었다. 이왕이면 '현지인 생산품 위주로 소비하고 제값을 다 계산하는' 공정여행을 택했다.

셰르파가 짐을 나눠 들어주겠지만 5일 내내 산을 올라야 하므로 기본 체력이 없으면 갈 수 없는 곳이다. 더군다나 추운 산 위에 자리 잡은 허름한 '롯지'에서 잠을 자야 한다. 물이 부족하니 제대로 씻기도 어려울 터였다. 아무리 풍경이 아름답다고 꼬셔도, 웬만해서는 결정하기 쉽지 않은 여정이었다.

마침 우리가 떠나기 직전인 4월, 소설가 정유정이 〈정유정의 히말라야 환상방황〉을 출간해 좋은 길잡이가 되었다. 15일간이나 안나푸르나를 크게 원으로 돌며 종주를 마쳤다. 빌 브라이슨의 팬이라고 자처하는 그녀 또한 〈나를 부르는 숲〉을 읽었을 터였다. 가슴속에서 들리는 먼 북소리를 듣고, '바로 지금'이 아니면 안 되겠다 싶어 히말라야를 택했으리라. 골방 체질에 여권조차 없었던 정유정 작가가 해발 5천 미터의 쏘롱라패스를 통과해 냈다. 그렇다면 3천 고지의 푼힐 전망대는 그다지 어렵지 않을 거라는 자신감이 생겼다.

히말라야 여행 얘기를 어떻게 다 풀어놓을까. 노련한 셰르파 한 명에 이번 일이 처음이라는 풋풋한 셰르파 한 명, 가이드를 맡은 여성과 인도에 산다는 사촌 여동생, 그리고 우리 부부가 한 팀이 되어 5박을 함께 걷고 자고 먹었다. 예상했던 것보다 히말라야는 훨씬 더 느긋하고 평화로웠다. 우리가 선택한 트레킹 코스는 한적했으며, 통과하는 마을마다 선한 눈빛을 지닌 사람들이 손을 흔들어 주었다.

가장 인상 깊었던 에피소드 중 하나. 롯지에 도착하니 샤워실 문에 '핫 워터'가 나온다고 쓰여 있는 게 아닌가. "이게 웬 떡이냐" 싶어 추워도 과감하게 옷을 홀딱 벗고 들어갔다. 잠시 후 톡톡 노크 소리와 함께, 뜨거운 물 한 양동이를 갖다 주는 것이 아닌가. 어이가 없었지만, 그나마도 얼마나 반갑던지.

잠에서 깨어나 문을 열고 나가면 안나푸르나 산맥이 코앞까지 다가와 있었다. 달콤한 찌아 한 잔을 마시며 흔들의자에 앉아 있으면 식탁 위에 소박한 아침 식사가 차려졌다. 천국이 따로 없었다. 이런 공간과 시간을 향유하다니, 당장 죽어도 여한이 없었다.

깜깜한 새벽에 푼힐 전망대에 올라가 맞은 일출은 또 어떤가. 세상에서 가장 신성하고 장엄한 풍경에 잠시 말을 잊었다. 밤이면 롯지의 난로를 둘러싸고, 세계에서 모인 사람들이 두런두런 나누던 대화들. 창밖으로 새까만 밤이 깊어 가는데 아무도 들어가 잘 생각을 하지 않았다.

마지막 날은 특별히 셰르파의 고모네 집에 들러 숙박했다. 오랜만에 찾은 시골집처럼 정겹게 둘러앉아 전통 음식을 만들어 먹었다. 현지인들은 비싸서 못 사먹는다는 '신라면'을 잔뜩 끓여 성대한 파티를 벌이기도 했다. 지금 생각해도 그립고, 따스한 정경이다. 또 가고 싶어서 가슴이 벅차오른다.

네팔과의 인연은 단순한 여행으로만 끝나지 않았다. 1년 후 5월에 강도 7이 넘는 큰 지진이 네팔을 휩쓸었을 때, 나는 차마 외면하지 못했다. 작년에 들렀던 박타푸르라는 아름다운 옛 도시의 유적이 무너졌다니! 뉴스에 나오는 남의 나라 얘기로만 들리지 않았다.

지인들과 후배, 친구들을 총동원해서 더도 말고 만 원씩만 내달라고 모금 활동을 펼쳤다. 그렇게 해서 200만 원이나 되는 큰돈을 모았다. 여행 때 만난 NGO 출신 여행 가이드에게 메일로 연락하여 성금을 보냈다. 우기가 닥쳐서 조난민에게 가장 필요한 텐트를 사는 데 보태겠다는 답장이 돌아왔다.

그 히말라야 여행은, 잊지 못하는 첫사랑처럼 떠올릴 때마다 속을 허하게 만든다. 그럴 때마다 우리는 동대문에 있는 '에베레스트' 식당에 들러 소박한 네팔 음식을 먹으며 마음을 달랜다.

체력이 강해진 이후, 내가 즐기는 여행의 방식마저 그렇게 달라졌다. 예전 같으면 크루즈를 연호하든가, 아니면 푸켓 같은 바닷가에서 꼼짝 않고 쉬는 여행에 끌렸을 거다. 하지만 이제 화려한 도시나 유명 휴양지를 돌아다니는 일엔 흥미가 떨어졌다.

슈트케이스 대신 배낭을 메고, 구두 대신 운동화를 신고, 땀을 줄줄 쏟으며 걷고 싶다. 끝없이 펼쳐진 위대한 자연의 품으로 들어가 천국을 음미하고 싶다. 아무리 돈이 많은 재벌이라도 제 발로 걷지 않고는 갈 수 없는 곳, 아무리 시간이 많은 여행자라도 체력 없이는 꿈꿀 수 없는 곳. 앞으로는 그런 데를 우선순위로 골라 여행할 참이다. 튼튼한 체력의 소유자만이 누릴 수 있는 천혜의 절경 말이다.

결혼 25주년을 맞는 2018년, 올해는 프랑스의 몽블랑 트레킹을 예약해 두었다. 이제 우리에게 몇 번이나 더 결혼기념일이 찾아올지 모르겠다. 천상병 시인이 남긴 시처럼 '아름다운 이 세상 소풍 끝내는 날까지' 세상 구경하며 신명나게 걸어 봅시다.

목소리 떨던 에디터가 생방송을 하기까지

말을 잘 한다는 것은 큰 장점이다. 대중 앞에 섰을 때 떨지 않고 말할 수 있다면 멋진 재주에 가깝다. 내성적인 누군가는 '사람들 앞에 서서 말할 일이 없으니 다행'이라고 안심할지도 모른다. 그런데 살다 보면 꼭 일과 관련되지 않더라도, 나서서 말을 해야 할 경우가 종종 생긴다. 하다못해 부모님 칠순 잔치에서도 마이크를 들고 감사의 말을 전해야 하지 않나. 요즘엔 술자리에서조차 간단한 건배사를 요청받는 일이 많다.

나는 어떤 쪽이냐 하면, 잔뜩 긴장하는 바람에 목소리가 떨리곤 했다. 일대일, 혹은 소수가 만나 가벼운 대화를 나누는 데는 문제가 없었다. 그런데 사람들 앞에 나가 말을 할 때마다 머릿속이 뒤죽박죽 엉키면서 중언부언하는 게 느껴졌다. 심하게 긴장하면 마이크를 쥔 손까지 흔들렸다.

내가 다녔던 출판사는 한때 출판 브랜드가 20여 개도 넘을 만큼 번창했다. 브랜드 하나를 맡아 경영하면 비록 팀원이 한둘밖에 없어도 어엿하게 '대표님'으로 불렸다. 그런 사람들끼리 1년에 두어 번씩 강당에 모여서 매출 실적을 공유했다. 내년에는 어떤 책을 만들어 팔 것인지, 기대되는 출간 리스트를 발표하는 자리이기도 했다. 그 전날이면 어디 도망이라도 가고 싶을 만큼 부담이 되었다. 나 혼자만 발표하는 게 아니라는 것으로 간신히 위안을 삼았다.

한번은 앞서 네 명이 차례로 발표하고, 다섯 번째가 내 순서였다. 하필 내 앞에 먼저 한 사람의 발표가 유난히 지지부진 엿가락처럼 늘어졌다. 그런데 다음에 이어진 내 발표마저 아무런 임팩트도 없이 밋밋하고 지루하게 흘러갔으니! 떨리는 목소리를 감추느라 볼륨마저 점점 잦아들었다. 이 괴롭기 짝이 없는 시간을 빨리 건너뛰는 데만 급급했다. 앞에 앉아서 듣고 있던 CEO가 참다못해 한소리를 던졌다.

"대표라는 사람들이 말이야, 이렇게 발표를 못해서야…"

책 만드는 에디터가 말 좀 못하면 어떤가. 그런 핑계를 앞세워 그 자리를 얼른 모면하고 싶었던 내게 불똥이 튀었다. 어영부영 마무리를 하고 나서 내 자리로 돌아와 앉았다. 부끄러워서 영원히 투명인간이 되고 싶었다. 솔직히 고백하건대, 앞에 나와서 말하고 있는 나조차 멍하니 듣고 있는 사람들을 보면서 하품이 나올 지경이었다.

돌이켜 생각해 보면, 사람들 앞에 나서서 말을 한다는 행위 자체가 부담스럽다는 건 두 번째 이유였다. 목소리가 떨리고, 술에 물이라도 탄 듯 지리멸렬하게 흘러간 가장 큰 이유는 발표할 내용에 자신감이 없었기 때문이다.

목표한 매출을 달성하기는커녕 영업 이익이 마이너스였던 그해의 경영 실적은 형편없었다. 내년도에 남들에게 자랑할 만한 획기적인 기획물도 미처 준비하지 못했다. 그런 시답 잖은 내용을 남들 앞에서 떠들어야 했으니, 주눅 들고 목소리에 힘이 없을 수밖에.

대편집자가 된 뒤로 경영 실적을 발표할 일은 사라졌다. 그런데 모두가 모인 똑같은 자리에서 내년도 출판 트렌드에 대해 별도로 얘기해 달라는 부탁을 받았다. 부담스러운 마음은 여전했지만, 선배 입장에서 딱 잘라 거절하기가 어려웠다.

이번엔 작정을 하고 오랜 시간 공들여 자료를 만들었다. 나름의 출판 경험과 문화 감각을 진솔하게 전하고 싶었다. 요리조리 효과적으로 전달하려고 정리하다 보니 꽤 재미가 있었다. 여러 번 내용을 수정하는 동안 발표할 내용을 달달 외울 정도였다.

그런 마음이 통했나 보다. 팀장 이상이 모인 그 자리에서 후배들은 눈을 반짝이며, 간간이 웃음을 터뜨리며 내 얘기를 듣는 데 집중했다. 주어진 시간을 넘기지 않고 깔끔하게 마무리했다. 여러 사람들로부터 재미있었고 도움이 많이 되었다는 피드백을 받았다. 여전히 마이크를 쥔 손은 떨렸지만 그만하면 괜찮은 발표였던 것이다.

그렇다면 나는 매출 실적 같은, 엑셀과 숫자로 이루어진

드라이한 내용은 잘 전달하지 못하는 걸까? 그렇지 않았다. 펭귄클래식 대표를 맡은 뒤 다시 했던 사업계획 발표는 이전과 확 달라졌으니까.

자료를 작성할 때부터 어느 시점에서 어떤 식으로 사람들의 주의를 잡아당길 것인지 염두에 두었다. 화려한 말솜씨나 현란한 그래픽 기법은 중요하지 않았다. 청중의 관심을 환기시키면서 내가 끌고 가는 길로 잘 따라오도록 요리하는 것이 필요했다. 즉 프레젠테이션에도 책 한 권을 만들 때와 똑같이 콘셉트와 기획이 있어야 했던 것! 그걸 모르고 재미없는 숫자만 줄줄 읊어댔으니, 발표하는 사람이나 듣는 사람이나 얼마나 괴로웠던가.

직원 교육에 지대한 관심을 갖고 있던 회사는 사외 강사를 초청하여 강의를 듣는 일이 많았다. 그런데 오히려 직무 교육이라면 기존에 같이 일하는 선배들이 더 잘 가르치지 않을까? 그렇다면 사내에서도 얼마든지 강의를 할 수 있는 사람이 있을 거라는 데 착안, 사내 강사 제도를 만들었다.

최고령 선배인 나도 한 과목을 맡아야 했다. 평소 접점이 없었던, 다른 브랜드에 소속된 3~5년 차 어린 에디터들 대상이었다. 가장 잘 아는 '편집'에 관한 교육이니 얼마나 할 얘기가 많겠는가. 방대한 자료를 만드는 데 꼬박 며칠을 할애했다.

제임스 미치너의 작품 〈소설〉에 등장하는 작가, 에디터, 독자, 평론가의 역할을 논하며 서두를 열었다. 과연 진정한 에디터의 정체성은 무엇인지 파고들었다. 책을 만들며 경험한 기획과 편집의 다양한 사례를 쏟아 냈다. 저자의 특성을 파악하여 좋은 관계를 맺는 법을 전해 줬다. 25년 차 에디터의 노하우를 담자니, 네 시간을 쉬지 않고 얘기해도 부족했다.

그 결과 사내 강사 중 최고의 평가 점수를 받았다. 부상으로 강사비까지 나왔다. 물론 내가 받은 가장 큰 보상은 수업 내내 귀를 쫑긋하며 들어준 후배들의 얼굴이었다. 에디터라는 직업에 자부심을 갖도록 만드는 것이, 내가 의도한 이번 교육의 숨겨진 목표였다.

2015년에 퇴사를 한 뒤, 직업을 바꿔 보기로 작정했다. 다른 출판사로 옮기거나 1인 출판을 하는 에디터 일은 하지 않기로 했다. 25년이면 에디터로서 충분히 일한 셈이다. 물론 책 기획과 저자 발굴, 에이전트 업무는 어쩔 수 없이 이어지겠지만, 다른 모험을 하고 싶었다.

지금은 '인생학교'의 대표 강사로서 두 과목을 맡고 있다. 강의하는 주제는 '일과 삶의 균형을 잡는 법'과 '내 짝 찾는 법'이다. 묵묵히 책을 만들던 에디터가 그토록 부담스러워하던 '말로 먹고사는 일'을 선택하다니!

뿐만 아니라, 대학교와 대기업 등에 출강하여 100명도 넘는 사람들 앞에 서서 이야기하는 일이 잦아졌다. '인생학교'에서 열리는 다양한 방식의 토크 콘서트에 게스트로 참여한다. 높은 무대 위에서 스포트라이트를 받으며 앉아 있기도 한다. 내가 생각해도 놀라운 변화고, 신기한 노릇이다.

어느 날, 내가 출연한 팟캐스트를 들었다며 라디오 PD에게 연락이 왔다. '함께하는 저녁길 정은아입니다'라는 라디오 프로그램에서 책 소개를 해 달라는 부탁이었다. 출연 시간은 20여 분에 불과했지만, 생방송이라는 게 문제였다.

'어떻게 되겠지'라는 심정으로 첫 방송을 시작했다. 혹시라도 실수해서 전국 차원의 망신을 당할까 봐 긴장했다. 평소 좋아하던 정은아 아나운서 앞이라 더 떨렸다. 정신없이 마무리 멘트를 하고 스튜디오에서 빠져 나왔다. 생방송 20여 분은 결코 짧은 시간이 아니었다.

서재에 꽂아두고 싶은 책을 매주 한 권씩 소개하는 일은 힘들지 않았다. 다만 자신 있게 말을 하려면 이미 읽었던 책이라도 꼭 다시 훑어봐야 했다. 20분 안에 진행자와 자연스럽게 말을 주고받으며 내용을 전달하려면, 원고부터 잘 써야 했다.

몇 달이나 계속할까 싶었던 방송은 오래 이어졌다. 2016

년 6월부터 2017년 8월까지 매주 목요일, 70여 권 넘게 책을 소개했다. 외국 여행을 가느라 미리 녹음한 걸 제외하면, 1년 넘게 여의도 방송국을 드나든 셈이다. 시간이 날 때는 집에서부터 자전거를 타고 슬렁슬렁 여의도까지 달려가기도 했다.

시간이 갈수록 생방송 진행은 녹음처럼 자연스러워졌다. 1년이 지났을 즈음에는 정은아 아나운서와 눈빛만 봐도 죽이 척척 맞았다. 청취자 사연에 진심으로 공감하고, 게스트와 스태프에게 늘 예의를 다하는 그녀를 보면서 배울 점이 많았다. 비슷한 시기에 KBS 파업을 지지하며, 아쉽게도 우리 둘 다 자진해서 방송을 그만두었다.

대중 앞에 서는 용기와 말솜씨는 어느 날 갑자기 생긴 것이 아니다. 처음에는 여전히 '내가 왜 이런 일을 택했을까' 소화가 안 될 정도였다. 하지만 곧 몇 가지 요령을 깨달았다. 내가 잘 아는 분야에 대해서 얘기할 것, 콘셉트를 정해 발표 자료를 만들 것, 자료를 안 보고도 흐름을 알 만큼 내용을 숙지할 것. 여기까지는 주로 편집자의 노하우에서 배운 것이다.

나머지는 운동을 통해 배웠다. 말하는 데도 연습이 필요하다. 경험이 쌓일수록 말하는 것에 익숙해진다. 하지만 뭐니 뭐니 해도 가장 중요한 것은 좌중을 휘어잡는 자신감이다. 단단한 체력의 소유자가 된 후 나는 사람들 앞에 나서는 것을 더 이상 두려워하지 않는다. 평소와 달리 화려한 옷을 차려입기도 하고, 스포트라이트를 받아도 주눅 들지 않는다. 마이크를 쥔 손은 단단해지고, 목소리는 평소처럼 자연스럽다.

스티브 잡스가 스탠포드 대학 졸업식에서 했다는 축사는 진정성 있는 내용으로 많은 이들에게 회자되었다. 미래를 전혀 예측하지 못한 채 그가 선택한 과거의 일들이, 뒤돌아보면 현재 이뤄 놓은 성과들과 모두 이어져 있다고 했다. 그러니 현재 하는 일들이 반드시 미래로 이어진다고 우직하게 믿으라는 조언이었다.

과연 내 삶에도 그대로 들어맞는 말이다. 책을 읽으며 쌓아 온 지식은 말하는 데 다양한 소재로 써먹고 있다. 꾸준히 모아 놓은 책 리스트는 라디오 방송으로 연결되었다. 운동으로 다져진 인내심으로 라디오 원고를 1년 이상 꾸준히 써온 결과, 저자로 책을 쓸 수 있겠다는 용기가 생겼다. 그리하여 써낸 이 책이, 또 어떤 식으로 내 미래와 연결되어 나갈지 자못 궁금하다.

25년 차 잉꼬부부로 사는 기적

아무리 생각해도 기적 같은 일이다. 피 한 방울 섞이지 않은데다 전혀 다른 환경에서 자란 남녀가 20년 넘게 한집에서 살고 있다니. 통계청 2016년 보고서에 따르면, 혼인 지속기간이 20년 이상 된 부부의 이혼이 전체 이혼 중 30.4퍼센트로 가장 많았다고 한다. 다음으로 5년 미만 된 부부의 이혼이 22.9퍼센트. 이 수치로 보건대, 남녀가 막 결혼해서 서로 맞춰 가는 과정도 힘들지만, 오랫동안 부부 관계를 잘 유지해 나가기가 더 어려운 게 분명하다.

현재 나는 '인생학교'에서 '내 짝 찾는 법' 수업을 맡고 있다. 이왕이면 연애 경험이 많아야 이런 주제를 이끌어 나가는 데 훨씬 유리할 것이다. 그런데 연애 쪽으로 자랑할 만한 경험이 미천한 내가 이 과목을 맡은 이유가 있다. 내 짝을 '첫눈'에 잘 찾았기 때문이다. 첫눈에? 그게 정말 가능하단 말인가?

우리 부부는 대학을 막 졸업하고 신입 사원으로 일할 때, 각자의 친구들이 주선한 소개팅으로 만났다.(우리를 소개시켜 준 그 친구들도 부부가 되어 잘살고 있다.) 썩 맘에 들지도, 그렇다고 싫지도 않은 첫인상이었다.

둘 다 수더분한 성격이 아니어서 티격태격 말꼬리를 잡고 늘어졌다. 그 와중에 잘 마시지도 못하는 오이 소주 향에 취해 내 주량을 넘기고 말았다. 막판 결론이 "우리, 결혼합시다!"였던 것만 어슴푸레 기억에 남았다. 결국 된통 술에 취한 나는 처음 만난 남자 등에 업혀 집까지 갔다.

여느 때처럼 대문 앞에 나와 딸을 기다리던 친정 엄마가 그 꼴사나운 장면을 목격했다. 그날은 꾹 참았다가, 아침에 구역질을 하면서 방에서 기어 나오자마자 다그치기 시작했다. 나는 무섭기도 하고 귀찮기도 해서 "결혼할 남자"라고 해버렸다.

그 말로 인해, 퇴근 후 다시 만난 우리의 결혼은 기정사실이 되어 버렸다. 주말에 그는 우리 집으로 인사를 왔고, 나는 일주일 후에 그 남자네 집을 방문했다. 서로 조건을 재고 자시고 할 것도 없이 전광석화처럼 결혼을 결정했다. 그럼에도 25년간 별 탈 없이 살고 있다. 그러니 '내 짝 찾는 법' 강사로서 자격이 차고 넘치지 않는가.

이 얘기를 들으면 사람들은 어떻게 첫눈에 짝을 알아봤냐고 놀라워한다. 알랭 드 보통이 쓴 〈낭만적 연애와 그 후의 일상〉에 나오는 매우 타당한 문장으로 대답을 대신하련다.

"낭만주의 결혼관은 '알맞은' 사람을 찾는 것이 중요하다고 강조한다. 이는 우리의 허다한 관심사와 가치관에 공감하는 사람을 찾는 것으로 인식된다. 장기적으로 그럴 수 있는 사람은 어디에도 없다. 우리는 너무 다양하고 특이하다. 영구적인 조화는 불가능하다. 우리에게 가장 적합한 파트너는 우연히 기적처럼 모든 취향이 같은 사람이 아니라, 지혜롭고 흔쾌하게 취향의 차이를 놓고 협의할 수 있는 사람이다."

우리 부부는 비슷한 점보다 다른 점이 훨씬 많다. 의견 충돌이 적지 않고, 불만이 고조되는 상황이 종종 발생한다. 입 밖으로 "이혼하자" 소리는 내뱉은 적이 없다. 그러다 홧김에 진짜 이혼할까 봐. 혼자 사는 게 차라리 낫겠다 싶을 때가 왜 없을까. 그럼에도 불구하고 남들 눈에 '잉꼬부부'로 보이는 비결이 몇 가지 있긴 하다.

첫째, 남편이 트라이애슬론이나 마라톤을 한다고 해서 아내가 그 운동을 따라하는 경우는 흔치 않다. 반대로 수영이나 배드민턴은 내가 먼저 시작해서, 남편더러 같이 해 보자고 권한 것이다. 책이나 영화 취향은 다르지만, '운동'이라는 공통 관심사는 지난 10년간 부부 관계를 끈끈하게 이어 주었다.

남편은 혼자만 밖으로 나돌며 즐기지 않았다. 아내를 그 세상으로 찬찬히 끌어당겼다. 나 역시 '불가능한 일'이라고 물러서지 않았다. 꾸준히 노력해서 남편이 있는 세계로 들어갔다. 부부가 모든 취미와 놀이를 공유하기는 어렵다. 그러나 하나라도 '공통된 관심사'가 있어야 둘 사이의 대화가 끊이질 않는다. 거리가 멀게 느껴지지 않는다.

둘째, 나는 남에게 거의 화를 내지 않는 편이다. 그런데 남편에게만은 별일 아닌데도 불처럼 분노의 감정이 솟구칠 때가 있다. 이런 이해할 수 없는 이상한 감정에 대해, 현명한 알랭 드 보통은 역시나 속 시원하게 분석을 해 놨다. "우리가 불만 목록을 노출할 수 있는 사람, 인생의 불의와 결함에 대해 누적된 모든 분노를 받아줄 수 있는 사람은 세상에 단 한 명뿐"이기에 그렇다는 것이다.

하지만 교양 넘치는 우리 부부는 이 분노를 밖으로 표출하지 못했다. 화가 나도 각자 속으로만 삭였고, 소리를 지르는 대신 대화를 멈췄다. 이런 시간이 길어질 때마다 '둘보다 차라리 하나가 낫다'고 자조했을 것이다.

운동을 시작하고 나서, 분노가 생길 때마다 몸으로 푸는 법을 터득했다. 혼자 삭이는 시간을 갖는 건 비슷하다. 하지만 그 후에 나타나는 양상은 완전히 달라졌다. 화가 날 때면 한 시간 정도 아무 생각 없이 수영을 한다. 땀을 뻘뻘 흘리며 나무가 많은 산책길을 달리고 온다. 아니면 자전거를 들고 나가 40킬로미터 정도 격하게 페달을 밟는다.

그렇게 몸을 움직이고 나면 어느새 분노가 사라진다. 기분이 좋아지고 낙관적인 생각이 든다. 집으로 돌아온 나는 왜 화가 났는지 새까맣게 잊은 채 이미 헤실헤실 웃고 있다.

셋째, 미국 최고의 풍자 작가 커트 보네거트는 〈나라 없는 사람〉에 실린 '미국의 대가족'이란 글에서 재미있는 주장을 펼쳤다. 여자들이 원하는 건 가능한 한 많은 사람들과 세상의 모든 것에 대해 이야기를 나누는 것. 반면 남자들은 많은 친구를 바란다고 한다. 따라서 오늘날 수많은 사람들이 이혼하는 이유는 대가족이 아니기 때문이라고 결론지었다.

"오늘날 대부분의 사람들은 결혼을 하면 딱 한 사람과 가정을 이룬다. 신랑은 친구가 하나 생기는데 그나마 여자다. 신부는 이야기 상대가 생기는데 그나마 남자다. 부부 싸움이 벌어지면 사람들은 대개 돈이나 권력이나 섹스나 자녀 양육 같은 것 때문에 싸운다고 생각한다. 사실 두 사람은 자기도 모르게 상대방에게 이렇게 말하고 있는 것이다. 당신만으론 사람이 너무 모자라!"

우리는 결혼 전부터 지금까지 다양한 친구들을 공유해 왔다. 물론 사생활이 사라지고, 둘만의 오붓한 비밀이 없긴 하다. 대신 친구들과 함께하면 배울 점이 많고, 즐거움이 배가된다. 인생이란 어쩌면 나이 들어가면서 비슷한 성향을 지닌, 만나면 즐거운 사람들을 찾아 나가는 과정일지도 모르겠다.

요즘엔 트라이애슬론을 같이 하던 네 명의 친구가 배우자들까지 끌어들여서, 매주 토요일마다 배드민턴을 치고 있다. 아침에 만나 세 시간 정도 낄낄대며 운동을 한 후, 맛있는 점심을 먹고 헤어진다. 우리 부부가 가장 많이 웃고 행복해하는 시간이다.

늘 붙어 있는 부부라 해도, 아내와 남편 각자에겐 자기만의 시간과 공간이 필요한 법이다. 우리는 서로가 하는 일을 존중하며, 일과 관련된 사생활은 터치하지 않는다. 집안의 가계는 내가 맡아 운영하는데, 남편은 그 부분에 대해서 단 한 번도 참견한 적이 없다. 의논할 일은 같이 머리를 맞대고, 알아서 처리할 일은 서로 귀찮게 하지 않는다. 부부에게 가장 중요한 원칙은 이런 '따로 또 같이'가 아닐까.

처음 만난 자리에서 주책없이 술에 취해 버린 여자와 결혼해서, 일한다고 살림에는 전혀 관심 없는 아내를 두어서, 틈만 나면 집안을 온통 책 더미로 만드는 에디터를 만나서, 주말마다 청소기 대신 자전거를 들고 나가는 사람을 곁에 둬서, 남편이 행복한지는 잘 모르겠다. 나는 고맙지만 말이다.

예전에 내가 알던 그 사람이 맞습니까?

"아니, 혹시 편집장님 아니세요? 여기는 웬일이세요?"

춘천에서 열린 트라이애슬론 하프 대회에 나갔을 때다. 아침 일찍 자전거를 내 번호 자리에다 거치해 놓고, 바구니에 운동화 같은 물품을 정리하고 있던 참이었다. 누군가 등 뒤에서 아는 척을 했다. 어디서 많이 본 사람이긴 한데, 처음엔 누군지 얼른 알아보질 못했다. 대중목욕탕에서 유명 배우라도 만난 듯 남자는 눈을 똥그랗게 뜬 채 수선을 떨었다.

가만히 생각해 보니, 7개월 동안 다닌 적이 있는 강남의 출판사에서 물류 창고를 관리하던 분이 아닌가. 근무처가 달라 자주 보지 못했으니 이름까진 떠오르지 않았지만, 2박 3일 워크숍을 함께 간 적이 있어 얼굴이 기억난 것이다.

그때 워크숍에서 직원마다 돌아가며 자기소개를 하는 시간이 있었다. 언뜻 그분이 '철인3종 선수'라는 얘기를 들은 것도 같았다. 운동에 전혀 관심 없던 시절이라, 듣자마자 한 귀로 흘려보냈다. 퇴사를 한 뒤에는 전혀 보지 못하다가 거의 6년 만에, 서점도 아닌 '이상한' 곳에서 '괴상한' 차림으로 마주친 것이다.

그분 입장에서는 말도 안 되는 곳에서 나를 만난 것이 놀라웠나 보다. 책상에 점잖게 앉아 고지식하게 책이나 읽던 편집장 양반이 아닌가? 화장 안 한 맨 얼굴로 쫙 달라붙는 운동복을 입고, 이런 엄한 시간에 자전거를 만지고 있으니 황당하기도 했겠다.

　지난 10년간 내가 변해 가는 과정을 옆에서 지켜보지 못한 이들은, 오랜만에 만나면 다른 사람처럼 보인다고 말한다. 예전보다 오히려 젊어졌다고 느끼는 사람도 있다. 주름살이나 잡티, 피부의 노화 등을 따져 보면 그럴 리가 있나. 동년배에 비해 체중이나 몸매의 변화가 거의 없어서? 몸이 가벼우니 움직임이 재보여서 그럴지도 모른다.

　최근에 일하느라 미국에 살고 있는 교포 한 분을 몇 번 만났다. 내 옷차림이 비슷한 연배의 여성과 영 다르다고 했다. 칭찬의 의미로 한 말이다. 50대 여성이 흔히 선택하는 격식 있고 우아한 옷보다, 움직임이 편하고 캐주얼한 옷을 고수하기 때문이리라. 운동하는 여성으로 살다보니 선호하는 옷 스타일이 달라졌다. 가끔 남들은 입기 꺼리는 강렬한 원색 옷을 걸칠 때도 있다. 딱따구리처럼 앞머리에 빨간색으로 브릿지를 넣기도 한다. 남의 시선을 신경 쓰지 않는 것도 달라진 점 중에 하나다.

　하지만 몸매나 옷차림, 머리 스타일보다 더 사람의 인상을 좌지우지하는 것이 있다. 바로 자신감 넘치는 눈빛과 표정이다. 육체가 달라지고 강해졌다는 자부심은 그대로 온몸에 드러나는 법이다. 작은 키에 왜소한 몸매는 그대로지만, 내 몸에서 뿜어내는 에너지가 강해졌다. 나더러 '작은 거인'처럼 보인다고 말하는 지인도 있다. 운동을 통해 육체의 콤플렉스를 극복하고, 완전히 다른 사람 같은 느낌을 주다니 굉장하지 않은가. 그것도 50이 넘은 나이에 말이다.

사람들은 40대를 지나 50대가 되면, 이제 나이 들어가면서 쪼그라드는 일밖에 남지 않았다고 단정 짓는다. 절대로 그렇지 않다. 나를 보더라도, 지금이야말로 삶의 절정이라는 생각을 자주 한다. 50대가 아닌 60대에도 사람의 몸은 얼마든지 달라질 수 있다.

베르나르 올리비에는 예순 살의 나이까지 30년간 기자로 일했다. 평생 곁에 있을 줄 알았던 아내가 죽고, 자식들 또한 곁을 떠나자 지옥 같은 고독이 시작되었다. 마침내 사회로부터 폐기 처분을 의미하는 통고를 받고 자살까지 생각했을 때, 그를 구원한 것은 다름 아닌 '걷기'였다. 4년에 걸쳐 1만 2천 킬로미터에 달하는 실크로드를 걷고 나니, 새로운 문이 열렸다. 그는 〈떠나든, 머물든.〉에서 걷는 동안 자기 몸에 생긴 변화에 대해 이렇게 묘사한다.

"허리띠 주위에 부어오른 살이 행군의 추진 장치라고 할 다리와 엉덩이 속으로 근육처럼 변해 가는 그 황홀한 연금술을, 움직이는 내 몸 안에서 거의 손으로 만질 듯이 느끼고 있었다. 인간이 서있도록 지탱해 주는 복근이 단단해졌다가 다시 부드러워졌다. 나는 완벽하고 날렵하고 유연한 존재로 거듭나고 있었다. 근육이란 약간 자극만 하면 생겨나서, 나이하고는 상관없었다. 몸이 다시 만들어지면서 나도 다시 젊어졌다."

그는 움직이지 않으려는 도시 노동자들을 향해 일갈한다.

"걷는 건 고통이라고 말하는 책벌레는, 아마도 오래 걸어본 적이 단 한 번도 없으리라."

운동은 외모의 변화뿐 아니라 내장 기관에도 영향을 미치나 보다. 나는 잔병치레를 많이 하는 편이었다. 먼지나 담배 연기 등에 민감한데다 호흡기가 약해서 감기에 자주 걸렸다. 한번은 6개월 이상을 원인 모를 지독한 기침에 시달린 적이 있다. 양약에 한약, 민간요법까지 총동원하여 별짓을 다했지만 낫지 않아서 몹시 절망스러웠다. 말을 이어가지 못할 만큼 가래가 쏟아지는 바람에 빈 플라스틱 병을 아예 주머니에 넣고 다녔다. 그런 폐병 환자 같은 모습을 나에 대한 안 좋은 인상으로 기억하는 사람들도 있다.

전반적으로 몸이 좋아진 탓인지, 요즘은 감기에 걸려도

약하게 앓고 지나간다. 병원을 찾는 일이 확 줄었다. 과학적인 근거는 없지만, 운동을 하는 동안 몸에서 나는 열기로 인해, 감기 바이러스나 균이 금세 죽어 버리는 건 아닐까.

고혈압은 여전히 약을 먹으며 조절하고 있지만, 크게 신경 쓰지 않는다. 고민해 봤자 내가 임의로 할 수 있는 일이 별로 없기 때문이다. 다만 20년 가까이 내 병을 지켜본 주치의에 따르면, 심장이 튼튼해지고 맥이 느려졌다고 한다. 운동을 꾸준히 하는 사람들의 특징이란다.

뇌과학자 정재승은 한 칼럼을 통해서, 중년으로 접어든 뇌가 가장 '절정의 뇌'라는 연구 결과를 보여 주었다. 나이가 들면 기억력이 예전 같지 않고 반응 속도가 현저히 느려진다. 눈이 침침해지고, 심지어 치매 초기 증상과 비슷한 경험을 반복한다. 따라서 그 나이에 리더가 된 사람들은 급격히 자신감을 잃고 나이듦을 억울해 한다.

하지만 연구에 따르면 뇌의 가장 중요한 여섯 가지 인지 능력인 어휘, 언어 기억, 계산, 공간 지각, 반응 속도, 귀납적 추리 중에서 무려 네 가지가 초절정의 성과를 내는 나이대는 45세에서 53세 사이의 중년이라는 결과가 있다. 나빠진 기억력 때문에 고민이 많은 내게도 희망찬 소식이 아닐 수 없다.

결국 우리에겐 몸과 마음, 뇌에 이르기까지 아직 많은 가능성과 시간이 남아 있다는 말이다. 이 세상에 내 마음대로 할 수 있는 건 내 몸밖에 없다. 특히 내 자유 의지로 운동을 하면서 서서히 변해 가는 몸을 지켜보는 건 근사한 경험이다.

운동이 단순히 근육을 단단하게 만들고 심장 기능을 강화하는 데만 효과적인 것은 아니다. 노력하는 '나'라는 존재에 대한 자부심을 갖게 만든다. 나이듦이라는 어쩔 수 없는 한계에 넋 놓고 앉아 있는 것이 아니다. 분발하며 더 나은 인간으로 성장하겠다는 자신감을 보여준다. 그런 자부심과 자신감을 발산하는데, 어찌 내가 예전에 알던 평범한 사람으로 보이겠는가.

에라, 모르겠다, 부산에서 서울까지 도전!

해마다 7월이 시작되면 나는 일찌감치 집으로 향한다. 가능하면 저녁 약속도 잡지 않는다. 흥미진진한 볼거리가 기다리고 있기 때문이다. 매년 프랑스에서 21일 동안 220여 명의 라이더가 3,500여 킬로미터를 달리는 대장정! 바로 '투르 드 프랑스'를 라이브로 보겠다는 일념으로 눈썹을 휘날리며 달려간다. 남들이 자전거 타는 걸 텔레비전으로 지켜보는 게 뭐가 그리 재미있냐고? 모르는 소리.

나는 42.195킬로미터를 달리는 마라톤 중계도 꼼짝 않고 재미있게 지켜보는 사람이다. 달리는 선수와 똑같은 심정으로, 시시각각 결승점에 다가가는 순간을 즐긴다. 선수들의 달리는 포즈나 얼굴 표정의 변화를 보는 게 흥미롭다. 막판 역전 드라마라도 벌어지면 엉덩이까지 들썩거린다.

그에 비하면 투르 드 프랑스는 물장구치다가 다이빙하는 것만큼이나 역동적이다. 알록달록한 유니폼을 입은 선수들이 한순간도 멈추지 않고 혹독하게 페달을 밟는다. 평지를 전력으로 질주하는 건 물론이요, '헤어핀'이라 부르는 끔찍한 오르막길, 경사도가 발딱 서 있는 피레네 산맥을 평속 40킬로미터 이상으로 올라간다.

커브길을 초고속으로 미끄러져 내릴 땐 절벽으로 떨어질 것 같아서, 화면을 지켜보는 것만으로도 구토가 날 지경이다.

아무리 밥 먹고 자전거만 타는 프로라고 해도, 얼마나 강철 같은 심장을 지녀야 저런 라이딩이 가능할까. 눈 깜짝 할 사이에 몇 대의 자전거가 하늘로 날아갈 만큼 끔찍한 충돌 사고가 벌어지기도 한다. 깊은 상처를 입고도 선수들은 붕대를 둘러맨 채 끝까지 질주하는 투혼을 보인다.

한때 '자전거의 황제'로 불리던 랜스 암스트롱은 그의 책 〈이것은 자전거 이야기가 아닙니다〉에서, 투르 드 프랑스를 가리켜 '육체의 시험, 정신의 시험'이라고 말했다.

"추위와 더위, 산과 평원, 패인 홈, 바퀴가 펑크 나기도 하고, 거센 바람, 이루 말할 수 없는 악운, 지루한 무감각, 그리고 무엇보다도 자신에 대한 깊고 근본적인 질문. 투르 드 프랑스는 그저 사이클 경주가 아니다."

올림픽, 그리고 월드컵 다음으로 경기를 지켜보는 시청자가 많다는 스포츠답게 열성 팬이 많다. 선수들이 지나가는 길목마다 지켜 서서 광적으로 응원하는 사람들 보는 재미도 만만치 않다. 그들은 아예 생업을 작파하고, 캠핑카를 빌려 루트 곳곳마다 미리 가서 포진한다. 현장에서 직접 두 눈으로 선수들을 지켜보는 그들이 부러워 죽을 지경이다. 다음 생은 꼭 프랑스 사람으로 태어나련다. 프랑스 시골 구석구석, 스페인이나 룩셈부르크 같은 유럽의 고풍스러운 풍경을 하늘의 시선으로 내려다보는 건 놓칠 수 없는 장관이다.

　하루의 대장정을 마친 선수들이 결승점을 향해 돌진하며 그날의 1등을 가리는 찰나가 가장 흥분되는 순간이다. 마지막까지 에너지를 아껴 놨다가 막판에 괴물처럼 불사르는 선수가 승리한다. 하지만 내가 하이라이트로 뽑는 극적인 순간은 따로 있다. 홀로 앞서서 달리던 선수가 '펠로톤'이라 부르는 거대한 선수 집단에게 따라잡히는 장면. 회오리바람이 사막의 집 한 채를 순식간에 먹어 치우는 것 같다. 어쩌면 그런 혁명 같은 순간을 목격하기 위해 투르 드 프랑스를 지켜보는 걸지도 모른다.

　2016년, 대학에 입학한 지 30년 만에 동기들이 다시 만나는 큰 행사가 열렸다. 쉰 살이 넘으면 새로운 친구를 사귀기 어려울 줄 알았는데, 그건 기우였다. 게다가 졸업생들로 이루어진 자전거 클럽 '타바'에 가입하면서, 실력이 뛰어난 라이더들과 어울리는 기회가 늘어났다.

　실험적인 열정을 지닌 한 친구의 제안에 따라, 가을 고연전에 맞춰 단체로 자전거를 타고 국토대장정을 하자는 야심 찬 계획에 발을 들여놓았다. 트라이애슬론 대회에 나가 장거리를 타 본 경험은 있지만, 부산에서 서울까지 440킬로미터를

2박 3일 동안 완주할 수 있을까. 한적한 한강 자전거 길도 아니요, 옆으로 씽씽 지나갈 자동차의 위협을 견뎌 내야 한다. 게다가 수많은 언덕과 긴 터널, 고가도로를 올라야 한다는 말에 며칠을 고민할 수밖에 없었다.

그러다 10년 전, 쥐가 둥둥 떠다니는 강물에 처음 뛰어들었던 순간을 기억해 냈다. 에잇! 나도 모르겠다, 무조건 해 보는 걸로 마음을 굳혔다. 혼자가 아니라 여럿이 함께 타는 것이니 안전할 것이다. 투르 드 프랑스 선수들처럼 서로 바람막이가 되어 주며, 한 덩어리로 달리는 기분을 맛볼 수 있지 않을까. 더 나이 들면 이런 기회가 다시는 찾아올 것 같지 않았다.

드디어 9월 21일 밤, 부산으로 출발하는 버스에 각자의 자전거 바퀴와 안장을 분리하여 짐칸에다 차곡차곡 실었다. 최고급 25인승 리무진 버스였지만 걱정 반, 기대 반으로 한숨도 자지 못했다. 새벽 4시, 부산 구포역에 도착하자마자 우선 자전거를 꺼내 조립하고, 따끈한 돼지국밥으로 허기를 채웠다. 드디어 72학번부터 01학번까지 다양한 연령대로 이루어진 27명의 라이더들이 전조등을 켜고 어둠을 가르며 달리기 시작했다. 여자 선수는 나를 포함하여 단 두 명뿐이었다.

라이딩 대장이 촘촘히 짜놓은 루트에 따라 정확히 달리

고 쉬고를 반복했다. 부산, 김해, 진영, 부곡 등의 지역을 지나면서도 표지판으로만 도시 이름을 확인할 뿐이었다. 다만 몸으로 톡톡히 배운 게 있다면, 우리나라 국도는 평지가 거의 없다는 사실. 오르막과 내리막이 이토록 반복될 수 있다니! 한강 자전거 길에만 익숙했던 데다가 잠을 자지 못한 나는 초반부터 남자들에 비해 힘이 딸려서 헉헉댈 수밖에 없었다.

제일 오르기 힘들다는 고개를 만나 체인까지 빠지는 바람에 덜렁 자빠졌다. 체인을 건다고 낑낑대다가 그룹에서 나 혼자 뒤떨어지고 말았다. 본진에서 500미터 이상 혼자 떨어지면 위험하니 서포트카를 타기로 사전에 약속했기에 여기서 그만 포기해야 하나 싶었다. 다행히 차량이 많은 지역이 아니었다. 한 번 차에 타고 나면, 힘들 때마다 계속 올라타고 싶어질 것이다. 고개를 바짝 들고 혼자서 5킬로미터 이상 바람을 맞으며 외롭게 달린 끝에 멀리서 기다려 주는 일행과 간신히 합류했다.

처음 걱정과는 달리, 결국 나는 단 한 번도 차에 올라타지 않고 자전거 안장에 앉은 채 440킬로미터를 완주했다. 마지막 날, 오산과 평화 공원에서 우리가 도착하기를 기다리던 50여 명의 라이더가 차례로 행렬에 합류했다. 두 줄로 늘어서서 일사불란하게 페달을 돌리던 자주색 무리는 고연전 축제가 열리고 있는 목동 종합운동장으로 무사히 입성했다. 60대 선배님을 포함하여 대부분 50대 중년으로 이루어진 라이더들이 낙차나 충돌 사고 없이, 한 사람의 낙오도 없이, 440킬로미터를 계획된 시간에 맞춰 모두 완주했다는 것은 자전거 계에선 실로 기적에 가까운 일이다.

남자 동기 중 한 명은 중간에 너무 힘들어서 그만두고 싶은 마음이 굴뚝같았다고 한다.

"네가 포기하면 나도 그만두려고 기회만 엿봤지. 그런데 끝까지 악착스럽게 달리더라고. 너도 포기하지 않는데, 내가 어떻게 먼저 차에 타겠냐."

자전거는 혼자 타도 재미있지만, 여럿이 함께 타면 엄청난 시너지를 낼 수 있다. 또한 장거리를 타고 나면 자신감이 커지고 실력이 한층 업그레이드된다. 뒤늦게 자전거를 함께 탈 친구들이 생겼으니 섬진강에 벚꽃을 보러 갈 수 있겠다. 제주도 일주를 시작으로 일본, 대만, 더 나아가 네덜란드나 독일처럼 자전거 길이 잘 정비된 나라까지 진출해 보고 싶다. 다 함께 투르 드 프랑스 선수들이 가는 길을 달려보자고 계획을 짤지도 모른다. 혼자 가지 못하는 멀고 겁나는 길은, 친구들과 함께라면 어쩐지 갈 수 있을 것만 같다.

40보다 멋진 50, 50보다 건강한 60을 위하여

일본에 여행 갔을 때 재미난 광경을 본 적이 있다. 할머니들끼리 단체 관광을 온 것 같은데, 한국의 풍경과 확연히 다른 점이 눈에 띄었다. 일본 할머니 중 그 누구도 땅에 쭈그려 앉은 사람이 없었다. 다들 꼿꼿이 서 있는 거다. 하도 신기해서 일본 가이드에게 물어봤다.

"글쎄요, 어릴 때부터 자전거를 많이 타서 그런 게 아닐까요?"

하긴 일본에 갈 때마다, 사람들이 자전거를 너무 잘 타서 놀란다. 비오는 날 한 손에 우산을 들고 타는 것은 기본이다. 안장 앞뒤로 보조 의자를 두 개 매달아 아이 둘을 태우고 달리는 엄마가 흔하다. 스커트 차림에 구두를 신고 출근하는 아가씨, 육십 세가 훨씬 넘어 보이는 할머니도 요리조리 피해 가며 잘 달린다. 넓은 인도 위에 자전거 길이 나 있어서 보행자와 함께 길을 공유한다. 슈퍼마켓이나 지하철역, 일상 공간 어디든 자전거가 즐비하게 주차되어 있다. 의학적으로 맞는 대답인지 모르겠지만, 그 말이 정답이라고 믿고 싶다.

마흔 살부터 멋모르고 운동을 시작하여 10년간 걸어온 길을 되돌아보니, 인생의 궤적이 달라졌다. 책 읽는 에디터로만 살았다면 맛보지 못했을 열렬한 순간들을 경험했다. 그것만으로도 운동 습관과 체력은 내게 충분한 혜택을 선물한 셈이다. 그런데 쉰 살을 넘기고 보니, 그 혜택은 단순한 즐거움과 열정으로만 끝나지 않았다.

친구 중 하나는 이미 마흔 중반에 오십견의 고통을 호소하기 시작했다. 뭔가에 걸려 넘어졌을 뿐인데 크게 다치는 일이 벌어졌다. 또 누군가는 소리 소문 없이 찾아온다는 갱년기 증상과 우울증에 시달렸다. 오랜 컴퓨터 작업에 따른 목 디스크와 손목 부상, 척추측만증은 언제 터질지 모르는 복병이었다.

나 역시 일에 집중하는 스타일이고, 한번 의자에 앉으면 잘 일어나지 않는다. 백발백중 아랫배 비만과 각종 디스크 증상을 몸에 달고 살았을 것이다. 느릿느릿 움직이는 50대로 진입하여, 인생의 재미는 다 지나갔다며 우울증에 빠졌을지도 모른다. 그러나 마흔 살 시절보다 쉰 살의 나는 오히려 더 과감해졌다. 나이 들었다고 뒤로 물러서지 않고 이런저런 도전을 즐긴다. 다 체력이 받쳐 주기에 가능한 일이다. 운동은 하는 순간만 즐거운 것이 아니라, 시간이 갈수록 멋진 보상을 해 준다.

50대에 이런 삶이 기다리고 있을 줄 미처 상상하지 못했다. 내가 결혼할 당시 친정 엄마의 연세가 49세였다. 이미 본인의 삶은 끝났고, 그저 자식 결혼시키고 할머니로서의 의무만

남았다고 여겼다. 하지만 무슨 소리인가. 그 사이 세상이 완전
히 달라져 버렸다. 나는 마흔 살부터 자전거를 타기 시작했고,
수영을 배웠으며, 마라톤 풀코스를 일곱 번 완주했다. 오히려
마흔을 넘기면서 인생의 절정기를 맛보았고, 아직도 맨 꼭대
기까지 도달하지 않은 느낌이다.

50세에 에디터에서 강사라는 직업으로 뛰어들었다. 오래
하기 어렵다는 라디오 생방송 게스트를 1년 넘게 맡았다. 한
국의 장르 소설을 일본 만화업계로 수출하는 에이전트로 활
동한다. 1년 전에 일본어를 배우기 시작, 드디어 하루키 소설
을 원서로 읽는 중이다. 악기 하나를 배우고 싶어 기왕이면 우
리 악기인 해금을 선택했다. 갈 길은 멀지만 꾸준히 연습해서
한 곡 정도 유려하게 연주하고 싶다.

남들은 30대에 배운다는 배드민턴에 뒤늦게 빠져들어 계
속 레슨을 받고 있다. 게임을 할 때마다, 트라이애슬론과는 또
다른 짜릿함에 흥분하고 만다. 전국 대회에 나가 50대 조에서
꼭 우승을 해 보면 좋겠다. 2018년 1월에는 평창올림픽 성화
봉송에 참여했고, 6월에는 프랑스의 몽블랑 트레킹을 다녀올
계획이다. 일본에 가서 한 달이든 두 달이든 혼자 살아 볼 계
획도 있다. 그리고, 내 평생 한 권 쓸 수 있을까 싶었던 책의 마
지막 꼭지를 쓰는 중이다.

출퇴근하는 삶에서 벗어나, 그동안 못 해 본 일들을 해 보느라 더 바빠졌다. 하고 싶은 버킷리스트가 이렇게 긴 것을 보면, 아직 절정에 도달하지 않은 게 분명하다. 마흔 살에 시작한 운동은 멋진 쉰 살을 맞게 해주었다. 강해진 체력은 돈이나 일에서의 성공보다 점점 더 위력을 발하고 있다. 노년학을 전공한 마이클 로이젠이 쓴 〈새로 만든 내몸 사용설명서〉에서는 그 현상에 대해 이렇게 말한다.

"어떻게 생각하고, 생활하느냐에 따라 건강 상태가 달라지는 것을 '실제 나이 효과'라고 한다. 즉 얼마나 건강하게 오래 사느냐는 70퍼센트 이상 당신에게 책임이 있다는 것이다. 50세가 되면 생활 방식이 어떻게 늙어 가는가의 80퍼센트를 결정하고, 유전이나 체질은 겨우 20퍼센트 정도밖에 영향을 주지 못한다."

나보다 꼭 열두 살 더 먹은 여자 선배가 아직도 현역 트라이애슬릿으로 뛰고 있으니, 꾸준히 체력만 유지한다면 나도 가능할 것이다. 지금부터 10년 후엔, 또 어떤 60대의 삶이 나를 기다리고 있을지 기대된다. 강한 체력과 호기심, 도전 정신을 유지해 나갈 수만 있다면, 한층 여유로우면서도 혜안 가득한 60세를 맞으리라.

만약 암이라든가 교통사고 같은 인생의 복병을 만나지

않는다면, 내가 하고 싶은 일이 하나 더 있긴 하다. 건강하고 지혜로운 할머니로서 손주들과 시간을 함께하는 것이다. 맞벌이를 하느라 내 자식도 내 손으로 온전히 키워 보지 못한 아쉬움이 남아 있다. 부모가 줄 수 없는 할머니로서의 무조건적인 애정을 맘껏 베풀고 싶다.

만약 내 시어머니와 친정어머니의 그런 애정과 베풂이 없었다면, 지금의 '마녀체력'이 가능했을까. 일하는 엄마로서의 일상은 더 동동거렸을 테고 몸은 망가졌을 것이다. 내가 두 분에게서 받은 크나큰 은혜를 아들과 며느리에게 갚아 주고 싶다. 물론 아들이 결혼하고 아이를 낳는다는 전제하에서. 그건 나의 소관이 아니다.

나이 들수록, 노년이 될수록 운동을 꾸준히 하면서 체력을 유지해야 하는 이유는 결국 '잘 죽기' 위해서다. 나는 미국의 위대한 사상가인 스콧 니어링의 삶을 흠모한다. 죽는 순간까지 부인 헬렌과 함께 조화롭고 충만한 삶을 실천해 온 그의 〈스콧 니어링 자서전〉은 늘 가까이 꽂아 두고 인생 공부로 뒤적이는 책이다.

"우리는 경쟁적이고 공업화된 사회양식에 필연적으로 따라다니는 네 가지 해악에서 벗어나는 데 꽤 성공한 편이었다.

그 네 가지 해악이란 (돈과 가재도구를 비롯한) 물질에 대한 탐욕에 물든 인간들을 괴롭히는 권력, 다른 사람보다 출세하고 싶은 충동과 관련된 조급함과 시끄러움, 부와 권력을 차지하기 위한 투쟁에 반드시 수반되는 근심과 두려움, 많은 사람이 좁은 지역으로 몰려드는 데서 생기는 복잡함과 혼란을 말한다."

그가 일생 동안 일관되게 지켜 온 생각과 행동에는 발가락만큼도 따라갈 수 없지만, 마지막 죽음에 이르는 순간만큼은 꼭 본받고 싶다. 100세가 된 스콧 니어링은 지상에서의 임무를 마감하고 스스로 곡기를 끊어, 아내 헬렌이 지켜보는 가운데 지극히 평화로운 죽음을 맞이했다. 어느 정도의 절제력과 맑은 정신력이 있어야 가능한 일일까. 지금으로서는 짐작도 할 수 없다. 하지만 이것마저도 강한 체력이 있으면 가능하지 않을까 싶다.

매년 오는 겨울을 대비하며 김장을 하면서도, 언젠가 반드시 오고 말 죽음에 대해서 우리는 아무런 준비를 하지 않는다. 김장에 비하면 죽음이란 먼지와 다이아몬드처럼 비교할 수조차 없는 중요한 인생의 대단원인데도 말이다. 죽는 순간이 아무런 고통도 없이 벼랑에서 뚝 떨어지듯 단번에 오는 것이라면 얼마나 좋겠는가. 눈부시게 발전한 현대 의학 덕분에 죽음으로 가는 길은 점점 더 길고도 느린 과정이 되었다. 인간답지도, 아름답지도 않게 변해 버린 인간의 마지막 순간에 대해, 아툴 가완디는 〈어떻게 죽을 것인가〉에서 이렇게 말한다.

"아주 나이가 많은 사람들의 경우, 그들이 두려워하는 것은 죽음이 아니라고 말한다. 죽음에 이르기 전에 일어나는 일들, 다시 말해 청력, 기억력, 친구들, 그리고 지금까지 살아왔던 생활 방식을 잃는 것이 두렵다는 것이다. 실버스톤 박사의 표현대로 '나이가 든다는 것은 계속해서 무언가를 잃는 것'이다."

나이 들면서 잃을까 봐 두려운 것은 돈이 아니다. 존엄, 우아, 품위, 독립, 자율, 자유, 위엄, 존경이다. 육체의 건강이 무너지기 시작하면서, 이 모든 것들이 한꺼번에, 주체할 수 없을 만큼 급속도로 사라져 버릴 것이다.

비록 내 의지와 상관없이 세상에 태어났지만, 내 생명 끝나는 그날까지는 내 의지로 잘 살다가 마무리하고 싶다. 불의의 병과 사고는 어쩔 수 없다 하더라도, 건강한 체력은 내 의지에 달린 것이 아닌가. 내가 다져온 체력은, 남은 인생은 물론 죽음까지도 완전히 달라지게 할 것이다.

Q 그냥 경기에 참가하는 수준이 아니라, 좋은 기록을 내고 싶어요.

A 휴, 제가 대답하기 어려운 '수준'의 질문입니다. 저는 참가하는 데만 의의를 두었기에 기술적인 문제들은 별로 신경 쓰지 않았거든요. 주위 동료들을 보면 좋은 성적을 거두고 싶어 하는 사람은 전문 아카데미 문을 두드리더군요. 목표가 뚜렷하다면 훈련 과정을 규칙적, 과학적으로 바꿔야 확실한 효과를 거둘 수 있습니다. 철인3종 엘리트 출신인 박병훈, 함연식 선수 등이 아카데미를 운영 중이에요. 그러나 정답이 뭔지는 이미 아실 거예요. 세상 모든 일이 다 그렇듯이, 뭐든 잘하려면 그만큼 선택과 집중, 희생이 필요합니다.

Q 수영을 꽤 하는 편인데, 철인3종은 처음입니다. 오픈 워터는 어떤 준비가 필요한가요?

A 대회에 나가려면 반드시 전신 슈트를 착용해야 합니다. 가격이 꽤 나가기 때문에 중고를 구입해도 되고, 오래 쓸 요량이면 하나 구입하셔도 됩니다. 몸에 딱 달라붙는 일체형이라 입기가 쉽지 않은데, 요즘엔 아래 위가 분리되고 보다 부드러운 재질의 슈트가 많이 나와 있더라구요. 날이 따뜻해지면 선수들은 한강에 모여서 오픈 워터를 연습합니다. 반드시 미리 오픈 워터를 해 봐야 실전에서 두려움이 덜합니다.

Q 엠티비를 타고 있는데, 대회에 나가려면 로드를 구입해야 하나요? 그리고 어떻게 연습해야 할까요?

A 철인3종 대회에서는 자전거를 로드용 사이클로 한정하고 있습니다. 안 그러면 다른 선수들 속도를 따라갈 수가 없어요. 보통 운동화를 착용해도 됩니다만, 에너지 손실이 크기 때문에 역시 클릿 슈즈를 착용하는 게 좋습니다. 당연히 페달도 클릿용으로 바꿔야 하고요. 저는 오르막 연습을 위해 암사대교 근처의 언덕이나 구리의 미음고개, 남산이나 북악을 주로 갑니다. 양수리나 파주, 아라뱃길, 춘천까지 자전거 길이 잘 연결되어 있으므로 날 잡아 장거리 연습을 하는 것도 추천합니다.

Q 철인3종 운동을 시작했는데, 시간을 할애하기 힘들어요. 운동을 하지 않는 남편과도 자주 다툽니다.

A 남들은 한 종목 잘하기도 어려운데, 세 종목을 다 훈련해야 하니 시간이 부족한 건 당연하지요. 특히 회사를 다니고 있다면 시간 내기가 더욱 힘듭니다. 새벽에 일주일 3회 이상 수영, 저녁에 2회 이상 달리기, 자전거로 3회 이상 자출(자전거 출근)을 하거나 주말에 1회 장거리 라이딩. 아마도 이 정도는 시간을 할애해야 하지 않을까요? 그런데 아이가 아직 어리거나, 남편이 이해하지 못하면 운동하는 엄마를 바라보는 시선이 곱지 않을 겁니다. 운동을 하면서 엄마와 아내, 더 나아가 한 인간으로서 행복하면서도 긍정적으로 변해가는 과정을 보여 주는 것이 중요합니다. 가능하면 연습할 때, 특히 대회에 참가할 때 가족에게 꼭 응원할 수 있는 기회를 만들어 주세요. 직접 보면 많이 달라집니다.

일상생활에서 틈틈이 하는 깨알 운동 팁

지하철에서

계단 오르기 : 에스컬레이터, 엘리베이터 대신 계단 오르기를 습관으로 만든다. 층계가 많은 계단을 쉬지 않고 오를 때는 현기증이 날 수 있으므로 천천히 올라간다. 단 내려갈 때는 무릎 보호를 위해 가능하면 기계의 힘을 빌린다.

아랫배에 힘주기 : 대중교통을 이용할 때 서서 아랫배에 힘을 줬다 풀었다 해본다. 자가용 옆자리에 앉아 있을 때도 두 다리를 약간 들고 아랫배에 힘을 주거나 괄약근 수축 이완 운동을 한다.

걸을 때 : 어깨가 늘어지고 등이 굽은 채 흐느적거리면 걷는 효과가 거의 없다. 의식적으로 턱을 살짝 들고 어깨를 펴고 배에 힘을 주고 걸어야 운동이 되고, 걸음걸이가 우아해 보인다.

지하철 기다릴 때 : 짧은 시간이지만 기다리는 것은 지루하다. 뒷사람한테 피해가 가지 않도록 주의하면서 뒷발차기를 30개 정도 하면 시간이 금방 간다.

사무실에서

서서 일하기 : 오래 앉아 있으면 점점 자세가 나빠지고, 다리도 자꾸 꼬기 마련이다. 운동 여부와 상관없이 허리나 목 등에 통증이 올 수 있다. 나는 스탠딩 데스크를 사용한다. 가격은 좀 비싸지만 높이를 조절할 수 있는 것이 좋다. 서서 일하기 시작하자 거짓말처럼 허리 통증이 사라졌다. 대신 다리가 아프기 때문에 자주 뒷발차기를 하거나, 발밑에 낮은 받침대를 둔다.

선 채로 팔굽혀 펴기 : 엎드려서 하는 팔굽혀 펴기는 어렵고, 손목에 무리가 갈 수 있다. 나는 45도 각도로 책상을 지지한 채 서서 팔굽혀 펴기를 한다. 효과는 반감될 테지만 반복의 힘을 믿는다.

의자에 앉아 있을 때 : 다리를 꼬고 앉지 않는다. 책이 든 상자 등을 발밑에 갖다 놓으면 좋다. 허벅지와 무릎을 직각으로 만들어 허벅지를 살짝 들고 있는 것만으로도 아랫배에 힘이 들어가면서 운동이 된다. 한 자세로 오래 앉아 있지 말고 자주 일어서서 굳은 근육을 풀어 준다.

집에서

아침에 일어나기 전 스트레칭 : 젊을 때는 눈을 뜨자마자 벌떡벌떡 일어났지만, 나이 들면서 근육에 무리가 갈 수 있다. 눈을 뜨면 누운 채로 다리를 들었다 났다, 발목과 손목을 돌려주고 엉덩이도 들었다 났다, 두 팔을 머리 위로 올려 기지개를 켠다. 일어서서 목과 허리를 비롯해 온몸의 관절을 살살 돌려 준다. 특히 어깨 돌리기는 매일 해야 오십견을 예방할 수 있다.

옷 입기 전 나무 자세 : 잠옷을 벗고 외출복으로 갈아입기 전에 전신 거울을 보면서 요가의 나무 자세를 해 본다. 다리의 버티는 힘을 키움과 동시에 잠깐의 명상 시간으로 쓴다.

텔레비전을 볼 때 : 텔레비전을 볼 때마다 요가 매트를 편다. 주로 누워서 하는 복부 운동과 다리 운동, 윗몸 일으키기 등을 섞어서 한 동작당 20개씩 3세트 정도 반복한다. 모든 운동은 복부의 힘에서 나온다고 한다. 이왕 요가 매트를 폈으니 플랭크 자세도 1분 30초 정도, 3회 반복한다. 텔레비전을 보면서 해야 지루하지 않다.

누군가에게 이 책이

나는 '해리 포터' 시리즈를 좋아한다. 〈마법사의 돌〉과 〈비밀
의 방〉은 도저히 중간에 책을 덮을 수 없을 만큼 빠져들었다.
영화가 나올 때마다 기꺼운 마음으로 극장에 달려가 아이들
틈에서 감탄사를 뱉었다. 런던에 출장 갔을 때는 혼자 해리 포
터 스튜디오를 찾아가 빗자루를 타는 영상을 찍고 왔다. 영어
원서를 다 소장하고 있으며, 차근차근 1권부터 읽고 있는 중이
다.

　작가인 J. K. 롤링의 극적 변신은 책 내용만큼이나 흥미
롭다. 로또 당첨과도 비교가 되지 않을 만큼 인생 역전의 본
보기다. 28세에 남편과 이혼한 뒤 혼자 딸을 키우며 정부 보
조금에 의지하던 그녀는 구상한 지 5년 만에 '해리 포터' 이
야기를 써냈다. 무명작가의 황당무계한 마법 소설은 열두
군데 출판사에서 거절당했다. 간신히 계약을 맺은 작은 출
판사에서 받은 선인세는 고작 200만 원에 불과했다.

　1997년 첫 책이 출간되고, 10년이 흘러 2007년에 7권 시
리즈가 완간되었다. 그 사이 책과 영화의 놀라운 성공에 힘
입어 작가는 억만장자의 반열에 올랐다. 이제 '해리 포터'는
전 세계에 마법사 신드롬을 불러일으킬 만큼 누구나 다 아
는 유명인사가 되었다.

　이야기 속 해리 포터는 끔찍하게 냉정하고 멍청한 이모

호그와트에서 날아온 편지라면!

네 집에서 더부살이를 하는 고아다. 사촌인 두들리에게 얻어맞고, 계단 밑 창고 방에서 잠을 자며, 배불리 먹지 못해 비쩍 마른 비루한 신세다. 열한 살 생일을 맞는 그날까지 자기가 어떤 사람인지, 어떤 능력을 갖고 있는지 모른 채 불행하게 살았다. 그런데 호그와트라는 마법 학교로부터 날아온 편지를 받은 뒤로 완전히 사정이 달라졌다. 자기 몸속에 강력한 마법사의 피가 흐른다는 사실을 깨달았기 때문이다.

내가 쓴 글들이 누군가에게, 호그와트에서 보낸 편지가 된다면 바랄 나위가 없겠다. 비록 작고 허약하고 말라빠진 몸이지만, 그 안에 상상할 수 없는 강력한 힘이 숨어 있다는 것을 알려 주는 편지. 꾸준히 노력하며 갈고 닦으면, 지팡이를 휘두르고 하늘을 날아다니는 마법 같은 일들이 일어날지도 모른다. 해리가 답답한 현실에서 벗어나 호그와트에서 활약하듯, 더 많은 여성들이 '마녀체력'으로 특별한 인생의 모험에 뛰어들면 좋겠다.

호그와트에서 날아온 이 편지는, 당신이 어디를 가든지 따라갈 것이다. 받아서 봉투를 열 것이냐, 말 것이냐의 선택은 온전히 여러분 마음먹기에 달렸다. 조지프 캠벨의 말을 한 번 더 반복하련다. 우리는 누구나 자기 인생의 영웅이 될 수 있다. ✳

참고 문헌

〈서른과 마흔 사이, 어떻게 일할 것인가〉, 김준희, 리더스북

〈유혹하는 글쓰기〉, 스티븐 킹, 김영사

〈동네 조깅에서 진짜 마라톤까지〉, 이홍렬, 디자인하우스

〈아침형 인간, 강요하지 마라〉, 이우일 외 공저, 청림출판

〈아인슈타인과 자전거 타기의 행복〉, 벤 어빈, 이룸북

〈철학자가 달린다〉, 마크 롤랜즈, 추수밭

〈두려움 : 행복을 방해하는 뇌의 나쁜 습관〉, 스리니바산 S. 필레이,
        웅진지식하우스

〈그릿〉, 앤절라 더크워스, 비즈니스북스

〈플레이, 즐거움의 발견〉, 스튜어트 브라운 & 크리스토퍼 본, 흐름출판

〈프레임〉, 최인철, 21세기북스

〈나의 문화유산답사기-일본편3 교토의 역사〉, 유홍준, 창비

〈아웃라이어〉, 말콤 글래드웰, 김영사

〈소설가의 일〉, 김연수, 문학동네

〈어떻게 살 것인가〉, 유시민, 생각의길

〈습관의 힘〉, 찰스 두히그, 갤리온

〈사피엔스〉, 유발 하라리, 김영사

〈호모 루덴스〉, 요한 하위징아, 연암서가

〈야성의 사랑학〉, 목수정, 웅진지식하우스

〈먼 북소리〉, 무라카미 하루키, 문학사상사

〈스페인, 너는 자유다〉, 손미나, 웅진지식하우스

〈어차피 레이스는 길다〉, 나영석, 문학동네

〈나를 부르는 숲〉, 빌 브라이슨, 동아일보사

〈아메리카 자전거 여행〉, 홍은택, 한겨레출판

〈나이 들기엔 아까운 여자, 나이 들수록 아름다운 여자〉, 사라 브로코,
        북하이브

〈천의 얼굴을 가진 영웅〉, 조지프 캠벨, 민음사

〈인간의 품격〉, 데이비드 브룩스, 부키

〈자전거 여행〉, 김훈, 문학동네

〈굿 워크〉, E. F. 슈마허, 느린걸음

〈톨스토이를 쓰다〉, 슈테판 츠바이크, 세창출판사

〈달리기를 말할 때 내가 하고 싶은 이야기〉, 무라카미 하루키, 문학사상사

〈미생〉, 윤태호, 위즈덤하우스

〈낭만적 연애와 그 후의 일상〉, 알랭 드 보통, 은행나무

〈나라 없는 사람〉, 커트 보네거트, 문학동네

〈떠나든, 머물든.〉, 베르나르 올리비에, 효형출판

〈이것은 자전거 이야기가 아닙니다〉, 랜스 암스트롱 & 샐리 젠킨스, 체온365

〈새로 만든 내몸 사용설명서〉, 마이클 로이젠 & 메멧 오즈, 김영사

〈스콧 니어링 자서전〉, 스콧 니어링, 실천문학사

〈어떻게 죽을 것인가〉, 아툴 가완디, 부키

도서출판 남해의봄날 비전북스 18
우리 인생에 모범답안은 정해져 있지 않습니다. 대다수가 선택하고,
원하는 길이라 해서 그곳이 내 삶의 동일한 목적지는 될 수 없습니다. 진정한 자유를 위해
용기 있는 삶을 선택한 사람들의 가슴 뛰는 이야기에 독자 여러분을 초대합니다.

마녀체력

마흔, 여자가 체력을 키워야 할 때

초판 1쇄 펴낸날	2018년 5월 20일
21쇄 펴낸날	2024년 3월 25일

지은이	이영미
편집인	박소희책임편집, 천혜란
마케팅	조윤나, 조용완
디자인	류지혜
일러스트레이션	조영금instagram.com/younggeum_cho

종이와 인쇄	미래상상

펴낸이	정은영편집인
펴낸곳	남해의봄날
	경남 통영시 봉수로 64-5
	전화 055-646-0512
	팩스 055-646-0513
	이메일 books@namhaebomnal.com
	페이스북 /namhaebomnal
	인스타그램 @namhaebomnal
	블로그 blog.naver.com/namhaebomnal

ISBN 979-11-85823-27-0 03800
© 이영미, 2018